Delphine Coulin est écrivain et cinéaste. Auteur de trois romans et un recueil de nouvelles, elle a réalisé plusieurs court-métrages avec sa sœur, Muriel Coulin, avant de mettre en scène leur premier film de fiction, *17 Filles*, en 2011.

DU MÊME AUTEUR

Les Traces
Grasset, 2004
et « Le Livre de poche », n°30655

Une seconde de plus
Grasset, 2006

Les Mille-vies
Seuil, 2008

Voir du pays
Grasset, 2013

Delphine Coulin

SAMBA POUR LA FRANCE

ROMAN

Éditions du Seuil

TEXTE INTÉGRAL

ISBN 978-2-7578-4554-7
(ISBN 978-2-02-102854-6, 1ʳᵉ publication)

1

C'était peut-être la fin. Le fourgon s'en allait à toute vitesse le long des quais de la Seine et il ne savait pas où on l'emmenait. Quelque chose tapait et claquait contre le pot d'échappement sans que rien ni personne puisse l'arrêter, et la sirène hurlait à chaque carrefour. Un éclat de soleil a fait étinceler les menottes qui serraient ses poignets. Les mots n'avaient servi à rien.

Il avait été arrêté par la police alors qu'il n'avait rien fait de mal.

Ce jour-là, Samba s'était présenté devant la préfecture à six heures trente du matin. Il avait attendu plus de quatre heures, debout, dehors, derrière les barrières grises, puis à l'intérieur, dans le hall, en s'appuyant sur un pied, puis l'autre, comme le font les chevaux pour moins se fatiguer les jambes. Comme lui, des hommes et des femmes de tous les pays faisaient la queue, sous le soleil qui montait peu à peu : on aurait dit qu'en ce mois de juillet, au début de ce nouveau millénaire, le monde entier s'était donné rendez-vous dans cette petite rue historique du centre de Paris. Ils entraient, chacun leur tour, par une des portes qui leur faisaient face, et on ne les voyait jamais ressortir : ils étaient comme avalés.

Il avançait, pas à pas, vers la porte où il obtiendrait la réponse qu'il attendait depuis cinq mois déjà, sans compter les dix années précédentes, cinq mois et dix ans où il lui semblait n'avoir jamais cessé d'attendre, et puis de marcher, dix ans et cinq mois à mettre un pied devant l'autre, obstinément, le long d'une route dont le point de départ avait été sa maison, lorsqu'il s'était éloigné dans la lueur fragile de l'aube, alors que ses deux sœurs dormaient encore, et que, sentant le regard de sa mère sur son dos, il avait cherché à se faire plus grand, plus sûr, plus digne – une marche qui allait peut-être enfin aboutir, ici, à la préfecture de police de Paris. Il était en France depuis plus de dix ans, il avait donc fait la demande d'une carte de séjour. Il venait savoir s'il était accepté.

Plus de dix ans qu'il n'avait pas revu sa mère.

Il pensait à ces dix années et ces cinq mois et aux semaines de voyage qui les avaient précédés, où il avait failli mourir plusieurs fois et où d'autres étaient morts à sa place, sur la terre d'Afrique, le sable du désert ou le bitume des villes d'Europe, et il les voyait comme une marche silencieuse, faite d'espoirs où le cœur s'emballait et où la vie devenait soudain plus rapide et légère, comme lorsqu'on dévale une pente et que les pieds zigzaguent à force de vitesse, suivis de déceptions brutales, qui le terrassaient, jusqu'à la prochaine espérance : alors il se redressait, tendu vers le ciel, solide, sûr, et il avançait à nouveau, il faisait semblant d'oublier l'attente et croyait encore à sa possibilité de réussir en France, jusqu'à ce que la malchance le frappe encore et le décourage, jusqu'à ce que, à nouveau, il pense qu'il était possible de prendre en main son destin, et de choisir soi-même sa vie. Lorsqu'il était arrivé chez son oncle, à Paris, il s'était dit que s'il était parvenu jusqu'ici, c'était pour

8

savoir enfin pourquoi il était venu sur terre. Chaque fois qu'il avait douté de son avenir, son oncle avait hoché la tête gentiment pour l'encourager, en le regardant fixement comme s'il lisait dans ses pensées.

Il ne savait pas encore que le voyage héroïque qu'il avait accompli serait finalement moins dur que tout ce qu'il allait vivre après son arrivée en France.

Tandis qu'il avançait, pas à pas, comme ceux qui le précédaient, au rythme de la porte qui s'ouvrait et se refermait, soudain, juste devant lui, un tout petit garçon a arrêté la progression de la file. Il refusait d'avancer. Sa mère a eu un sourire gêné vers ceux qui attendaient, puis un regard angoissé vers les chiffres rouges qui annonçaient l'ordre de passage : elle avait peur de perdre son tour. L'enfant a pris un air buté. Elle lui a parlé gentiment à l'oreille, mais son fils, qui ne devait pas avoir plus de quatre ans, s'est mis à pleurnicher et à se tortiller dans tous les sens dans son pull rouge trop grand, qui avait dû être porté par d'autres avant lui. Il voulait faire pipi. Samba a proposé à la mère de garder leur place. Elle lui a souri, et elle s'est avancée, confiante, vers le garde qui était posté à l'entrée. Celui-ci a secoué la tête. Alors la mère, le visage tendu, a emmené son petit garçon dehors. Lorsqu'elle a commencé à le déculotter sur le trottoir, sous le soleil, et devant la file, il a pleuré de plus belle. Environ quatre-vingts personnes le regardaient. Il a protesté en s'accrochant à la ceinture de son pantalon. Sa mère s'est énervée, elle était fatiguée, pressée, et puis embarrassée d'être au centre de l'attention de tout ce monde, et inquiète de passer son tour alors qu'elle attendait certainement, elle aussi, obsessionnellement, une réponse du préfet, alors elle a baissé le pantalon de son fils, dans la rue, avec des gestes autoritaires et saccadés, et le petit a poussé un cri strident, de honte et de colère. Il s'est mis à mâcher ses mots en pleurant tandis qu'elle lui disait de faire dans le caniveau, et que tout le monde le regardait, certains avec amusement, d'autres avec commisération, d'autres encore avec agacement. Samba a avancé plus doucement vers la porte par où l'on entrait mais d'où l'on ne ressortait pas. Le petit essayait de remonter son pantalon en poussant des cris aigus, disant qu'il n'en avait plus envie. La mère a pincé son sexe, qui ressemblait à un petit doigt potelé, et l'a secoué, et lui a dit de se dépêcher, et, finalement, quelques gouttes de pisse ont baptisé le trottoir de la préfecture. Toute la richesse de la terre avait ses yeux tournés vers un petit garçon qui faisait pipi en pleine rue, malgré lui, sur le sol français.

Samba Cissé a poussé un soupir. La mère a repris sa place, en le remerciant. Il a fait un clin d'œil à l'enfant, mais celui-ci a caché son visage dans le creux de son coude, humilié. Il paraissait plus petit encore. Sa mère l'a tiré par le bras : c'était leur tour.

Il les a vus disparaître.

Il a été content de voir son numéro s'afficher, même s'il avait aussi un peu d'appréhension au ventre. Il s'est avancé vers la porte qui lui faisait face, et il a frappé. Une voix lui a ordonné d'entrer.

Le bureau était sombre, et son plafond était décoré d'un ciel moche. Il s'est assis, maladroit, sur la chaise face à l'homme qui ne le regardait pas, et gardait les yeux rivés sur son écran ; derrière lui, en revanche, il y avait un portrait du président de la République qui semblait ne pas le lâcher des yeux. Déconcerté, Samba Cissé a expliqué qu'il avait fait une première demande de carte de séjour lorsqu'il était arrivé en France, il y a dix ans.

On lui avait d'abord donné une autorisation provisoire : il a montré avec fierté le carré de carton orné de sa photo, qui ne le quittait jamais.

L'homme ne lui a pas accordé un regard. On aurait dit qu'il n'entendait pas ce que Samba disait.

Alors Samba a tendu son attestation de dépôt de dossier, qu'il avait obtenue cinq mois auparavant.

L'homme s'en est saisi, et il a lu :

Samba Cissé, né le 16/02/1980 à Bamako, Mali.

Entré en France le 10/01/1999.

Demande déposée le 01/02/2009.

Samba a expliqué que non seulement il était en France depuis plus de dix ans, mais qu'il travaillait et payait ses impôts depuis presque autant d'années. Le seul fait de le dire renforçait sa conviction : il allait avoir une carte de séjour, puisqu'il remplissait enfin toutes les conditions demandées.

L'homme a froncé ses sourcils, qui étaient très longs, presque aussi longs que des moustaches, et qui lui donnaient des airs de fox-terrier. Il a toussoté. Des particules accumulées sur les classeurs ont voleté devant la lumière bleutée de son écran.

Samba avait chaud. Il n'avait toujours pas reçu de réponse, après cinq mois, et il venait juste pour savoir si quelqu'un avait eu le temps de lire son dossier. De plus, sa mère lui avait demandé d'aller la voir au Mali parce qu'elle était malade, et, que ce soit vrai ou pas, si elle le disait c'est qu'elle avait vraiment besoin de le voir. Il s'emberlificotait dans ses explications, et se rendait bien compte que de cela, le fonctionnaire n'avait rien à faire. Il s'est repris. Il était venu demander s'il pouvait avoir un titre de séjour pour sortir de ce pays – et surtout pouvoir y rentrer à nouveau. Il s'excusait presque. Tout à coup, il ne savait plus ce qu'il faisait là. Sa chaise était collante, son ventre gargouillait, et les phrases qui sortaient de sa bouche ne semblaient plus vouloir rien dire tandis qu'il débitait tout cela très vite au moustachu, qui pianotait avec impatience sur son bureau en regardant l'écran devant lui comme si c'était l'ordinateur qui lui parlait.

Il y a eu un silence. L'agent s'est alors tourné vers lui :

– Mais je vois que vous avez reçu une réponse.

Surpris, Samba a dit non, il n'avait rien reçu, et son dos s'est redressé brièvement contre le dossier de la chaise. L'agent a jeté un œil à son écran, puis il l'a regardé d'un drôle d'air.

– Si. Je le vois, là. Vous avez reçu une réponse de la préfecture il y a deux mois.

– Il doit y avoir une erreur, il a dit, en se tortillant sur son siège.

L'agent lui a demandé son passeport.

Il l'a sorti de sa poche de poitrine et le lui a tendu.

Sur la première page, on voyait sa photo, et puis, à nouveau, son nom : Samba Cissé. Il était fier de ce nom, que lui avait choisi son père et qui sifflait comme un coup de vent.

– C'est bien, lui a lancé l'agent d'un air satisfait.

Cette fois, il l'a regardé bien en face, attentivement, en comparant la photo du passeport avec son visage, puis il l'a invité à aller s'installer dans la salle d'attente. Samba est repassé devant la file de gens qu'il avait quittée à peine cinq minutes auparavant, en se demandant vaguement pourquoi on faisait patienter tout ce monde debout, s'il y avait une salle d'attente quelque part.

Les rideaux étaient sales de poussière et de malaise. Sur une table basse en verre fumé étaient proposés des magazines dont la couverture arborait à nouveau le visage du président de la République, qui avait le même regard que sur la photo accrochée au-dessus du petit moustachu.

Il est revenu avec son chef. Samba Cissé a tourné la tête pour le regarder bien en face : le chef n'avait pas de moustache, mais il avait le même visage. En les voyant côte à côte, il s'est dit que si ceux qui attendaient dans la file avaient le visage du malheur, les deux agents avaient, eux, celui de l'autorité hérissée.

Ils ont fermé toutes les portes, et Samba a été interpellé. Le chef lui a expliqué qu'on allait l'arrêter tandis que l'autre lui mettait déjà les menottes.

Il a protesté. Il n'y croyait pas, au début. Il était venu de bonne foi à la préfecture, il était injuste qu'on en profite pour l'arrêter : il s'agissait d'une énorme erreur, et il fallait seulement qu'il s'explique. Mais c'était comme si les deux hommes n'entendaient pas ce qu'il disait : ils n'ont rien répondu, et leurs visages se sont fermés comme ceux qui sont sourds et ne vous voient pas, tandis qu'il parlait de plus en plus vite, avec de plus en plus de gestes, sans que ses mots soient suivis d'aucun effet.

C'était comme s'ils ne parlaient pas la même langue que lui.

La fermeture des menottes a cliqué.

Il a essayé de demander de l'aide, il s'est débattu, il a frappé contre la porte et il a parlé et il a crié et il a hurlé, en vain.

Le moustachu et son chef l'ont entravé avec de l'adhésif – clef au bras, genou sur la gorge – avant de l'emmener.

Au moment où il est passé, menottes aux poignets, devant la file de gens qui attendaient devant le Bureau des étrangers et qui le dévisageaient, il a baissé la tête, comme s'il avait fait quelque chose de mal.

C'est alors qu'il a vu le petit garçon, qui ne pleurait plus. Il le fixait d'un regard grave. Il ne semblait pas sentir que sa mère le tirait par le bras. Samba a détourné les yeux. Il comprenait la honte du petit garçon un peu plus tôt.

Il aurait voulu cacher son visage.

2

Lorsque Samba était arrivé à Paris dix ans plus tôt, à l'âge de dix-huit ans, presque dix-neuf, après avoir traversé un désert, une mer et quatre pays, il avait passé le portail du 4, rue Labat, dans le dix-huitième arrondissement, et était tombé sur une cour obscure qui s'élargissait en cinq ou six couloirs différents, montant vers les étages. Il ne savait pas où aller. Il avait d'abord demandé son chemin à un vieux Pakistanais aux cheveux hirsutes et gris, qui avait fini par pointer son doigt vers un coin noir. Il avait hésité, mais l'homme avait hoché la tête d'un air persuasif, alors il avait pris le couloir dont l'enduit se détachait par plaques, ne semblant tenir que grâce au papier crasseux qui le recouvrait, puis il avait monté quelques marches, mais l'escalier s'arrêtait au premier étage : la porte ouvrait sur un trou ourlé de bouts de tapisserie aux motifs roses et blancs laissant deviner une ancienne chambre, celle d'une femme, peut-être, dont il ne restait que des traces fantomatiques. C'était très dangereux, et il avait préféré redescendre. Au bas des marches, il avait cru voir du mouvement dans une des ouvertures, et il s'était avancé prudemment : un petit garçon le regardait, la bouche entrouverte sur ses dents cassées.

– Tu connais un homme qui s'appelle Lamouna Sow ?

L'enfant avait fait demi-tour et détalé aussi vite qu'il pouvait, disparaissant dans un autre couloir sombre. Il était bien avancé. Il hésitait à le suivre, lorsqu'une famille entière avait surgi : un homme en pantalon mais sans chemise, deux femmes dont la plus jeune avait un bébé fiché sur la hanche, et quelques enfants dont celui qui avait le sourire ébréché.

– Vous cherchez quelqu'un ?

– Mon oncle. Lamouna Sow.

L'homme avait montré un escalier qui descendait. Ils étaient au rez-de-chaussée.

– Là ? En bas ?

La plus vieille des deux femmes, qui avait encore moins de dents que le petit garçon réfugié dans ses jupes, avait acquiescé en écarquillant les yeux. L'homme avait souri. Alors Samba avait descendu pas à pas les marches de béton qui allaient aux caves. En bas, un couloir au sol en terre battue desservait des portes de bois qui devaient dater de plusieurs siècles et s'effritaient avec l'âge et l'humidité. Il avait frappé à la première porte, et, après un court moment, elle s'était ouverte.

Vingt-sept centimètres plus bas, le visage de son oncle Lamouna est apparu : un visage étonné, à la peau très foncée, où pétillaient de tout petits yeux noirs et brillants d'oiseau. C'était la première personne de sa famille qu'il voyait depuis plus d'un an. Son oncle l'a reconnu tout de suite, et cela lui a semblé miraculeux : cela faisait des années qu'ils ne s'étaient pas vus. Il a voulu le serrer dans ses bras, mais Lamouna était si petit par rapport à lui que sa tête s'est enfouie dans la poitrine de son neveu, dans le creux juste au-dessus de son ventre. Il s'est dit que son tee-shirt devait sentir mauvais. Ses cheveux étaient pleins de saleté, ses habits lui collaient à la peau depuis plusieurs jours, son corps tout entier était couvert d'une fine pellicule de sueur et de crasse, jusqu'entre ses doigts. Alors il s'est dégagé doucement. Il s'est cogné dans le chambranle de la porte, et il s'est fait une bosse au sommet du crâne.

– Fais attention, Samba, a murmuré son oncle.

– C'est rien, j'ai l'habitude, il a répondu en se frottant la tête.

Il a cru qu'ils allaient remonter, d'une manière ou d'une autre, à la surface de la terre, mais l'escalier qu'il avait descendu menait bien là où vivait son oncle : une cave aux maigres fenêtres horizontales donnant au ras du sol de la cour, un deux-pièces meublé d'un canapé démantibulé, une télévision, un réchaud, un vieux réfrigérateur, une table de camping en formica rouge, deux chaises à l'assise en paille, et un matelas difforme. Du linge séchait sur un fil suspendu sur toute la longueur de l'appartement, et contribuait à l'odeur humide. Tout avait été nettoyé avec soin, mais çà et là, la peinture des murs était moisie et découvrait le ciment au milieu de larges auréoles verdâtres. Il n'a pas été déçu, pourtant. Il était si content d'être là, dans sa famille.

Un sourire difficile fendait le visage de Lamouna, qui était devenu ridé, maigre, vieux par rapport à celui qu'il avait sur les photos de sa mère. Lamouna portait une chemise fatiguée et un pantalon de costume sombre, son cou maigre sortait d'un col trop grand. Il était embarrassé que son neveu découvre qu'il ne vivait pas dans une maison française et confortable, mais dans un sous-sol où la lumière ne parvenait presque pas. Samba avait senti un léger vacillement dans son regard, une peur qu'il pose des questions : il ne voulait pas avoir à mentir. Il n'avait pas encore compris que son neveu savait, déjà, que la vie n'était pas aussi simple qu'il l'avait cru. On entendait les bruits assourdis des cris et des musiques qui résonnaient dans la cour de l'immeuble. Samba ne savait pas trop quoi faire, et il n'osait pas le regarder dans les yeux. Il avait posé son petit sac de sport à terre, et il avait attendu, sans bouger, sans rien dire, sans sourire, incrédule, désorienté. Sa langue restait collée à son palais. Les années et l'absence avaient érigé entre eux une frontière invisible, difficile à réduire, et les mots ne leur venaient pas naturellement. Son oncle s'était avancé vers la table.

– On va manger ! avait dit tout à coup Lamouna avec entrain.

Il avait sorti des assiettes du frigidaire, enveloppées dans du plastique transparent qui s'ouvrait avec un bruit semblable à un chuchotement, et de petits paquets enrobés d'aluminium qu'il avait défaits les uns après les autres. Lamouna se tenait très droit, son corps raidi par l'effacement constant, la discrétion verticale de ceux qui sont habitués à servir les autres, mais son visage ne montrait aucune servitude, plutôt une élégance naturelle qui se voyait aussi lorsqu'il touchait un objet, ou le bras de son neveu quand il voulait être écouté. Il déballait tout, pour lui, délicatement, de ses mains fines aux ongles striés comme des coquillages. Samba reconnaissait ses gestes, et sa satisfaction à faire plaisir : sa mère, petite sœur de Lamouna, agissait de la même façon. Magicien, il a sorti du riz et des pâtes, du poisson et de la viande, et puis de la baguette déjà découpée en morceaux, et du beurre crémeux et doux comme une peau de jeune fille, et un bifteck qui a fait fumer la poêle, remplaçant jusqu'au lendemain matin l'odeur de moisi de l'appartement par celle du grillé. Lamouna travaillait dans un restaurant près de la place de la Bastille, et la patronne l'autorisait à rapporter chez lui ce qui ne serait plus bon pour les clients le lendemain. Il y avait des aliments que Samba n'avait jamais vus, de la charcuterie, des cornichons, et si, au début, il s'était méfié, il avait peu à peu pioché dans ces plats aussi, mélangeant les saveurs, s'enivrant de cette abondance, n'en croyant ni ses yeux ni son palais. Il mangeait goulûment, sous le regard attentif de son oncle qui l'accompagnait avec parcimonie, et surveillait d'un air grave son assiette et ses gestes, tandis qu'il avalait des tartines beurrées, de fines tranches de bœuf cru agrémentées de petites feuilles vertes et parfumées, des légumes vinaigrés et des pommes de terre froides, reprenant à peine son souffle, tout entier concentré dans l'acte de se nourrir. Son oncle continuait à le servir avec empressement, remplissant son assiette au fur et à mesure qu'il la vidait, et répétait :

— Mange, mon garçon, mange.

Samba s'était adossé plus confortablement à sa chaise alors que son ventre s'étirait de plaisir, et que son souffle s'écourtait comme après un effort physique. Lamouna lui avait fait goûter un fromage fort qui piquait la langue, en lui disant d'un air fier :

— Nous avons le même fournisseur que les Troisgros.

Il avait failli demander qui étaient ces gros-là mais il n'était pas sûr que son oncle saurait lui répondre, il avait perçu au ton de sa voix que c'était une phrase qu'il avait volée dans la bouche d'un autre, alors il n'avait rien dit, et il s'était servi à nouveau, en plongeant le couteau recourbé dans la chair molle et désirable. Le goût du fromage lui avait empli la bouche, il collait aux gencives, sa peau était poudrée, si douce entre

ses doigts qu'elle semblait infiniment précieuse. Il se
régalait. Il s'épuisait.

Il avait dû manger pendant plus d'une heure. Il
donnait des nouvelles de toute la famille à Lamouna
qui l'écoutait, et riait de son rire en cascade, et ses
yeux se plissaient de bonheur. Sa voix flottait au-dessus
de la table et débitait tous les détails, jusqu'alors
insignifiants, auxquels il pouvait penser, et chacun
d'eux illuminait la tête toute ronde de son oncle. Courbé
au-dessus de son assiette, il dévorait tout ce qu'il lui
servait, suçant les os, léchant le gras. Son oncle lui disait :
– Bois un peu d'eau.

Une feuille de menthe avait tournoyé dans la carafe.
Il avait voulu le remercier, mais le souffle lui avait alors
tout à coup manqué : il venait d'entrevoir une image, qui
avait interrompu ses pensées, comme un éblouissement.

C'était une étendue de sable blanc – pas celui du désert
qui l'avait fait souffrir, plutôt du sable marin, aux airs
de sel, un sable d'un blanc qui n'aveuglait pas mais
irradiait une lumière douce, plus lunaire que solaire.
Il ne savait pas d'où cela lui venait.
Un homme, très grand, très maigre, se tenait debout, au
loin, seul repère vertical dans cette étendue blanche. Il ne
distinguait pas les traits de son visage. Sa silhouette avait
l'imprécision d'un rêve, et ses pas étaient silencieux.
C'était une image fugace et muette, qui ressemblait
un peu aux rêves qu'il s'inventait, petit, en regardant
les nuages dériver dans le ciel. Elle avait disparu aussi
vite qu'elle était venue, dans le jour tamisé de la cave
de son oncle.

Il a regardé Lamouna en écarquillant les yeux, mais il n'a rien osé lui dire. Était-ce la fatigue, ou une magie propre à ce nouveau pays ? Était-ce parce qu'il était enfin rassasié, après une faim qui lui semblait avoir duré des mois ? Ou la présence de son oncle à ses côtés, après tant d'années, qui faisait ressurgir des souvenirs qu'il n'avait même pas conscience d'avoir gardés ? Il ne savait pas s'il y avait la mer dans ce rêve, mais il y avait le ciel, impossible à situer.

L'impression avait disparu. Il n'y avait plus pensé. Il était soudain heureux.

Samba a fini par dire :

– Je suis si content de t'avoir retrouvé, là.

– Tu m'as trouvé facilement ?

Lamouna a scruté son visage.

– Oui.

Son oncle a vu qu'il mentait. Il ne lui a pas avoué qu'il n'avait pas pris le métro comme on lui avait dit de le faire, parce que quand il était arrivé sur le quai il avait eu l'impression que tout le monde le regardait, à commencer par une jeune femme aux yeux bleus et aux prunelles immobiles. Il avait courbé son dos et rentré la tête dans ses épaules, comme si c'était son grand corps, aux jambes trop longues, trop maigres, qui pouvait la déranger. Au Maroc, puis en Espagne, il avait eu l'impression d'être invisible, car bien que son allure le désigne inévitablement comme un étranger, et bien qu'on ne puisse éviter de remarquer sa présence, personne ne montrait, par un signe quelconque, avoir conscience de son existence, et puis tout à coup, ce soir-là, à Paris, c'était l'inverse, dans le métro il avait eu l'impression qu'on ne regardait plus que lui. Il s'était plus que jamais senti maladroit dans chacun de ses gestes. On lui avait

21

dit qu'il fallait faire attention aux contrôles, surtout dans les transports en commun, surtout quand on venait d'arriver. Le moindre de ses mouvements semblait attirer l'attention de ceux qui l'entouraient. Il avait pensé très fort *S'il vous plaît, arrêtez de me dévisager*, espérant que le message passerait d'une manière ou d'une autre, mais alors il avait vu deux adolescents l'observer à leur tour. Il transpirait. Il avait regardé ses mains. Elles étaient sales. Les garçons s'étaient avancés vers une fille aux cheveux rouges et elle leur avait donné quelques pièces de monnaie.

Quand la rame de métro s'était arrêtée devant lui, il s'était aperçu dans la vitre, et derrière lui il avait vu deux femmes, les bras chargés de sacs en plastique, qui parlaient, peut-être de lui. Il avait regardé au fond du wagon, et les lumières reflétées des couloirs, elles aussi, semblaient le fixer de leurs iris aveugles. Une des femmes s'était avancée pour ouvrir la porte devant lui d'un coup sec, et elles étaient entrées dans le wagon au moment où les portes se fermaient. Un homme lui faisait face, tranquille, de l'autre côté de la vitre, et alors que le métro s'éloignait, Samba était resté sur le quai.

Il était remonté à l'air libre, cherchant son souffle, et il avait poursuivi à pied, en demandant son chemin de temps en temps, mais personne ne le comprenait. Un jeune couple avait même ri lorsqu'il leur avait demandé où se trouvait la rue Labat, et il n'avait pas su pourquoi. Ensuite, il n'avait plus osé poser de questions, alors il avait marché, marché à nouveau comme il le faisait depuis des mois. Il était allé vers le nord jusqu'à ce qu'il se retrouve face à l'immeuble du 4, rue Labat, dans le dix-huitième arrondissement.

Il était entré dans un labyrinthe aux boîtes à lettres

défoncées, où il avait procédé comme dans un jeu de piste désordonné pour trouver son oncle, jusqu'au petit garçon édenté et à la porte dérobée d'une cave, alors qu'il en était à croire que Lamouna n'habitait plus ici et qu'il allait être seul, encore une fois.

Un instant plus tard, son oncle lui souhaitait la bienvenue et enfonçait sa tête dans son ventre.

Il lui avait tout raconté, ce soir-là, tandis qu'ils mangeaient à s'en faire éclater l'estomac. Il avait dévoré les aliments les uns derrière les autres, ponctuant parfois l'engloutissement par des soupirs de satisfaction. Lamouna avait ri en secouant la tête, puis il avait essuyé ses yeux en poussant un soupir à son tour, et il avait dit :

– On va être bien, ensemble.

Et cela sonnait comme un nouvel espoir pour tous les deux.

Un peu plus tard, alors que le soir était tombé, après avoir rangé chaque plat de manière méticuleuse dans le petit réfrigérateur rouillé aux coins, Lamouna lui avait tendu un torchon et il s'était mis à laver la vaisselle. Dès qu'il avait fini une assiette, il la tendait à son neveu qui l'essuyait, et ainsi de suite, en silence. Puis il avait saisi le torchon mouillé, et, tout aussi soigneusement, il l'avait suspendu sur la corde à linge. Il avait dit :

– Je vais partir travailler. Repose-toi. Ici, tu es chez toi.

Et il avait souri. Samba n'avait pas posé de question, pour ne pas l'embarrasser. Son oncle avait déplié un drap en éponge, décoré de fleurs vives, sur le canapé, et puis il était sorti.

Samba s'était aussitôt endormi. Il ne s'était réveillé que le lendemain après-midi : son repos avait été à peine entrecoupé de repas somnambuliques où il avalait ce que Lamouna laissait à son intention dans le petit réfrigérateur.

Depuis son sommeil, il percevait les allées et venues de Lamouna, qui venait parfois jeter un coup d'œil au-dessus de lui, et il avait l'impression de sentir la présence bienveillante de sa mère, qui venait le regarder quand elle pensait qu'il dormait profondément. Son oncle prenait en quelque sorte le relais – peut-être sa grand-mère l'avait-elle fait pour eux. Il émergeait, puis se rendormait avec confiance et délices. Il ne voulait pas se réveiller. Il lui semblait qu'il faisait parfois nuit, parfois jour – la petitesse des fenêtres horizontales lui permettait à peine d'en juger. Seule la température de la pièce, qui montait un peu au cours de la journée, et parfois une odeur de pluie, lui donnait quelque indice sur l'heure et sur le temps. Pour la première fois depuis longtemps, il s'éveillait en percevant des bruits familiers – les femmes dans la cour, la musique aux étages supérieurs, la voix de son oncle qui chantonnait en préparant son thé le matin : jusque-là, et depuis plus d'un an, chacun de ses réveils était celui d'un étranger – en sursaut, au milieu d'une ville sans repères, sans visages familiers, sans lumière connue. Ici enfin, alors qu'il se retournait dans le tissu-éponge à fleurs qu'il trempait, par à-coups, de la sueur froide de ses cauchemars, il percevait soudain la présence discrète de son oncle qui ne faisait qu'effleurer son sommeil pour qu'il puisse mieux y replonger à nouveau. Ces moments resteraient dans sa mémoire comme parmi les plus doux de sa vie.

Dix ans plus tard, alors que le car de police l'emmenait loin, très loin de la cave de son oncle et de ce premier soir à Paris, il ne craignait qu'une chose : être renvoyé sans avoir eu le temps de réussir ce pour quoi il était venu. Il n'avait jamais été aussi près de son but, et voilà qu'il s'en éloignait, à toute vitesse. C'était peut-être la fin de son aventure en France. Il allait peut-être être emmené directement à Roissy, direction le Mali. Il voyait défiler, à travers les barreaux, les bâtiments vieux de plusieurs siècles, les pierres blondes des quais de Paris, le fleuve qui coulait sur des centaines de kilomètres jusqu'à l'océan Atlantique, celui-là même qui baignait les côtes d'Afrique où il allait peut-être être emmené, dans son « pays d'origine ». Ils avaient raison de distinguer son « pays d'origine » de son pays tout court : car son pays, depuis dix ans, c'était la France ; ils pouvaient décider du territoire de son avenir, mais ils ne pouvaient rien changer au passé, et son pays, depuis plus de dix ans, c'était la France, qu'on le veuille ou non.

Il voyait les quais de la Seine glisser à travers les vitres, et il se souvenait. Après quatre tentatives ratées, il était enfin passé en Europe, il avait travaillé en Espagne, et puis il avait fait un dernier voyage, presque sans se reposer, entre Almería et Paris : tout au long il avait cherché à survivre, et il ne s'était pas arrêté pour voir le paysage – à peine quelques minutes pour regarder le ciel, et les nuages, qui avaient ici des formes inconnues. Lorsqu'il avait été enfin seul, et libre, en descendant de l'autocar qui l'avait emmené du sud de l'Espagne au nord de la France, il avait regardé autour de lui et c'était la France, c'était Paris, alors il avait marché, marché le long des bâtiments du passé. Ses chaussures étaient minables et trouées, mais le ciel était jaune, les murs brillaient dans la lumière du soleil qui tombait, et il était au centre du monde. Il savait que cela ne durerait peut-être pas, mais il était heureux d'être là, et cela rendait ces minutes encore plus précieuses.

Dix ans plus tard, il était toujours ébloui par la lumière des quais.

Même derrière les barreaux, même les menottes aux poignets, il aimait la France.

C'était un patriote.

3

Lorsque les portes du car de police se sont ouvertes, et peut-être parce qu'il avait pu voir les grands arbres du bois de Vincennes, le vert tout autour de ces murs gris où il savait qu'il pourrait se cacher, il a cherché à fuir. Il a couru vers les grilles, vers le parc, vers l'espace – peut-être qu'ils n'arriveraient pas à le rattraper et peut-être qu'ils n'essaieraient pas de tirer, peut-être était-ce une manière de leur échapper –, mais il a été immédiatement ceinturé et emmené. C'est à peine s'il a croisé quelques regards éreintés qui ne croyaient plus à la possibilité de sortir de là sinon pour retourner en enfer.

Il a été injustement enfermé au centre de rétention de Vincennes, plus connu sous le nom de CRA 2 – ce qui se prononce « crade », en effet, et ce n'est pourtant pas lui qui l'avait inventé.

Il était dans son droit.

Il essayait de se tranquilliser, dans le couloir où il était assis entre deux policiers : il y aurait forcément quelqu'un pour le comprendre. Il a secoué légèrement la tête, se traitant intérieurement d'idiot, et il a décidé d'attendre de pouvoir s'expliquer convenablement, pour s'en sortir la tête haute. Il ne disait rien, il serrait les dents, il attendait le moment où il pourrait enfin parler et il polissait les phrases qu'il dirait pour se défendre, elles tourbillonnaient dans sa tête et alimentaient sa colère et son assurance.

Mais la peur lui serrait le ventre. Il n'avait plus son passeport. Le seul papier qui pouvait prouver son identité, le seul qui portait son nom, Samba Cissé, était une autorisation provisoire de séjour périmée. Maintenant que la police détenait son passeport et savait avec certitude qu'il était malien, plus rien ne s'opposait à son expulsion. Il allait être emmené vers l'aéroport, et dans quelques heures il arriverait à Bamako, sans rien, sans un sou, sans même un vêtement de rechange ou un cadeau à offrir. Pour tous, il serait un raté. Sa mère aurait honte de lui.

Dix ans réduits à néant dans une bousculade de quelques heures. Un voyage terrible et des années de travail partis en fumée.

Il a été emmené dans le bureau d'un chef. Un autre. Un chef de quoi, qui il était, il ne savait pas, on lui demandait sans cesse de se présenter et de raconter sa vie à des inconnus en uniforme, mais aucun de ces hommes ne se présentait jamais. Pourquoi n'avaient-ils pas de nom ?

Il a senti son cœur battre plus fort dans sa poitrine. Enfin, il allait pouvoir se disculper. On allait comprendre toute la méprise dont il était victime. Il était venu de son plein gré à la préfecture, pour demander un renseignement, s'enquérir de son dossier, parce que, cette fois, il croyait bien pouvoir obtenir un titre de séjour. Il ne voulait de mal à personne, juste travailler régulièrement. Il pensait encore pouvoir défendre son cas. Il cherchait ses mots. Il croyait encore en leur pouvoir.

Mais l'homme de Vincennes a pris la parole avant lui. Il était très posé, et il avait le regard triste alors qu'il essayait d'expliquer à Samba Cissé pourquoi il allait être enfermé. Sa voix fluette, douce, contrastait avec sa carrure de boxeur. Il n'avait pas l'air très sûr de lui, ni très au fait de toutes les lois : il y en a tant, et elles sont si complexes. Peut-être qu'au fond personne ne savait vraiment pourquoi Samba était là.

Il a mis ses doigts sous ses cuisses pour empêcher ses mains de trembler, et il a choisi soigneusement les mots qui parviendraient à le sauver : il fallait qu'il en utilise d'autres, puisque tous ceux qu'il avait utilisés depuis le matin n'avaient servi à rien. Il a regardé par la fenêtre pour mieux se concentrer, sans doute, ou pour revoir tout ce qui s'était passé ce jour-là. Il s'est revu marchant, confiant, vers la préfecture sans savoir qu'il se dirigeait tout droit vers un cauchemar. Il a pensé au Bureau des étrangers, au policier qui l'avait menotté, à celui qui l'avait poussé dans la fourgonnette, à ceux qui l'encadraient lorsqu'ils avaient roulé à toute allure sur les quais blonds de la Seine.

Il préparait ce qu'il allait dire, mais l'homme de Vincennes a déclaré :

– Vous allez me dire que vous ne voulez pas rentrer chez vous…

Alors il a répondu avec un léger sourire :

– Au contraire. Mais cela dépend de ce que l'on entend par chez moi.

L'homme de Vincennes n'a pas réagi. Il n'avait pas l'air sévère, plutôt déprimé. Samba a gloussé, mais il a vite ravalé son rire. L'autre s'est gratté l'avant-bras, nerveusement, sans sembler s'en apercevoir, déboutonnant son poignet de chemise malgré lui, puis il a soupiré :

– Je sais. Personne ne veut être forcé. Mais vous n'avez pas le droit de rester ici. Nous ne pouvons pas accueillir tout le monde, vous le savez bien. Vous n'avez pas eu de chance. Vous allez être expulsé.

Samba a bredouillé qu'ils n'avaient pas le droit, mais l'homme a répondu aussi sec qu'il existait une circulaire autorisant tout agent d'accueil à procéder à une interpellation si l'étranger qui se présentait n'était pas en règle.

Samba Cissé a hurlé :

– Mais je ne savais pas que je n'étais pas en règle !

L'homme de Vincennes lui a ordonné de se calmer. Ses phalanges ont blanchi alors qu'il serrait plus fort le bord de son bureau, ce bureau qui justifiait une partie de son existence. Samba avait la gorge sèche et le front mouillé, il s'est essuyé le visage d'un revers de manche, il a passé sa langue sur ses lèvres, il s'est pincé, il s'est repris, et il a dit plus doucement :

– Sincèrement, si j'avais su que ma carte de séjour m'était refusée, je ne serais pas venu.

Il a sorti la feuille pliée en quatre qui ne quittait jamais la poche de sa poitrine : un carré cartonné de vingt centimètres de côté orné d'une photo d'identité où il souriait, confiant, dans son tee-shirt de football – un tee-shirt de gagnant.

Il l'a brandie :

– Regardez, quand je suis arrivé on m'a délivré cette autorisation provisoire de six mois, qui m'a été renouvelée une fois, et puis ensuite, plus rien. Je suis ici depuis dix ans, je travaille, je paie mes impôts, mes charges sociales.

– Et on peut savoir ce que vous faisiez ? a dit l'homme de Vincennes.

Il avait parlé au passé, et avec une lassitude méprisante dans la voix.

– Nettoyage et décapage.

– Agent d'entretien ?

Il a hoché la tête, l'autre a coché une case.

– Ce n'est pas dans la liste, il a ajouté sur un ton fataliste.

Samba Cissé savait qu'une liste de trente métiers permettant d'obtenir un titre de séjour avait été publiée en décembre 2008. Agent d'entretien n'en faisait pas partie. Agent de tri, manœuvre, auxiliaire de vie, ouvrier d'usine non plus. Seuls des métiers très qualifiés, ou mal connus, la composaient. Samba Cissé avait honte. Il n'aimait pas être obligé de faire des métiers dans lesquels son père ne l'aurait jamais imaginé, lui qui était si fier que son fils fasse le lycée et qui espérait plus que tout qu'il obtienne son baccalauréat.

Il a dit :

– Je connais mes droits. Mon métier n'est pas dans la liste, mais je suis ici depuis plus de dix ans et pour le bénéfice de ma vie privée et familiale on ne peut pas me faire partir comme cela.

Alors l'homme de Vincennes a levé la tête de sa feuille, et il lui a demandé de raconter.

4

Une tortue bleu marine, toute petite encore, sent qu'il fait plus froid, et sort dans la nuit. Le sable est encore mouillé, bien que la marée soit basse depuis quelques heures. La pointe des vagues, qui reflète la lune et les étoiles en clignant comme des dizaines d'yeux, lui envoie un signe lumineux, qui l'appelle et la dirige.

Le sol est soudain un peu plus chaud, et mobile : les nageoires cessent d'avancer, le cou se tend et la tête se tourne à droite, à gauche. Un taupe-grillon brun et roux, au corps duveteux et aux ailes transparentes, vient de jeter ses pattes sur un œuf non éclos.

La tortue repart, doucement. D'autres suivent le même chemin, et laissent les mêmes traces qu'elle, sur la plage. Les petites silhouettes foncées avancent en zigzaguant sur le sable clair.

Soudain un chien surgit, haletant, éclaboussant du sable, puis joue avec l'une d'elles, qui tente de se recroqueviller sous sa carapace, en vain : elle a déjà été croquée. Les autres accélèrent, elles ne peuvent pas revenir en arrière et foncent vers l'océan, le plus vite possible.

La petite tortue marine plonge, en clignant des yeux. L'eau est salée, douce au toucher, et glisse sur son cuir bleu où luisent cinq lignes blanches, verticales, qui soulignent ses courbes et ses os en étoile, et la font ressembler à la coque d'un bateau.

Une fois au large, elle se réfugie dans une masse flottante qui l'accueille, et se laisse aller dans le courant.

Elle échappe aux pieuvres, aux requins blancs, aux filets de pêche, aux oiseaux marins, aux hameçons des palangres, aux filets qui dérivent. Des sacs plastique multicolores pourraient passer pour des méduses mais elle les ignore, et poursuit son voyage.

Elle plonge en profondeur, et continue à voir. Elle entend le sifflement des courants autour d'elle, le chant d'un dauphin, et parfois le souffle d'une baleine. L'eau est plus froide, mais sa cuirasse la protège.

Elle continue à pousser sur ses nageoires. Elle avale des algues, de tout petits poissons multicolores, des oursins violacés, et des crustacés rouges qui croquent sous ses dents pointues.

C'est même pour cela qu'elle est là : se nourrir.

Elle parcourt plusieurs milliers de kilomètres. Elle suit les courants marins et les champs magnétiques. Elle compte le temps. Son chemin se poursuit. Elle continue à contre-courant, vers l'est, en direction de l'Afrique occidentale, au niveau de l'Équateur, qui coupe la Terre en son milieu. Son voyage dure des années et rien ne l'arrête.

Elle mesure à présent deux mètres de long, un de large, et pèse des centaines de kilos. Elle nage, et croise un drôle de petit bateau, lourd, qui flotte difficilement et avance lentement, bien plus lentement qu'elle.

Elle le dépasse, file à travers les océans vers le nord, et se dirige dans la nuit grâce aux étoiles.

5

C'était la première fois que Samba voyait la mer, et elle était noire, pas bleue. Il arrivait d'un long voyage en bus, qui lui avait fait traverser le Mali jusqu'au Sénégal, des kilomètres et des kilomètres dans le ronflement des moteurs, où il avait passé les heures à tenter de dormir, bringuebalé contre le dossier plastifié de son siège alors que le chauffeur guerroyait contre les bosses de la route, le regard accroché au nuage soulevé par la voiture qui les précédait, ses feux arrière, rouges, dansant dans la nuit vague. Il avait tenté, tout le long, de lutter contre le sable qui s'insinuait jusque dans ses oreilles, son visage, pourtant enturbanné, maquillé par la poussière que les fenêtres cassées depuis longtemps laissaient passer avec des sifflets de moquerie, jusqu'à ce qu'il arrive, les jambes tremblantes et la tête vide, dans ce port de l'Atlantique où la mer sombre se confondait avec la noirceur du ciel.

Il avait regardé les cargos qui allaient vers le nord et le froid. On aurait dit des bateaux militaires, et leur accès était difficile. Il avait préféré monter sur un petit bateau de pêche, même s'il savait déjà que certains des hommes entassés à fond de cale, au moins l'un d'entre eux, mourraient en cours de route – et que ce serait peut-être lui. Il avait fermement négocié avec un pêcheur qui était devenu passeur et trafiquant d'essence : du poisson, il n'y en avait plus, à cause des Espagnols et des Français, alors que le pétrole était toujours plus cher et les passagers pour l'Europe toujours plus nombreux.

Ils s'en étaient allés à la nuit tombante. Il avait réussi à se placer près de l'unique fenêtre et il voyait parfois, à travers le plastique trouble, la crête des vagues, la nageoire d'un poisson ou d'une tortue, et les étoiles. Mais quelques heures après le départ, alors qu'il commençait à peine à s'habituer aux odeurs d'essence et de rouille, le bateau avait été rattrapé par une vedette de Frontex. Une lumière blanche avait été braquée sur eux. Le pêcheur leur avait ordonné de plonger. Samba ne savait pas nager. Il avait crié, hurlé qu'il ne sauterait pas dans l'eau glacée. Pour la première fois de sa vie, il avait senti qu'il pouvait mourir. Plusieurs hommes s'étaient mis à insulter le pêcheur reconverti. Toutes les langues jaillissaient de ce petit bateau au milieu de l'océan tandis que la vedette se rapprochait et que des bouées orange étaient jetées vers eux.

Il n'avait pas eu besoin de sauter. On les avait capturés et ramenés à terre, puis mis en prison pour la nuit.

Au matin, il était libre. Cela faisait à peine dix heures que le bateau était parti.

La deuxième fois, il avait essayé de passer à bord d'un cargo. Il avait soudoyé un docker qui l'avait caché dans une caisse de poisson. L'odeur lui soulevait le ventre, oppressait ses poumons, et il avait cru qu'il allait mourir asphyxié, intoxiqué par ce relent de poisson pourri. Il avait été découvert avant même le départ. Le toit aux alvéoles blanches avait fait place à des visages menaçants. Il n'avait jamais su si c'était le docker qui l'avait trahi, mais il était présent lorsque ses collègues l'avaient tabassé avec des tuyaux en caoutchouc dur qui lui avaient laissé des traces sombres sur le corps pendant des mois.

Cela avait été encore plus rapide que la première fois. Il n'avait même pas quitté le quai.

Alors il avait décidé que la mer, ce n'était pas pour lui. Il avait trop peur et il n'allait pas apprendre à nager à dix-huit ans. Mais il avait honte : il ne pouvait pas rentrer à Bamako. Pas déjà. S'il revenait maintenant, il serait à jamais un minable. Il deviendrait comme l'Homme du Macumba, qui était son cauchemar. Alors il n'avait pensé qu'à une chose : repartir. Il avait décidé d'essayer par la route.

La troisième fois, c'était beaucoup plus tard, le temps de gagner à nouveau l'argent nécessaire à son départ. Il était rentré au Mali, à Kayes, et il avait travaillé à vendre des sacs de sport made in China qui serviraient à d'autres qui, comme lui, cherchaient à partir en Europe. Il commençait à être fatigué, et la peur se voyait dans son regard. Il fallait qu'il y aille, vite, avant qu'il ne lui arrive malheur. Alors il s'était entassé avec des dizaines d'autres dans un camion, puis dans un deuxième camion, et ainsi de suite, de Kayes à Mopti, de Mopti à Tombouctou, de Tombouctou à Tessalit, du Mali à l'Algérie et de l'Algérie au Maroc, puis tout droit jusqu'à Melilla, l'enclave espagnole. Des milliers de kilomètres à travers le désert, poussé contre la tôle, le visage emmitouflé dans un chèche, renfrogné sous le vent qui piquait sa peau de ses milliers d'épingles. Le sable entrait, malgré le tissu, dans ses oreilles et dans son nez, dans son cou, partout, et dans ses yeux qui pleuraient pour se défendre et attiraient les mouches assoiffées. Pendant trois jours, il avait eu à côté de lui une petite fille de six ans qui s'appelait Aïssatou et s'accrochait à la main de son père et à la sienne, accroupie au milieu des soixante passagers de la benne du camion et de leurs ballots souvent plus grands qu'elle, et qui avait constamment peur d'être écrasée.

Ils avaient croisé un autre camion, en panne. Ils s'étaient arrêtés un peu pour discuter avec ses passagers, qui avaient eu moins de chance qu'eux, mais ils n'avaient rien pu faire pour les aider, alors ils avaient continué vers le nord, les laissant là, sous la chaleur, où ils étaient peut-être morts – devenant à jamais des fils ingrats pour leurs familles, qui espéreraient, longtemps, des nouvelles et de l'argent d'Europe.

Plus tard, lorsqu'ils avaient vu un autre camion stoppé sur le bord de la route, les chauffeurs n'avaient même pas ralenti, et ils avaient juste échangé des regards muets avec ceux qu'ils doublaient, se disant qu'ils auraient pu être à leur place s'ils étaient montés dans ce camion-là plutôt qu'un autre.

Ils avaient roulé des jours et des jours, tellement entassés les uns sur les autres que des bagarres avaient éclaté ; une lame avait surgi, changeant la répartition des espaces pour un temps, et le séparant d'Aïssatou et de son père, jusqu'à ce qu'ils soient obligés de s'agripper à nouveau les uns aux autres pour ne pas tomber et risquer de se faire écraser sous les roues du camion.

Chaque poste de contrôle était l'occasion de se faire détrousser par des policiers ou des militaires, à qui il était impossible de résister sous peine de menaces ou de coups. La boucle de ceinture d'un militaire algérien lui avait laissé un souvenir à l'arcade sourcilière qui ne s'effacerait pas. Au fur et à mesure des vérifications de papiers, ils se dépouillaient de tout : leurs économies, leurs marchandises, leurs chaussures, même, parfois.

À Melilla, il avait vécu quelques semaines dans la forêt aux grands arbres noirs qui faisait suite au désert, devant la ville. Il avait attendu, et puis, un jour où le ciel était lourd, le temps chaud et humide, il avait décidé que le moment était venu. Une nuée d'oiseaux avait lancé des cris aigus comme des avertissements. Il avait couru, couru, couru jusqu'au grillage en acier, qu'il avait escaladé, ses mains s'étaient ouvertes contre les barbelés, mais il avait réussi, il avait sauté par-dessus la clôture et s'était trouvé en Espagne. Il était retombé sur ses pieds juste avant que les soldats de la Guardia civil ne l'arrêtent.

Il avait été emmené, en compagnie de sept autres, vers le Maroc.

Cette troisième tentative de passage avait sans doute été la plus dure, mais il y avait gagné un ami : un Béninois, Joseph, un gros au visage jovial, qui n'était jamais à court de blagues ou de contes, et avec lequel la marche semblait passer plus vite. Joseph croyait aux esprits et construisait à chaque étape, le soir, et même au milieu du désert, de drôles de petits autels faits de morceaux de tôle et de bois, où des figurines semblaient vivre leurs existences fantastiques, à côté desquelles leurs vies à eux paraissaient fragiles et étroites. Le regard doux et les pommettes rondes de son ami le rassuraient. Joseph croyait vraiment que ses créations les protégeraient.

Il avait fait les deux tentatives suivantes avec lui.

Alors il y avait eu la quatrième fois. Ils avaient essayé une autre tactique : passer à soixante-dix personnes. Ils avaient carrément troué le grillage et ils l'avaient franchi au travers. Il y avait des femmes, des enfants. Mais, alors qu'ils couraient vers l'Espagne, la police avait commencé à tirer.

– Ce sont des balles en caoutchouc, avait dit Joseph, c'est juste pour nous faire peur mais cela ne fait pas mal ! Courez !

Samba ne savait pas si c'était vrai ou si c'était pour les encourager. Il avait foncé, mais lorsqu'ils avaient grimpé sur le deuxième grillage, le garçon qui courait devant lui avait reçu une vraie balle, à l'arrière de la jambe. Il saignait beaucoup. Un autre avait été touché à la hanche, il était tombé à genoux, il criait, et puis, partout, les autres s'étaient écroulés autour de lui. Il avait continué à courir, dans la direction qu'avait suivie Joseph, mais il voyait qu'ils étaient de moins en moins nombreux, parce que les autres tombaient ou s'arrêtaient en levant les mains. Ils avaient fini par les avoir, tous ceux qui avaient réussi à traverser, dont Joseph et lui. Ils les avaient renvoyés au Maroc, mais, cette fois, dans le désert.

Quarante-huit, ils étaient, Samba le savait parce qu'ils les avaient comptés, et il n'avait pas pu s'empêcher de faire la soustraction et de se demander ce qui était arrivé aux vingt-deux autres.

Ils leur avaient donné un petit sac chacun avec une boîte de chinchards à la tomate et une bouteille d'eau, et ils les avaient largués dans le désert, un soir, en leur disant de suivre les lumières. C'est ce qu'ils avaient fait.

Mais, à l'aube, ils n'y étaient toujours pas, et le jour ils ne voyaient plus les lumières. Alors ils s'étaient perdus.

Il se souvenait encore du goût du chinchard en boîte. C'était mauvais, et salé. Ça puait la mort.

Alors ils avaient marché dans la clarté aveuglante et la chaleur, mais ils étaient tombés sur une bande armée. Ils disaient qu'ils étaient militaires mais c'étaient plutôt ce qu'on appelle des coupeurs de route : ils leur avaient volé l'argent qui leur restait, la veste de Joseph, le téléphone portable de Samba. Ils leur avaient seulement laissé les chinchards.

Ils avaient continué à avancer à travers les dunes. Au fil du voyage, les plus faibles ne pouvaient plus marcher, alors ils ne bougeaient plus. Leur voyage s'arrêtait. Ceux qui étaient blessés, puis les malades, les vieux, les plus maigres étaient restés en arrière. Il avait vu un enfant de trois ans mourir sur le sable. Sa mère n'avait pas pu aller plus loin. Ils n'avaient pas réussi à la raisonner.

Parfois, ils croyaient pendant de longues minutes approcher d'un campement, d'une ville, d'un camion : ils voyaient des eaux bleues ou des formes élancées, des apparitions magiques, dilatées comme des flammes et fluides comme l'eau, flottant en l'air, qui changeaient à mesure qu'ils avançaient, éblouis, avant de s'apercevoir que ce n'était qu'un pneu éclaté, ou une dune, ou même qu'il n'y avait rien.

Au bout de quelques jours, ils n'étaient plus que quinze. Ils commençaient à se demander qui serait le suivant, et si l'un d'eux survivrait.

Un soir où ils s'étaient arrêtés pour dormir, Joseph lui avait dit :

– Si tu es le seul à passer de l'autre côté, promets-moi d'être digne.

Il avait hoché la tête, sans oser lui demander ce qu'il voulait dire.

Ils avaient traversé un désert de pierres. Et puis un jour, ils avaient atteint un petit village. Les habitants leur avaient donné quelques tomates, des galettes, de l'huile, même, alors que c'était précieux pour eux aussi. Certains étaient racistes, bien sûr, ils se méfiaient des Noirs, mais il y en avait toujours un pour les aider.

Ils pouvaient dire qu'ils avaient eu de la chance, Joseph et lui. Et puis ils étaient solides.

Ils avaient été arrêtés par la police algérienne, qui les avait mis dans un camp où des militaires ne leur donnaient pas à manger, et les humiliaient toute la journée. Ils les battaient. Les insultaient. Il avait entendu Joseph hurler comme un chien parce qu'on le frappait dans la cellule d'à côté. Alors, une nuit, Samba avait eu la rage en lui. Il ne pouvait pas avoir essayé quatre fois de passer la frontière et finir par mourir dans une prison au milieu du désert. Il avait peur, mais sa colère était encore plus forte. Il avait réussi à déboîter deux pierres du mur et il les avait nouées dans son tee-shirt. Il s'en était fait une arme.

Quand le militaire avait ouvert pour leur donner le pain et l'huile qui seraient leur unique repas du jour, il avait attrapé les pierres enrobées de tissu, et il l'avait frappé de toutes ses forces à la tête, puis au ventre. L'homme était tombé. Il lui avait pris ses clés et il avait commencé à ouvrir les portes des autres cachots. Ceux qui étaient dans la même pièce que lui l'avaient suivi, mais à mesure qu'il libérait les prisonniers il s'était aperçu que beaucoup d'entre eux ne bougeaient pas, paralysés par la peur. La moitié, au moins, n'avait pas osé fuir. Il ne pouvait rien leur arriver de plus terrible. La résignation.

Joseph, avec qui il vivait depuis un an, et dont il était aussi proche qu'un frère, était couché sur le côté droit, recroquevillé au sol, le visage tuméfié jusqu'au cou, la lèvre ouverte sur une croûte recouverte de mouches qui ne prenaient même plus la peine de s'envoler quand il remuait. Lui, c'était la neuvième fois qu'il tentait de traverser. Il n'en pouvait plus. Samba l'avait secoué, hurlant pour le faire réagir, mais Joseph était resté immobile. Il lui avait crié de le suivre, de lui faire confiance, il l'avait soulevé par les aisselles pour le mettre debout, mais il ne bougeait plus. Il l'avait supplié, tapé, secoué, jusqu'à ce que Joseph finisse par se lever.

Ils avaient entendu des voix qui arrivaient, alors ils s'étaient enfuis. Ils avaient réussi à ouvrir une porte et à foncer vers le grillage. Joseph était à bout de forces et il le tirait par le bras, mais à un moment, pour escalader la clôture, il avait dû le lâcher. Des coups de feu avaient claqué. Un groupe de soldats était venu vers eux. Samba avait couru, de l'autre côté du mur. Il était passé par une petite ouverture, il pensait que Joseph était juste derrière lui. Ou alors il avait senti son absence, et c'était pour cela qu'il s'était retourné. Il ne savait plus. Il préférait ne pas savoir. Tout ce qu'il savait, c'est que, quand il s'était retourné, il avait vu que Joseph n'était pas avec lui.

Il s'était retrouvé seul. Si loin de chez lui. Il ne savait plus où aller. Il était parti se réfugier dans un village à quelques kilomètres de là, jusqu'à ce que, un jour, un camion passe, rempli d'hommes comme lui : il les avait rejoints. Il n'avait pas eu à leur dire ce qui lui était arrivé. C'est avec eux qu'il avait fini par prendre un bateau jusqu'en Espagne. Pendant tout le voyage il avait pensé à Joseph, et parfois il sursautait quand il croyait reconnaître sa silhouette.

Peut-être avait-il été abattu d'une balle dans le dos. Peut-être avait-il réussi à s'échapper, ou à revenir en arrière. Parfois, il se disait que Joseph avait réussi à passer en Europe un autre jour, sur un autre bateau, à une autre frontière. S'il avait eu la possibilité d'une dixième chance, nul doute qu'il l'avait saisie.

Cela faisait des années qu'il essayait d'oublier à quel prix il avait réussi à venir ici : le prix de la vie d'un homme, celui qui était son ami.

Quand il n'arrivait pas à dormir, c'étaient toujours Joseph et l'océan qui venaient le hanter.

6

À Vincennes, il avait beaucoup de mal à raconter calmement sa vie parce que sans cesse il était interrompu par des cris et des plaintes fusant des couloirs, ou par les voix métalliques sortant des haut-parleurs qui convoquaient les retenus à l'infirmerie, aux vestiaires ou au contrôle. Il n'arrivait pas à reconnaître les mots déformés au sortir des baffles crépitants en un nouveau langage inventé, au milieu duquel surnageaient des noms propres dont les sonorités faisaient faire le tour du monde. Ici les hommes étaient d'abord définis par l'endroit où ils étaient nés. Pakistan. Congo B. Congo K. Russie. Turquie. Vietnam. Équateur. Bangladesh. Mali.

C'était lui, à présent, qui ne comprenait plus les mots qu'il entendait. Mali, Sri Lanka, Mongolie, Nigeria ne voulaient plus rien dire. Ces pays étaient déréalisés. Les hommes ne pouvaient pas être définis par le lieu où ils étaient nés. Et, surtout, ils ne pouvaient pas être punis seulement parce qu'ils venaient d'ailleurs.

Brusquement, devant l'œil intranquille de l'homme de Vincennes qui l'interrogeait, il s'est dit qu'il ferait peut-être mieux d'accepter d'obéir et de rentrer là-bas. Au Mali. Au moins, ainsi, il aurait l'illusion de choisir. Peut-être fallait-il accepter leur langage, faire semblant de comprendre que les mots avaient désormais d'autres sens. Dans ce camp de vacances, on avait seulement le droit d'accepter un « retour volontaire », qu'on n'était pas en mesure de refuser. *Alors, volontaire, dans ce cas-là, qu'est-ce que cela voulait dire ?* Était-on en train de modifier la signification du mot « volontaire » ? Qu'avait-il fait de si grave pour être enfermé de cette manière ? Rêvé d'un ailleurs ? Est-ce que le rêve était un crime ? Allait-on aussi changer le sens de ce mot ? Ici, les noms de pays devenaient des noms d'hommes et des mots communs aussi simples que « volontaire » ou « rêve » changeaient totalement de sens. Mais si la signification des mots changeait, est-ce que les hommes restaient les mêmes ?

Il ne savait plus ce que voulaient dire les mots. Il restait silencieux.

Colombie, Nicaragua, Mali, Haïti, Chine.

L'officier lui a tendu un papier, qui s'intitulait « Centre de rétention administrative de Paris I, II, et III, règlement intérieur », et qui commençait par : « Article premier : Ne sont admis au centre que les étrangers pour lesquels la préfecture qui les envoie a réservé une place. »

Il a souri, malgré lui. L'homme, qui avait jusque-là un air las, l'a regardé avec curiosité : pour une fois il ne réagissait pas comme les autres, les centaines d'autres qui étaient passés avant lui sur cette chaise inconfortable.

Samba a pointé son ongle long sur le texte.

– Parce qu'il y en a qui viennent ici sans réservation ?

Déjà tout petit, en classe, les maîtres le trouvaient impertinent. Ce devait être une lueur dans son regard, une insolence, ou une distance : quelque chose dans son air agaçait l'autorité. Les maîtres et les policiers se méfient des rêveurs.

L'homme de Vincennes a raclé le fond de sa gorge pour en arracher des glaires, puis il a regardé le pli de son coude où il avait de petites croûtes. Il s'est gratté. Puis il a déclaré que Samba avait le droit à un lit, une brosse à dents, un savon, un tube de dentifrice de dix-neuf grammes, un flacon de shampooing de vingt et un millilitres. Un nécessaire de rasage lui serait distribué chaque matin de huit heures à dix heures, contre remise de sa carte d'hébergement au centre, qui lui serait restituée au retour du rasoir et de la mousse.

Ils devaient prendre des précautions parce que certains retenus essayaient de se tuer.

Pourtant, l'homme de Vincennes lui a assuré que le Crade n'était pas une prison. La preuve, c'était que la promenade avait lieu du matin au soir. Et puis dans certains centres il y avait des espaces de jeux, pour les enfants : des toboggans, un cheval jaune à ressorts, un petit bac à sable, vide. Bien sûr, ils étaient entourés de grillage, au cas où les parents en profiteraient pour s'en aller – mais puisqu'il y avait parfois des enfants, ces centres ne pouvaient pas être des prisons.

C'était logique.

Tout à coup, il a entendu une rumeur monter, quelque chose comme un grondement sur un stade de football, et puis des portières claquer, des policiers crier. Un collègue de l'homme de Vincennes a ouvert la porte et il a dit :

– Viens voir, c'est le bouquet ! Un groupe de dix-sept travelos vient d'arriver !

Ils se sont avancés vers la fenêtre, leurs yeux brillaient de curiosité et peut-être d'excitation. Dix-sept travestis brésiliens, en tenue de travail rutilante, la minijupe au ras des fesses chaloupant sur des talons hauts, les cuisses bronzées et galbées luisant sous les lumières des réverbères orange, les cheveux jetés en arrière avec provocation, défilaient majestueusement devant les hommes regroupés dans la cour, à distance respectueuse. Le collègue a dit :

– Putain !

L'homme de Vincennes a approuvé :

– C'est le mot.

Et ils les regardaient tous les trois, fascinés, tandis qu'elles traversaient la cour presque au ralenti, comme si elles se promenaient dans le bois tout proche ou sur les trottoirs de Bahia, le long de maisons coloniales aux balcons ciselés, parlant fort, dans une langue musicale et suave, si suave qu'elles les faisaient transpirer de concert. Elles se dandinaient dans leurs robes à volants vert vif et on aurait dit qu'elles venaient pour une fête ou un bal, elles se soutenaient les unes les autres, jetant des regards en coin aux policiers comme aux retenus, fières, hautaines, sûres de leur charme, et tout à coup l'ambiance du centre, sous les lumières orange des réverbères au sodium, a changé.

L'homme de Vincennes a dit :

– Mais ils sont fous, pourquoi ils les ont pas mises au CRA 3 ?!

Le Cratrois, c'était le quartier des femmes. Son collègue a salivé :

– Ce sont des hommes…

Et on aurait dit que ses yeux ne pouvaient pas croire que ces jambes interminables et lisses puissent avoir un quelconque point commun avec les siennes, grasses et poilues, qui dépassaient de son pantalon de gabardine. Les policiers autour des travestis tentaient de former un cordon de sécurité ; on lisait sur leurs visages la peur et le ravissement mêlés. Ils regardaient les prostitués et en même temps ils craignaient sans doute que leur présence excite trop les retenus, qu'ils deviennent incontrôlables. Certains étaient enfermés là pendant des jours et des jours sans voir leur femme, sinon parfois une demi-heure par semaine entre deux policiers, alors la vision de cuisses galbées, dorées, ça faisait plaisir et presque mal, en même temps. Cela échauffe les esprits.

Les travestis ont été emmenées dans un bâtiment à part, celui où travaillait la brigade sinophile. On les a logées au-dessus des chiens qu'on dressait à devenir agressifs, et les aboiements et les glapissements se sont mêlés aux chansons et aux cris des Brésiliennes aux cheveux ondulés, brillants.

L'homme de Vincennes est revenu sur terre. Il a regardé Samba d'un air furieux et il a dit à son collègue :

– Bon, je termine avec celui-là et je rentre.

– Je peux te laisser ? a dit l'autre. Tout se passe bien ?

Et l'officier a répondu comme si Samba Cissé n'était pas là, ou qu'il ne parlait pas la même langue qu'eux :

– Ceux qui ont besoin d'un interprète, c'est pas la rigolade, mais ceux qui parlent français, c'est pas mieux.

Il était déjà presque vingt-deux heures et les hommes rentraient dans leurs chambres. Le silence avait remplacé les cris et l'agitation. L'homme de Vincennes n'avait plus envie d'entendre son histoire. Il voulait rentrer chez lui, ce que Samba était bien placé pour comprendre, vu qu'il aurait donné n'importe quoi pour revoir la porte 167, au premier sous-sol gauche du 4, rue Labat, dans le dix-huitième arrondissement à Paris, où il résidait avec son oncle, Lamouna Sow, un tout petit homme aux yeux vifs qui était la créature la plus attachante qu'il connaissait, et qui devait se demander où il était.

– Je ne sais toujours pas où en est ma demande de titre de séjour, a dit Samba.

L'homme de Vincennes a pris un air excédé.

– Votre autorisation de séjour n'a pas été accordée : vous faites l'objet d'une obligation de quitter le territoire français.

– Mais je n'ai jamais rien reçu. Dans mon immeuble il y a plus d'appartements que de boîtes à lettres, le facteur s'y perd…

– Vous direz ça au juge. Moi, tout ce que je peux vous dire, c'est que vous faites l'objet d'une OQTF, et, du coup, on vous a interpellé. Vous allez être expulsé.

– Je ne comprends pas.

– Ce n'est pas nécessaire.

Il avait eu jusque-là un maigre espoir d'être dans son droit, mais il comprenait à présent – ou tout au moins il sentait – qu'il n'avait jamais été aussi proche d'être renvoyé dans son « pays d'origine », alors il a crié, il a brandi son récépissé, il ne regardait plus l'homme de Vincennes, il fixait des yeux ce papier qui ne le quittait pas depuis dix ans, qui l'avait autorisé à résider en France, qui prouvait qu'il avait fait une demande de titre de séjour, ce papier si précieux qu'il le conservait dans la poche gauche de sa chemise, contre son cœur, et alors l'homme de Vincennes l'a saisi et il a dit :

– Vous arrêtez de crier ou je vous mets en cellule d'isolement ! Ce titre n'est plus valable, sa date de validité a expiré et l'administration a décidé de ne pas le renouveler, ce qui compte maintenant c'est l'OQTF, l'obligation de quitter le territoire français, vous ne comprenez pas ? Vous ne voulez pas comprendre ?

Et alors il lui a arraché des mains son récépissé, et, à quelques centimètres de ses yeux, il l'a déchiré, en quatre morceaux.

7

Toute la nuit, les hommes parlaient, criaient, jouaient aux cartes, se battaient. Il a gardé la tête enserrée dans son oreiller pour essayer de s'abstraire du bruit, mais même ainsi il ne dormait pas tranquillement, il continuait à percevoir l'agitation autour de lui, les appels dans les haut-parleurs. Parfois les policiers passaient dans les dortoirs, allumaient la lumière, refermaient les portes en les claquant.

Et puis tout à coup, dans le dortoir, un homme s'est mis à pleurer. Il maudissait son malheur, à voix haute, comme si tout n'était pas perdu d'avance dans ce lieu oublié de tous. Samba a eu peur : on lui avait dit que la veille, les cris de deux Tunisiens qui s'étaient lamentés dans la chambre d'à côté avaient fait venir les gardiens, qui les avaient emmenés en pleine nuit. On ne les avait pas revus depuis.

L'homme continuait.

– Marre, marre, marre, voilà ce qu'il disait. Marre, marre, marre, marre.

À la onzième fois, d'autres ont commencé à gueuler ou à rire, et même Samba a pouffé nerveusement. L'homme était assis sur son lit. Sa silhouette se découpait dans la nuit claire de la chambre. Il était presque aussi grand que lui, mais plus baraqué. C'était cet homme au visage doux, aux pommettes rondes et au front bas qu'il avait remarqué parce qu'il lui avait fait penser à Joseph quelques secondes où son cœur avait bondi dans sa poitrine, avant qu'il ne s'aperçoive que ce n'était pas lui.

Un de leurs voisins de lit s'est tourné vers lui :

– On en a tous marre, ici. Tu dois prendre ton mal en patience, sinon tu emmerdes les autres, et alors ce sont les autres qui en ont marre de toi.

– Et ça, c'est dangereux, a renchéri son voisin.

– Tu es fatigué, dors, a dit un autre. Tu dois te reposer. La nuit, on ne peut rien faire.

– De toute façon on ne peut jamais rien faire. Laisse agir les étoiles.

– Dors, a murmuré un autre.

Sa voix était envoûtante. Samba s'est rendormi.

Au matin il a été réveillé par des cris. Le dortoir était vide. Il s'est levé et s'est précipité dans le couloir, effrayé. Dehors, des hommes braillaient, amassés à la porte d'en face. Dans une chambre pour deux personnes, un homme était ceinturé par deux policiers, tandis que d'autres arrivaient en renfort. Samba voyait mal, par-dessus les têtes. Il a demandé à un garçon aux cheveux en afro, à côté de lui, ce qui se passait.

– Un Turc, qui devait prendre l'avion ce matin. Il a avalé une lame de rasoir.

D'autres hommes arrivaient des étages, dévalant les escaliers. Samba a vu deux flics tenir le Turc, tandis qu'un troisième essayait de récupérer la lame de rasoir avant qu'elle ne descende dans sa gorge. Quand ils étaient venus le chercher, le Turc avait avalé la lame, devant eux. Le policier a mis ses doigts dans la bouche qui recrachait du sang, il gueulait : « Tenez-lui la mâchoire, il me mord la main ! », et Samba ne savait pas si le sang qui coulait était celui du Turc ou celui du flic tellement ils criaient aussi fort l'un que l'autre. Tous s'agitaient autour. Le Turc résistait. Il avait beau se charcuter la gorge avec la lame à l'intérieur qui lui cisaillait les chairs, il continuait à l'avaler. Un flic a fermé la porte. Samba n'a plus rien vu.

La porte s'est à nouveau ouverte, l'homme ceinturé et couvert de sang a été emmené par les trois policiers. Ses pieds traînaient au sol.

Tandis que les hommes se dispersaient, Samba est resté planté dans le couloir. Le garçon à l'afro lui a dit en haussant les épaules :

– C'est la vie au Crade.

Un homme s'est rapproché. Il a dit avec un fort accent :

– T'es nouveau, toi. Mais tu vas t'habituer. Ici il y a deux ou trois tentatives de suicide par jour.

Le contour de sa bouche était couvert de cicatrices roses, en forme de fermeture Éclair.

– Quelquefois ils s'évanouissent et sont conduits à l'hôpital, mais ils sont emmenés sans s'en rendre compte, et ils se réveillent dans l'avion du retour. Trop tard.

Le garçon à l'afro a regardé Samba droit dans les yeux avant d'ajouter :

– Ici, il ne faut pas perdre conscience. Jamais. Sinon tu te réveilles ailleurs.

Celui qui avait pleuré dans la nuit les écoutait. Les autres avaient disparu. Il n'y avait plus qu'eux quatre dans le couloir vide.

L'homme aux cicatrices a dit :

– Pourtant ce n'est rien à côté de la Grèce.

Il était iranien. En Grèce, il avait été placé dans un

centre de rétention horrible, où il avait voulu protester contre les conditions de vie. Avec huit compatriotes, ils s'étaient cousu la bouche avec du fil électrique.

Cela n'avait servi à rien.

Il est parti en leur tapant l'épaule. Le garçon à l'afro lui a fait une poignée de main compliquée, et il s'est éloigné lui aussi.

Celui qui était arrivé la nuit précédente est resté debout contre la porte. Samba voyait bien, à présent, qu'il ne ressemblait pas à Joseph, mais sa première impression avait suffi à le lui rendre sympathique. Il s'est rapproché de lui : il savait qu'il avait besoin à ce moment-là d'une attention, un mot, un geste. Il a mis deux sachets de thé neufs dans des verres qu'il a remplis au robinet d'eau chaude du couloir.

Il s'appelait Jonas. Il venait du Congo-Kinshasa. Tandis que le sachet colorait l'eau dans le verre transparent, il a commencé à raconter son histoire. Le garçon à l'afro est revenu, accompagné d'un homme du premier étage, qui venait du Congo lui aussi. Ils sont tombés dans les bras l'un de l'autre. L'homme tenait une quincaillerie tout près de la maison où Jonas avait passé son enfance. Ils se sont mis à se raconter des anecdotes qui étaient arrivées à Kin la Belle, Kin la Poubelle, quand elle était encore en paix. Ils ont commencé en lingala, mais très vite ils sont passés au français pour que Samba et le garçon à l'afro puissent les comprendre. D'autres, attirés par les exclamations de joie qu'ils avaient entendues, s'étaient rapprochés.

Ce qu'ils décrivaient était loin, et n'avait rien à voir avec le pays qu'avait quitté Samba dix années auparavant, et pourtant il entendait dans leurs récits le murmure des palmiers, les éclats de voix des marchands dans les rues

poudreuses et chaudes, les insultes pleines d'imagination qui volaient d'une voiture à l'autre, les chevaux
tentant coûte que coûte de passer dans le brouhaha et
le ronron des moteurs, et puis les appels des vendeuses
qui se faufilaient, ondoyant entre les motos vrombis-
santes et les petits bus verts pour vendre des tranches
d'orange ou de papaye, des sachets d'eau ou des brosses
à dents, jetant les pieds en avant dans la poussière de
latérite. Il y retrouvait la nostalgie qu'ils avaient tous,
et l'envie de s'en sortir coûte que coûte. Il sentait l'odeur
des arbres de son pays.

Jonas était venu rejoindre sa fiancée, qui était en France
depuis plus de trois ans. Gracieuse, elle s'appelait. Tout
de suite, Samba a retenu son prénom. Au Mali personne
ne s'appelait comme ça.

Puisqu'elle était arrivée la première, Gracieuse avait
essayé de se marier à distance avec Jonas : elle avait
obtenu le droit d'asile et elle pensait que ce serait peut-
être plus facile pour le faire venir, mais ce n'était possible ni d'avoir un visa, ni de se marier, rien. Au bout
de trois ans il avait décidé de faire comme tous les
autres avant lui, de venir clandestinement. En avion.
Il avait fait tout ce chemin pour elle. Il était venu avec
de faux papiers.

Au Congo, il lui avait été facile de payer des fonc-
tionnaires pour pouvoir prendre un vol, mais dès qu'il
avait atterri les choses avaient commencé à se gâter. Il
était arrivé en France la veille. Tout de suite, il avait été
pris. Il avait été mis en zone d'attente à Roissy, puis on
l'avait emmené ici. Il n'avait vu la France que depuis
la camionnette de police, à travers un grillage : l'auto-
route de Roissy à Vincennes, les voitures, flambant
neuves, les gens qui tournaient leur visage vers le car
qui beuglait, le ciel gris, et il allait peut-être repartir

sans voir autre chose. Il ne savait pas comment joindre Gracieuse, dont il n'avait plus le numéro de téléphone. Il resterait enfermé jusqu'à ce qu'il ait une réponse à sa demande d'asile – et elle avait de grandes chances d'être négative. Il avait vécu la guerre, les violences, mais il ne faisait partie d'aucun groupe politique, il n'avait aucun certificat prouvant que toute sa famille avait été tuée, il n'avait pas été suffisamment activiste, ni suffisamment menacé, et c'était comme si toutes les horreurs qu'il avait vues ou subies étaient insuffisantes. Tout le monde lui avait dit, la veille, qu'il n'avait aucune chance d'être accepté. Il n'était plus qu'à quelques kilomètres de Gracieuse, et il allait peut-être repartir sans même l'avoir revue quelques minutes.

Il disait :
– C'est parce que je l'ai en moi, et que je l'ai eue en moi pendant tout ce temps, que j'ai pu venir jusqu'ici.

Et les hommes autour de lui le regardaient d'un air grave. Ils rêvaient tous de Gracieuse, à ce moment-là.

Il disait :
– Elle est ma force, ma vie.

Et, tous, ils rêvaient de pouvoir en dire autant.

Samba regardait les lits du Crade et il croyait voir des piles d'hommes, tous ceux qui avaient dormi sur ces matelas depuis que le centre avait été créé, les dizaines d'hommes qui s'étaient allongés ici, rêvant d'une femme, essayant de deviner au plafond leur avenir. Des centaines d'hommes étaient passés entre ces murs en sachant qu'ils n'avaient plus qu'une chance de rester dans ce pays. Il croyait entendre leurs prières et leurs conjurations murmurées. Il ne faisait qu'un avec eux.

Il était un de ces hommes, et portait en lui la forme de leur exil.

Il se sentait grandi de leur existence.

Il a fermé les yeux et il a vu un homme en mouvement, dressé face à l'horizon, prêt à aller découvrir le royaume vide qui l'entourait. C'était l'image qui lui était apparue chez son oncle lors de son tout premier soir en France, dix ans plus tôt, à laquelle il avait parfois pensé depuis, et qui revenait alors qu'il ne pouvait rien faire d'autre que de rester cloué à un matelas sur lequel d'autres avaient dormi avant de devenir des fantômes, des souvenirs.

Cette image lui semblait ancienne. Peut-être n'avait-elle jamais cessé d'occuper son esprit depuis le jour où il avait décidé de quitter la maison de ses parents, et de sortir d'Afrique pour tenter une autre vie : c'était peut-être cette impression visuelle, proche du souvenir, qui l'avait transporté jusqu'ici.

L'homme marchait, tout droit, à travers l'étendue blanche. Ce n'était pas une image de revendication, de conquête, de violence. C'était une invitation au mouvement, qui lui permettait de se reconnaître en ces hommes qui l'entouraient, un désir d'exister tel qu'il pouvait être – et non tel que les circonstances le lui imposeraient.

8

C'est à ce moment-là que je l'ai rencontré.

Le lendemain de son arrivée, Samba s'est rendu au bureau de la Cimade, l'association de défense des sans-papiers qui avait un local au centre de rétention, où l'homme de Vincennes lui avait dit qu'il pourrait demander de l'aide.

J'étais bénévole à la Cimade depuis plus d'un an. Tout avait commencé entre les deux tours de l'élection présidentielle de 2007. Je vivais alors avec Laurent depuis six ans et demi. J'étais bibliothécaire, et il avait un poste chez Total, à la Défense. Nous vivions dans un deux-pièces à la décoration minimaliste, dans le dixième arrondissement. Ma vie était de plus en plus terne, mais je ne m'en étais pas encore rendu compte. Je crois qu'il y avait même certains jours où j'étais satisfaite de notre existence sans histoires. Peu à peu, simplement, je n'essayais plus de réorienter les lecteurs qui cherchaient le dernier Katherine Pancol vers des premiers romans prometteurs, je ne me précipitais plus sur les nouveautés avant que leur couverture ne soit protégée par une fine pellicule de plastique transparent dont j'aurais à lisser les bulles. Je faisais mes classements, le plus souvent au sous-sol. Je réparais des tranches endommagées.

J'envoyais de vieux livres au rebut. Je me réfugiais, volontairement, à l'abri de la lumière.

La période pré-électorale avait pourtant réveillé l'ambiance de la bibliothèque. Deux vieilles lectrices, membres du club de lecture, s'étaient même crêpé le chignon un mardi soir. Je n'avais connu que deux présidentielles avant celle-là, en 1995 et 2002, mais il me semblait que jamais je n'avais ressenti une telle tension dans l'air.

Et puis une discussion, un samedi soir où nous étions invités avec un autre couple chez des amis à Belleville, avait tout déclenché. Entre deux bouchées de gratin d'aubergines, Maud avait demandé pour qui nous allions voter, et Laurent n'avait pas voulu répondre. J'avais rigolé ; il n'avait jamais caché ses opinions, et il avait toujours trouvé, comme moi, qu'il était hypocrite de vouloir le faire. Mais il avait tenu bon. Les deux autres couples avaient échangé des regards entendus. J'étais énervée par l'attitude de Laurent. Je le voyais, dans sa petite chemise repassée par mes soins, avec son air pincé et son ton sec (*je ne vois pas pourquoi j'aurais à vous faire part de mes opinions politiques*), et je le trouvais ridicule. Nous étions entre gens de bonne compagnie, de gauche, pourquoi jouait-il à cela ? Je l'avais provoqué. J'avais fait une blague sarcastique sur le Modem, à laquelle ils avaient tous ri, même lui.

Et puis tout à coup il l'avait dit : il hésitait à voter pour Sarkozy. Une phrase de trop.

Je me suis toujours considérée comme un esprit ouvert, mais j'avais très mal réagi à ce qu'il venait de dire. Tout à coup, le fait que je découvre devant quatre autres personnes qu'on n'avait plus du tout les mêmes opinions politiques, qu'elles étaient même vraiment contraires, qu'on ne se parlait plus, et puis son sourire contrit, sa chemise mal repassée, son teint gris, sa ringardise m'avaient poussée à le regarder d'une manière nouvelle.

Les autres s'étaient tus.

J'avais honte de lui.

Je ne dirais pas que c'est l'unique raison qui m'a poussée à le quitter. Il m'agaçait de plus en plus, et je ne ressentais plus qu'une attirance sporadique pour lui. Je ne voulais plus être la moitié d'un petit couple gris sans histoires.

Et, surtout, nous ne parlions plus le même langage.

Quelques semaines plus tard, j'emménageais dans un studio au sud d'Alésia. Le soir, je prenais de longs bains chauds, je relisais des romans que j'avais aimés dix ans plus tôt, et de temps en temps j'allais boire du vin rouge avec des copines qui avaient réussi à faire garder leurs enfants. Moi je n'en avais pas, et je me disais que je n'aurais peut-être pas osé le quitter dans le cas contraire. Un mal pour un bien.

Mais assez vite, je me suis sentie comme ces arbres au Vietnam que l'on arrose d'eau chaude, un peu chaque jour, pour qu'ils meurent à la longue. Je m'ennuyais. Et, surtout, je commençais à trouver mon métier de bibliothécaire un peu morne par rapport à ma nouvelle vie de fille-de-trente-sept-ans-qui-n'avait-peur-de-rien – même pas de la solitude. J'ai cherché des idées.

Notre discussion chez Maud m'est revenue. J'avais essayé de trouver des arguments pour lui prouver qu'il avait tort. J'avais parlé des sans-papiers. Mais je n'avais pas de chiffres en tête, aucun détail sur les nouvelles lois, pas de preuves de ce que j'avançais. Je m'étais retrouvée coincée. Plusieurs fois je m'étais dit après l'élection qu'il fallait que je m'informe mieux. Pour que cela ne se reproduise plus, et pour que la prochaine fois que la situation se présenterait je sois capable de défendre mes idées avec des arguments irréfutables.

Quelques semaines plus tard, j'avais rendez-vous à la permanence des bénévoles de la Cimade, dans le dix-septième arrondissement de Paris, près des Batignolles.

La pièce était grande, et l'ambiance était celle d'une ruche. Des petites dames aux cheveux gris à nuances orange ou mauves s'agitaient dans tous les sens, souvent suivies par des étudiantes en treillis. Assis sur les trois rangs de chaises en plastique, des hommes et des femmes attendaient. Et, au fond de la salle, cinq tables accueillaient deux par deux les sans-papiers qui venaient demander de l'aide.

Je ne sais toujours pas exactement pourquoi je suis devenue bénévole. Peut-être pour faire partie de cette ambiance active, survoltée. Peut-être pour que Laurent l'apprenne un jour, et qu'il comprenne que je n'étais pas partie sur un coup de tête mais pour des convictions profondes, et nobles. Peut-être aussi pour me persuader que, si mon bulletin de vote n'avait servi à rien, mon engagement hebdomadaire pouvait avoir plus d'effet. Peut-être dans l'espoir de séduire quelqu'un d'autre. Ou pour avoir l'impression de vivre à nouveau.

En tout cas, à partir de ce jour-là, je suis venue chaque jeudi après-midi dans la ruche des Batignolles. Je faisais partie de la permanence « éloignement », celle qui cherchait à éviter les expulsions.

Nous étions cinq, à la permanence. Mon référent était une étudiante en droit, Manu, qui ne ressemblait pas du tout aux étudiantes en droit dont j'avais le souvenir : elle était piercée au sourcil et au nez, portait des pantalons kaki avec des poches sur les côtés, et jurait comme un charretier en permanence. En sa présence, on avait immédiatement envie de faire voler les camisoles et de se mettre à parler haut et fort.

Ce jour-là, Manu m'avait demandé si je pouvais remplacer une autre stagiaire qui passait un examen. Il s'agissait d'aller au centre de rétention de Vincennes, et j'étais intéressée de voir à quoi cela ressemblait. J'étais rassurée d'y aller avec Manu. Je savais que, entre deux rendez-vous avec des hommes enfermés qui seraient bientôt peut-être expulsés vers un pays qu'ils avaient fui, ses jurons et ses anecdotes détendraient l'atmosphère.

J'ai été choquée par les allures de prison du centre. On entendait crier derrière des cloisons qu'on ne franchirait jamais. On n'avait le droit de voir que les couloirs et notre local. Les hommes défilaient devant nous et nous avions quarante-huit heures pour les faire sortir de là, en saisissant le juge des libertés. Parfois, nous n'avions aucun argument auquel nous raccrocher, et nous regardions, impuissantes, les hommes repartir en sachant qu'ils allaient être renvoyés de force dans leur pays d'origine. Parfois, nous avions de vraies raisons de demander leur libération. Nous rédigions alors des recours juridiques, où nous traduisions dans la langue de la République les arguments de ceux que nous étions venues aider. Nous étions des traductrices.

Nous traduisions du français en français.

Dans la pièce où les murs sans peinture étaient plus hauts que larges, et où une seule fenêtre laissait passer une lumière verticale, je l'ai vu s'avancer, mal à l'aise, balançant ses jambes maigres qui semblaient trop grandes pour lui.

Samba s'est présenté, et il nous a raconté ce qui s'était passé tandis que nous l'écoutions en silence. Quand il a dit ce qui était arrivé à la préfecture, j'ai tout noté, scrupuleusement. Manu était « dégoûtée ». Elle n'avait pas d'autres mots que celui-là pour décrire son indignation, et elle a répété :

– Dégueulasse, dégueulasse, dégueulasse. C'est dégueulasse.

Samba a eu l'air impressionné. Il ne devait plus trop s'attendre à ce qu'on le croie. Mais Manu a ajouté d'un air convaincu :

– C'est abuser.

Alors elle a renchéri :

– Franchement, c'est abuser.

Il ne saisissait pas tout à fait sa façon de parler. Alors elle a dit :

– On va vous aider.

Je connaissais la lâcheté de ceux qui préfèrent s'en remettre à leur chef plutôt que de risquer des pénalités, la brusquerie de ceux qui profitent de leur petit pouvoir pour se venger de leur paie insuffisante, la vulgarité de ceux qui insultent d'autres êtres humains comme s'ils étaient d'une autre espèce : elles existent ailleurs, partout. Mais l'histoire de Samba était un condensé de tout cela. Manu a pris en main une pile de papiers et elle a commencé à lui expliquer comment nous allions agir. Il allait nous raconter tout ce qu'il avait vécu depuis qu'il était arrivé en France, et j'écrirais tout, au fur et à mesure. Nous allions faire valoir ses droits. Nous n'avions que les mots pour le défendre, mais c'était parfois suffisant. Nous vivions dans un État de droit, où les mots voulaient encore dire quelque chose. Samba a fait la moue. J'ai souri.

Manu a lu attentivement les documents qu'il lui tendait et qui résumaient sa situation, et puis elle a relevé la tête :
– On va se battre, elle a dit. On va rédiger une lettre au juge des libertés, et on va essayer de vous faire sortir d'ici.

Manu était vive, elle était guerrière, et la petite boucle d'oreille qu'elle avait au nez était comme un grain de beauté en métal, et soulignait la courbe délicate de sa narine, la finesse de ses traits – toutes qualités auxquelles Samba était visiblement sensible. Elle avait des yeux en amande et il le lui a dit, elle a ri, et ses amandes se sont effilées. Ses yeux étaient bleus, mais ceux-là n'avaient pas l'air de lui vouloir du mal, au contraire : ils semblaient donner sur la mer, et évoquaient la liberté plus que la répression. J'étais embarrassée, et en même temps je trouvais ses boniments presque comiques ; je ne savais pas comment réagir. Manu a ri.

J'ai saisi son tabac à rouler, j'ai fait glisser une feuille hors du carton, je me suis maladroitement roulé une cigarette, et, pour la première fois depuis six ans et demi, j'ai fumé.

Manu était tellement écœurée par l'injustice dont Samba était victime qu'elle s'est mise à jurer à qui mieux mieux. Là aussi, il a été surpris. Lui, il ne disait jamais de gros mots. Manu, elle, disait « putain » plus souvent qu'à son tour, et aussi fort qu'un menuisier qui s'est tapé sur les doigts avec son marteau : elle disait « putain » quand elle était surprise, « putain » quand elle était en colère et « putain » quand elle ratait une des cigarettes roulées qui lui jaunissaient les doigts. « Putain »

65

était à la fois son exclamation favorite (« Putain ! »), un adverbe (« putain de rageant »), un épithète admiratif (« une putain de bagnole »), une injure (« putain de ta mère », voire « de ta race », qu'elle disait aux Blancs comme aux Noirs). En revanche, ce mot ne semblait plus avoir qu'un lien très lointain avec le plus vieux métier du monde. Elle disait aussi « enculé », bien sûr, « bordel », aussi, et puis surtout « mes couilles », à tout bout de champ. Elle trouvait cela plus expressif. Elle disait qu'elle n'y pouvait rien. Ce jour-là, à Vincennes, elle a d'ailleurs dit deux fois « mes couilles » devant Samba : « je m'en bats les couilles », d'abord, et il l'a regardée bizarrement, comme s'il avait mal entendu, et puis un peu plus tard, alors qu'elle se rongeait un bout d'ongle miraculeusement sauvé : « ils me cassent les couilles », en parlant des policiers de Vincennes qui nous rappelaient que notre permanence devait se terminer et nous poussaient à écourter notre rendez-vous. Nous allions rédiger son recours en justice, et puis nous reverrions Samba dès qu'il serait passé devant le juge des libertés.

Je me suis installée face à lui avec une feuille et un crayon. J'ai d'abord tenté de résumer son récit pour faire une lettre efficace, dans un langage incompréhensible et juridique, mais, très vite, j'ai commencé à tout noter. Je me suis dit qu'on ferait le tri plus tard, et qu'il fallait transcrire tous les arguments qui pourraient jouer en sa faveur.

Ce qui m'avait paru bizarre, au début de mon bénévolat, c'est d'écrire tous les recours à la première personne : « Je suis arrivé en France le 10/01/1999 », « Je fais l'objet d'une obligation de quitter le territoire français », « J'ai été violée à l'âge de treize ans à la Cité Soleil ». Samba a eu le même réflexe que moi, il m'a demandé pourquoi nous disions « je » à leur place. C'était l'usage. C'est vrai que cela faisait un étrange effet. J'étais contente de ne pas être la seule à l'avoir remarqué.

Le dossier de Samba était entre nos mains. Et malgré les ongles rongés de Manu, ses doigts jaunis, son langage fleuri et ma cigarette malodorante, je voyais qu'il avait confiance en nous. Confusément, pourtant, je sentais qu'il allait arriver quelque chose de terrible.

9

Je lui ai donné une carte téléphonique. Dès qu'il est sorti de notre entrevue, il a appelé son oncle depuis la cabine de Vincennes où il fallait faire la queue quarante minutes pour pouvoir espérer appeler quelqu'un.

– Je t'avais dit de faire attention, a gémi Lamouna. Je t'avais dit de ne rien demander.

– Maman insistait…

– Ta mère aurait attendu.

Depuis son arrivée, son oncle le mettait constamment en garde. Cela faisait dix ans qu'il lui disait : « tu fais trop de bruit », « tu te fais trop remarquer », « fais-toi discret ». Cela faisait dix ans que Samba n'arrivait jamais tout à fait à lui obéir.

Quand il avait émergé de son hibernation, dix ans auparavant, ils étaient sortis tous les deux dans Paris pour lui acheter des vêtements – une tenue de camouflage, avait dit Lamouna. Ses habits faisaient trop africains. Son oncle, lui, ne s'habillait qu'en veste et pantalon assortis, des costumes d'occasion, impeccables. Le Pierre Cardin avait été acheté dans un dépôt-vente de La Chapelle, et l'Armani, chez un soldeur. Ils avaient dû être portés dix ou quinze ans auparavant par un médecin ou un fonctionnaire de la République habitant une cité privée des hauts de Montmartre, et les boutons de plastique n'étaient probablement pas d'origine, mais il en prenait soin et seules les doublures auraient pu révéler leur long passé. Lui, un Malien qui vivait dans une cave comme les émigrés des années soixante, un fils de paysan africain qui n'avait pas su ce qu'était un lit avant de devenir boy pour des expatriés, de ceux qui avaient été placés directement à la plonge lorsqu'ils avaient débarqué en Europe et qui avaient nettoyé des assiettes pendant dix-huit ans, que les policiers du métro contrôlaient à coup sûr et tutoyaient d'emblée à son arrivée en France, s'habillait uniquement en prêt-à-porter de marque. Lamouna aimait les belles choses, en particulier les habits aux tissus soyeux et aux coupes élégantes. C'était un aristocrate : il était naturellement noble. Il suffisait de le voir découper une volaille et servir une aile à la chair blanche, de ses gestes délicats, pour le comprendre. Ses manières et ses habits ne pouvaient pas l'empêcher d'être parfois méprisé ou rabaissé, mais il était peut-être moins dur de supporter les railleries ou les humiliations en cuisine lorsque le mouchoir qu'on mettait dans sa poche était en soie.

Il avait ordonné à Samba d'enlever la bague d'argent qu'il portait à la main droite, juste avant de sortir de l'appartement. Il avait insisté : il savait ce qu'il fallait faire. Il avait bien vu que son neveu n'aimait pas obéir, alors il avait ajouté :

– Tiens-toi à carreau quelques années, après, on s'en va, on rentre.

– Bien sûr que je ne ferai rien de mal. Je me ferai tout petit.

– Mfff, il faisait. Écoute-moi bien, mon garçon. Si tu as des ennuis, tu rentres ici le plus vite possible, et tu m'attends. Moi, ça fait vingt-cinq ans que je suis là, je saurai quoi faire.

Ils étaient sortis dans la rue et ils avaient marché vers les quartiers commerçants. Une longue file d'hommes et de femmes attendait devant un camion où on servait des soupes. Une femme aux cheveux qui partaient en plaques sirotait doucement chaque cuillerée. Des jeunes en treillis kaki écoutaient la musique qui sortait de leurs téléphones, et une fille rasée dansait en sirotant sa bière. Les garçons qui l'entouraient ne la regardaient pas. Ils avaient les yeux vides, fixes. Plus loin, deux hommes avinés se battaient. Au bout d'un moment, Samba avait regardé autour de lui et il s'était aperçu qu'il ne savait plus du tout où ils étaient. La tête lui tournait. Il avait trébuché sur le trottoir, Lamouna l'avait rattrapé par la manche au moment où un bus passait.

– Samba ! il avait dit, sur un ton de reproche. Fais attention ! Je ne serai pas toujours là pour te sauver.

Il avait eu peur, tout à coup. Peur que son oncle ne le laisse là, pour le tester ou par inadvertance, peur de se retrouver seul, et cette fois sans but à atteindre, puisqu'il était déjà ici. Un énorme quatre-quatre noir, aux vitres opaques, était passé : il n'en avait jamais vu de pareil. Il s'était arrêté pour le regarder. Lamouna l'avait à nouveau tiré par le bras : règle numéro trois, il ne devait jamais paraître surpris. Son oncle savait tout ce qu'il fallait savoir. Il lui était précieux.

Il lui avait acheté un pantalon, deux pulls, des sous-vêtements, sans vraiment lui demander son avis sur les modèles choisis. Lamouna savait ce qu'il voulait, et il était son oncle. Samba avait cédé, en échange du choix total, souverain, d'une paire de baskets en cuir noir, élégantes et siglées d'une virgule brillante qui signifiait *just do it*.

« Fais-le, il ne tient qu'à toi de réussir », lui disaient ses chaussures à chaque nouveau pas sur le bitume de son nouveau pays, des chaussures de cuir souple et montées sur coussin d'air, si légères qu'il avait l'impression d'aller pieds nus.

Quand ils étaient rentrés en fin d'après-midi, son oncle lui avait dit :

– Voilà. Je t'ai expliqué le mode d'emploi de Paris. Maintenant, je vais te dire les règles qu'il faudra respecter dans cet appartement.

Il s'était retenu de soupirer. Lamouna commençait à le fatiguer, un peu, mais il s'occupait tellement bien de lui.

La première règle de leur vie commune était l'obligation de faire le ménage, à deux, chaque dimanche, de dix-sept heures trente à dix-neuf heures trente. En dix ans, il n'avait dérogé à cette règle qu'une fois, et il n'avait pas eu envie de recommencer.

C'était une routine. Tous les dimanches, à cinq heures et demie précises, Lamouna sortait les chiffons, les produits nettoyants et le petit aspirateur, il appuyait sur le magnétophone et ils se lançaient dans le ménage en musique. La première fois, ils avaient même chanté. Lamouna s'était mis à fredonner en astiquant le réchaud à gaz, et, machinalement, Samba l'avait accompagné, et ils avaient chanté en chœur dans ce sous-sol hors des frontières, sur la cassette dont on aurait parfois dit que la bande twistait à l'intérieur de la machine. Il avait regardé Lamouna, les commissures de ses lèvres se relevant malgré lui, et leurs voix s'étaient entraînées l'une l'autre. Ils se regardaient, face à face, au garde-à-vous, en chantant. Leurs mémoires se complétaient : Lamouna comblait les trous dans ses couplets, complice, heureux de mieux s'en souvenir que lui, et la voix de Samba rattrapait la sienne, s'élevait au-dessus d'elle avant d'être rejointe, et repartait avec elle vers les hautes notes. Ils chantaient aussi fort et aussi faux que les passagers du *Titanic*, droits et figés au milieu du désastre, aussi souriants et solennels qu'eux. C'était une chanson ancienne, et il avait l'impression qu'elle avait existé bien avant eux et existerait bien plus longtemps encore. Il avait chanté à tue-tête, expulsant les paroles hors de ses poumons, plus fort, encore plus fort, tandis que leurs sourires s'élargissaient tant ils étaient contents de chanter ensemble, dans cet appartement où ils s'étaient retrouvés. Leurs voix se mêlaient, harmonieusement, la voix de son oncle un peu plus grave, un peu plus vieille, et il s'était mis, pour plaisanter, à ajouter des paroles inconnues pour le surprendre. Mais soudain il s'était souvenu qu'il faisait parfois cette blague à sa mère et à ses sœurs, inventant des paroles qui n'existaient pas au milieu des chansons pour faire enrager la plus petite, et les larmes lui étaient venues aux yeux. Il n'avait pas pleuré depuis plus d'un an, malgré tout ce qu'il avait vu, et vécu, et à présent, face à son oncle, dans ce faux deux-pièces sombre où les plats abondaient, des plats parfois étranges mais délicieux et nourrissants, il s'essuyait les yeux comme un enfant.

Son oncle avait dit :

– Je n'aurais pas dû mettre cette cassette.

Mais il l'avait laissée défiler et Samba avait repris le ménage, rageusement, en regardant ailleurs pour que son oncle ne voie pas ses yeux humides et son menton tremblant. Ils avaient aspiré, épousseté, lustré. Peu à peu, à mesure que ses bras se fatiguaient et qu'une odeur cirée remplaçait momentanément le parfum de moisi habituel, Samba s'était calmé.

C'est alors qu'il l'avait vu : au coin de la fenêtre de l'entresol, à l'abri des coups de chiffon de son oncle trop petit pour l'atteindre, un champignon au pied mince et tout droit, au chapeau conique, avait poussé. Samba avait vérifié que Lamouna ne le regardait pas, et il l'avait examiné plus attentivement, par en dessous. Il était blanc rosé, et il avait de petites lamelles minuscules et découpées, serrées les unes contre les autres, qui dessinaient des figures géométriques. Il ne mesurait que quelques centimètres, et pourtant chacun de ses éléments paraissait à sa place : la forme du chapeau, la couleur de la tige, la manière dont les lamelles entouraient son pourtour, rien ne semblait inutile. On aurait déplacé un seul de ses détails et tout aurait été détruit. Sa texture semblait soyeuse et élastique, son contour était régulier, doux, et sa couleur nacrée : il était parfait. Sa tige fluette avait poussé toute verticale, comme un défi contre la vétusté et l'humidité de cet immeuble sombre, contre l'inéluctable et le temps. Samba avait décidé de le laisser tranquille, vivant.

Chaque dimanche, il était satisfait de le retrouver près de la fenêtre, debout, cherchant le ciel. Parfois, il se recroquevillait et tombait, mais après quelques semaines il finissait toujours par réapparaître, et Samba, soulagé, y voyait comme un bon présage.

Une deuxième règle de leur vie commune était qu'après cet effort dominical ils dînaient tous les deux – c'était le seul soir de la semaine où Lamouna ne travaillait pas au restaurant. Une fois par mois, Samba devait aussi penser à déposer de la mort-aux-rats le long des ouvertures :

quand il oubliait, ils retrouvaient leurs habits ou leurs aliments rongés ou souillés. Il était aussi chargé de cirer leurs chaussures, et il était bien vu qu'il le fasse une fois par semaine : sinon, Lamouna le rappelait à son devoir en posant ses souliers de cuir sur l'accoudoir du canapé, le nez pointé vers son oreiller.

C'était à lui de vérifier que la porte d'entrée de leur cave était bien verrouillée, avant d'aller se coucher, et de dire bonne nuit.

Enfin, la dernière règle de la liste était qu'ils ne pétaient pas l'un devant l'autre (Samba pensait que son oncle trichait parfois un peu). Et puis il y avait des règles que son oncle avait fixées sans les dire vraiment : hormis celle de ne pas évoquer son passé à lui, et de ne jamais parler bambara, ils ne devaient pas inviter de femmes à la maison (ce qui, vu leurs piètres performances de séducteur à l'un comme à l'autre, n'était pas si difficile).

Au début, Samba avait cru que la cohabitation ne serait pas possible longtemps. L'espace était trop petit pour eux deux, et puis il lui avait créé des problèmes, comme son oncle s'y attendait, dès le départ.

La première fois qu'il avait échappé à un contrôle de police juste au coin de leur rue, il était rentré en courant jusqu'à l'appartement, comme Lamouna le lui avait recommandé.

Mais son oncle s'était énervé :

– Quoi ? Tu es rentré directement ici, en courant comme si tu avais fait quelque chose de mal ?

– C'est toi qui m'as dit de rentrer au plus vite si cela arrivait.

– Mais pas en courant devant la police ! Tu voulais qu'ils viennent jusqu'ici et que je perde mon appartement ?

Puis il avait recouvré son calme.

– Si tu vois la police au bout de la rue, avait-il ajouté, tu ne cours pas, et tu vas dans la direction opposée. C'est quand même pas compliqué.

Samba avait regardé les murs flétris d'humidité, que le soleil ne pourrait jamais assécher, mais il n'avait pas répondu. Il boudait. Son oncle aussi :

– Si tu n'étais pas là, je serais tranquille, il avait grogné. Peut-être même que j'aurais une femme. Je serais bien, dans mon meublé. Et puis je ne serais pas obligé de ramener tant de nourriture, tous les jours. Ma patronne elle me dit : « Mais t'as des enfants, avec ton neveu, ou quoi ? » Ma patronne ne me respecte pas à cause de toi et de ton appétit.

Samba était gêné. Il avait dit :

– Je peux m'en aller, si tu veux.

– Ah oui, et comment tu ferais ?

– Je me débrouillerais. J'irais à l'Hôtel de l'Avenir, ou je demanderais au taxiphone s'ils connaissent un endroit que je peux sous-louer. Ou bien le Nigérian me proposerait peut-être une autre de ses chambres. À l'étage.

La scène s'était répétée des dizaines de fois. Il faisait mine de rassembler ses affaires. De toute façon, il n'en avait pas beaucoup : le tout tenait dans deux sacs. Ses mains tremblaient de colère et de dépit.

À ce moment-là, Lamouna levait la tête et il disait :

– Allez, reste avec moi, Samba. Ta mère n'aimerait pas apprendre que je ne me suis pas bien occupé de toi. Ton père, il n'aimerait pas ça non plus, s'il pouvait encore nous voir. Et puis je suis seul, comme toi. C'est pas bon, ça. On est quand même mieux tous les deux.

Alors Samba s'asseyait sur son canapé défoncé et il faisait semblant d'hésiter.

Lamouna ajoutait, comme pour mieux le convaincre :
– On se raconte nos journées. On s'occupe l'un de l'autre. On se soigne. On se raconte comment ce sera quand on rentrera.

Son oncle adorait cela : souvent, en revenant de son travail le soir, il lui décrivait la maison bleue qu'il ferait construire, et puis celle de Samba, qui serait juste à côté, bleue elle aussi, et qui pourrait accueillir sa mère et ses sœurs et la femme qu'il épouserait, et Samba remplissait les silences en meublant chaque pièce et en imaginant la terrasse qui donnerait jusqu'au fleuve où ils pourraient discuter, le soir, en mangeant de la pastèque rose et juteuse, et il se disait qu'avec une belle maison comme celle-là, il pourrait choisir la fille qu'il voudrait : elle accepterait forcément de l'épouser, et elle l'aimerait, parce qu'il aurait réussi sa vie.

10

Après sa deuxième nuit passée à Vincennes, on l'a conduit à Cité, sur la Seine. Il comparaissait au tribunal, devant un juge qui allait décider s'il allait ou non être expulsé directement vers le Mali. Nous l'avons retrouvé là-bas, Manu et moi. Il avait l'air d'avoir vieilli depuis la veille, ou peut-être n'était-ce que parce qu'il dormait mal.

J'avais rédigé un recours, que Manu avait relu. Samba ne savait pas s'il devait y croire. Après recherches, nous avions trouvé les raisons pour lesquelles le préfet de police n'avait pas voulu lui accorder de titre de séjour : il avait estimé que Samba n'avait pas donné assez de « preuves de vie » en France entre l'année 2000 et 2001. Les premières années, il n'avait pas de compte en banque à son nom, il mettait l'argent qu'il gagnait sur celui de son oncle, et il n'avait pas de gros revenus non plus, alors il n'avait pas beaucoup de factures, et puis, comme son travail dans le bâtiment n'était pas légal, il n'avait pas de fiches de paie – c'est cela, les « preuves de vie » : des factures, des fiches de paie et des relevés de banque. Les feuilles d'impôts ne semblaient pas suffire.

Il fallait prouver qu'on était en vie. C'était une chose difficile.

Nous espérions que le juge estimerait qu'on n'avait pas le droit de l'enfermer alors qu'il venait juste « s'enquérir de sa situation » – et je voyais dans le regard de Samba qu'il n'avait sans doute jamais entendu cette expression, comme tant d'autres, notamment juridiques, dont il déduisait le sens intuitivement. Avant que Samba arrive au palais, je n'étais pas sûre qu'il obtienne gain de cause. Manu avait craché un brin de tabac. *Putain*.

Dans le couloir du Tribunal des Libertés, au cœur de la ville de Paris, où des magistrats en robe noir et blanc passaient et repassaient sur le sol au parquet ciré, Samba avait le regard fatigué. Il nous a parlé de son père : c'est quand il était mort que tout avait commencé à se gâter chez lui. Samba était alors en classe de terminale, il avait dix-huit ans, il était l'aîné et le seul garçon. Son père avait tout misé sur lui, et il se réjouissait d'avance de son succès au baccalauréat.

Il était mort avant de connaître les résultats : l'avant-veille, très exactement, dans un accident sur le chantier de construction d'un pont où une passerelle, mal sécurisée, s'était écroulée sur lui et quelques autres, entraînant plusieurs dizaines d'hommes dans le vide.

La plupart avaient été tués sur le coup. Pas lui. Ils avaient été prévenus par téléphone, et c'est Samba qui avait conduit son père à l'hôpital du Point G, à Bamako. Leur pays n'était pas le plus pauvre d'Afrique, et Bamako était une ville développée, large, moderne ; pourtant, les installations électriques et l'eau courante laissaient parfois à désirer, ce qui pouvait être gênant quand une coupure avait lieu à la maison, mais devenait crucial quand cela arrivait à l'hôpital. Le sol était souillé par les restes de repas de ceux qui attendaient leur tour assis par terre. Une vieille dame s'était à peine poussée lorsque deux victimes d'un accident de la route étaient passées à toute vitesse sur un chariot brinquebalant aux roues de caoutchouc décharnées, tandis que la mère d'une enfant qui délirait sous la fièvre se disputait avec une infirmière qui tentait de lui échapper tout en s'excusant, honteuse alors qu'elle n'y pouvait rien. Il revoyait son père, le visage cireux et le regard agrandi par l'inquiétude, soudain sans force – alors qu'il l'avait toujours considéré comme plus puissant que lui. Il avait regardé l'os acéré qui sortait de la chair de son bras et il avait pris conscience, à ce moment-là, que son père était avant tout un corps. L'odeur des détergents se mélangeait à celles, plus variées, des maladies et des peurs des hommes. Il y avait un médecin, dans un bureau, tandis que les autres salles étaient vides, avec leurs murs décrépits, funestes. Ceux qui attendaient se regardaient en coin, l'œil jaune, cherchant à deviner de quoi les autres étaient atteints, et à prédire qui allait succomber en premier. Son père était en bonne place au classement des proches du bon Dieu, celui-là même que les missionnaires leur avaient apporté en même temps que les promesses de civilisation et d'hôpitaux tout neufs.

Son père était mort parce qu'il avait trop attendu. Samba était à ses côtés et il n'avait rien pu faire. Il avait essayé de demander de l'aide au médecin, il avait tenté de crier et d'exiger des soins, comme la mère de la petite fille qui avait disparu entre-temps. Il était allé chercher des médicaments contre la douleur parce qu'il n'y en avait pas à l'hôpital, mais tout cela n'avait servi à rien. Il avait fini par regarder son père souffrir, s'affaiblir, puis se résigner au mal. Il en avait voulu au pays tout entier, et au monde. Il avait pleuré. Le temps qu'il revienne à lui-même, le corps de son père avait été enlevé.

Les services funéraires étaient les plus performants de l'hôpital de Bamako.

C'est à ce moment-là qu'il avait commencé à marcher. En s'éloignant de l'hôpital et du corps de son père, il s'était dit qu'en France, cela ne serait jamais arrivé. Son père n'avait jamais cru à l'Occident, et quand Samba avait émis, timidement, l'idée d'aller peut-être un jour jusqu'en Europe, son père l'avait traité comme un enfant imbécile. Mais s'il avait été là-bas à ce moment précis, il aurait été sauvé. Samba s'était mis à détester son pays injuste et à rêver d'un autre pays : la France.

Deux jours plus tard il était reçu au baccalauréat. Cela faisait deux jours qu'on pleurait, à la maison, lorsqu'il était allé avec Ousmane, son copain Ousmane du lycée, voir les résultats : ils l'avaient tous les deux, leur bac. Alors il était rentré chez lui, et c'était une drôle d'impression, d'avoir été si triste et de ressentir à présent une vraie joie, mais une joie qui pinçait le cœur – il aurait tant voulu que son père sache qu'il avait son bac. Il avait annoncé son succès à sa mère, et, contre toute attente, il lui avait demandé s'il pouvait sortir avec ses amis ce soir-là. Il avait fait ça. Dans un pays où le deuil se respecte plus que tout, sa famille pleurait et lui, il voulait fêter son baccalauréat comme les autres. Il ne savait pas aujourd'hui ce qui l'avait poussé à le faire. Il s'en était voulu dès le lendemain, et tous les jours qui avaient suivi.

Il se souvenait du silence, soudain, dans la pièce. Sa famille en deuil le jugeait. Mais sa mère avait eu l'indulgence de le laisser sortir : elle l'aimait tant qu'elle était prête à tout lui pardonner, même de ne pas partager, pas entièrement, pas complètement, son chagrin. Elle avait dit : « c'est un garçon », excusant par là son manque d'égard envers les autres, entendant par là que les garçons étaient forcément égoïstes, et ingrats, et qu'ils l'avaient toujours été, que c'était peut-être même à cela qu'on pouvait constater qu'il devenait un homme, et il lui avait été reconnaissant de cet amour absolu, sans conditions, et de cette autorisation à faire comme bon lui semblait, à profiter de sa jeunesse et de son insouciance, sans voir alors qu'une pointe de rancœur, ou peut-être de déception, perçait l'amour absolu, maternel, et ne s'en irait jamais complètement. Car aujourd'hui encore il pensait qu'elle lui en avait voulu.

C'était sa première décision d'homme, et elle était mauvaise.

Elle avait dit : « c'est un garçon », et sur le moment il avait pris cela comme un avantage, lorsqu'il était passé devant ses deux petites sœurs éplorées à qui personne, à présent que son père avait disparu, ne laisserait la possibilité d'aller jusqu'au baccalauréat, et il n'avait pas su, à ce moment-là, que cette phrase définitive le condamnait autant qu'elles, en le désignant à jamais comme celui qui devrait prendre soin de ces trois femmes, sa mère et ses deux sœurs, et que cette nuit de liberté l'engageait pour toutes les années à venir. Il était parti le cœur léger vers un maquis de la ville, pressentant dans une exaltation diffuse que ce soir-là commençait une nouvelle période de sa vie, mais sans mesurer à quel point. L'idée du voyage était pourtant de plus en plus insistante dans son esprit, sans qu'il y fasse encore attention.

Il avait bu et dansé, dans un maquis où il était heureux de fêter son bac et d'avoir dix-huit ans, de boire des bières dans la chaleur et de regarder les filles qui étaient à leurs pieds parce qu'ils étaient promis à un bel avenir – pour une fois qu'elles le regardaient comme un play-boy et pas comme leur éternel confident. C'est ce qu'il cherchait, ce soir-là – pour oublier sa douleur et fêter sa joie : son père était mort, il avait eu son bac, et il lui fallait une fille pour penser à l'avenir.

Il n'avait pas rencontré une fille en particulier. En revanche, c'était ce soir-là qu'il avait vu pour la première fois l'Homme du Macumba, et tout cela était lié dans sa mémoire : son père, son bac, l'Homme du Macumba, son départ.

Un homme d'une quarantaine d'années, encore plus saoul qu'eux, profitait des tournées qu'ils offraient dans la moiteur survoltée du bar. Il draguait les filles et leur parlait de Montpellier, où il venait de passer huit ans, il faisait le mariole, il *farautait*, comme on dit là-bas, braillant pour se faire entendre par-dessus la musique, et les filles l'écoutaient, souriantes. Il commençait à les agacer, parce qu'il tentait de les soulever, ce vieux, alors Ousmane, son copain Ousmane, s'était énervé tout à coup.

– Arrête de parler de la France, tu nous fatigues, il avait dit. On ne sait même pas ce que tu y faisais. Si ça se trouve, tu n'y étais rien.

L'homme s'était énervé, il avait affirmé avoir possédé des « affaires », des restaurants et des bars de nuit. Il parlait toujours au pluriel, de cela il se souvenait aussi. Les filles s'étaient rapprochées, prêtes à prendre sa défense. C'étaient des filles de maquis, et elles voulaient s'amuser. Il avait quarante ans, de l'argent, il allait leur payer à boire, les sortir dans toute la ville. Elles se moquaient bien un peu de lui, mais elles le laissaient aller leur chercher des verres au comptoir, et puis mettre ses mains dans leur dos, reluquer leurs seins qui pointaient sous leurs robes collées de sueur, sans le laisser y toucher. Il était fin saoul.

Le ton était monté. Ousmane avait demandé comment s'appelaient les boîtes de nuit en question, à Montpellier, et l'homme avait eu un temps de réaction trop long, après quoi, le regard vitreux, il avait dit «Le Macumba» d'un ton incertain, et c'en était trop. Ousmane avait explosé d'un grand rire, il avait dit qu'il mentait. Le Macumba, c'était un manque flagrant d'inspiration : même en Afrique personne n'aurait plus appelé une boîte comme ça. C'était ce moment-là que le serveur avait choisi pour poser l'addition sur le comptoir, et ils s'étaient aperçus que l'Homme du Macumba avait mis toutes ses consommations, y compris celles des filles, sur leur note. Ousmane était devenu fou. L'autre avait nié, contre toute évidence, mais il n'avait rien pour payer, et le serveur les avait accusés d'être de mèche. Ousmane et l'homme s'étaient empoignés, les videurs étaient venus, et ils l'avaient foutu dehors en lui interdisant de revenir.

Apparemment, ce n'était pas la première fois qu'il faisait un scandale. Il était là depuis presque un an. Il avait été expulsé de France. Il prenait de la coke, des amphétamines, des alcools forts, tout ce qu'il pouvait, et il racontait des histoires. Parfois il disait qu'il avait vécu à Bordeaux, d'autres fois à Lyon ou à Toulon, parfois il avait tenu des restaurants, d'autres fois il s'était engagé dans la Légion. Il racontait tout ce que les étudiants et les candidats au départ avaient envie d'entendre. Samba, lui, avait bien une idée de la France, à l'époque, mais elle était vague et théorique – semblable à la vision floue de ceux qui émettent, par exemple, l'idée saugrenue selon laquelle l'histoire de l'Afrique commence à sa rencontre avec l'Occident.

L'Homme du Macumba s'était relevé, au bord du trottoir, et il avait fui en clopinant jusqu'au bout de la ruelle. Pourtant, Samba aurait juré qu'il avait un sourire aux lèvres, de dépit, de misère, ou peut-être de satis-faction d'avoir réussi, finalement, à ne pas payer ses verres. Il n'avait plus d'argent et vivait sur le peu de drogue qu'il ne prenait pas lui-même et qu'il revendait. Le serveur leur avait raconté tout cela après l'avoir jeté dehors. Ousmane avait fait claquer sa langue avec mépris, et les filles avaient ricané.

Quelques semaines plus tard, il l'avait revu dans le même quartier. Il était maigre et sale, ses locks avaient poussé, et ses habits étaient gris de poussière et de boue. La grosse chaîne autour de son cou avait disparu ; de toute façon, ça ne devait pas être de l'or. Il mendiait, assis sur le bord du trottoir, totalement défoncé, attendant l'overdose. Entouré de cinq ou six lycéens captivés, il parlait de Reims, et des caves de champagne, où il disait avoir travaillé. Il décrivait les galeries qui s'enfonçaient à travers le sol, le salpêtre au mur, les milliers de bou-teilles aux étiquettes bleues soigneusement rangées, et on aurait pu croire que c'était vrai, tant il prenait soin, malgré son état, de donner tout un luxe de détails. Les adolescents lui posaient des questions et il se moquait d'eux, raillant leur naïveté et l'entretenant en même temps. Il ressemblait à un chien des rues, efflanqué, pelé, enragé, crachant sa haine et rasant les murs. Samba avait déjà pris la décision de partir pour l'Eu-rope, et il le regardait d'un autre œil. Il était ce qu'il ne voulait pas devenir. Un épouvantail. La préfiguration d'un cauchemar.

Plutôt être un esclave que de lui ressembler.

Il avait pris sa deuxième décision d'homme, et il ne savait toujours pas si elle était bonne.

Dans leur cour misérable où sa mère attendait un miracle qui transformerait les bassines de plastique, les poules, le riz au poisson, tout son petit monde à elle, en un paradis pour les pauvres, de ceux où l'eau est pure et où les plats sont tout préparés, où les canapés sont moelleux comme des oreillers en plumes et où votre fils vient vous chercher dans une longue voiture aux vitres opaques, il avait compris combien il la décevait : il était un mauvais chef de famille, et son bac ne servait à rien s'il ne lui permettait pas de travailler et de ramener de l'argent à la maison.

Alors il avait décidé de partir. Le bac en poche, il allait tenter sa chance en France.

Il savait que son père n'aurait pas été d'accord. Et si, quand il était encore là, il avait toujours cherché à vivre sans lui demander son avis, à présent, il aurait voulu partager ses doutes. Il lui parlait, en pensée.

Il avait déjà oublié sa voix ; il savait comment elle était, ce qui la caractérisait, son côté nasillard, très différent de la voix grave qu'il avait héritée de sa mère, mais il n'arrivait plus à l'entendre à l'intérieur de lui-même. Et quand il pensait à cela, il avait peur d'oublier à quoi ressemblait son regard. Il s'accrochait désespérément aux souvenirs qui lui restaient, parce qu'il savait qu'il n'y en aurait pas d'autres, et qu'ils avaient tendance à se raréfier.

S'il rentrait un jour au pays de son père, ce serait la

tête haute. Il ne deviendrait pas un épouvantail. Lui, la France l'autoriserait à réussir.

À Cité, l'avocat « commis d'office » a expliqué sa situation au juge, en s'appuyant sur notre lettre. Le juge s'est tourné vers Samba et il lui a demandé s'il avait quelque chose à ajouter.

Tous les autres, avant lui, avaient dit non. Certains parlaient à peine français, et, même s'ils bénéficiaient d'un interprète, ils comprenaient mal ce qui se passait. Ils n'avaient pas les mots. Les autres n'osaient pas parler. Mais du coup l'étude de leur cas avait duré cinq, six minutes, pas plus.

Samba, lui, s'est lancé. Juste avant, dans le couloir, nous l'avions entraîné comme un comédien avant qu'il entre en scène, en lui faisant répéter quelques phrases-clés. Il s'est avancé, tout droit, devant le juge et les conseillers qui l'entouraient. Nous lui avions dit de débuter par « Monsieur le président, madame, messieurs », alors il a commencé comme ça. Les visages en face de lui ont paru attentifs, parce qu'il était le seul à avoir pris le risque de prendre la parole, et que cela se voyait bien qu'il n'était pas à sa place, parmi ces gens rompus aux affaires de justice, au langage compliqué, aux robes noir et blanc et aux cartables en cuir remplis de papiers divers. Il a jeté un bref coup d'œil à la feuille où j'avais écrit divers arguments, en capitales. Il a dit qu'il avait construit sa vie ici, depuis plus de dix ans. Il a dit qu'il y travaillait, et qu'il payait ses cotisations sociales et ses impôts sur le revenu. Il a dit qu'il avait le baccalauréat, et qu'un jour il ferait autre chose que du nettoyage et du décapage. Il était encore jeune. Il ne voulait pas rentrer au Mali. Il aurait fait n'importe quoi pour éviter ça. Il a dit qu'il avait été arrêté alors qu'il n'était venu à la préfecture que pour demander où en était son dossier, et qu'il avait été menotté et emmené comme un criminel.

L'avocat a souri d'un air gêné, comme s'il avait dit une bêtise. Des gens ont chuchoté dans la salle. Il s'est demandé ce qu'il avait dit de mal. Le juge restait silencieux. Il l'écoutait. Alors Samba Cissé a dit qu'il avait confiance dans la justice de ce pays, parce que c'était une des raisons pour lesquelles il était venu ici. Il ne regardait plus du tout son papier.

Le juge des libertés a voulu savoir s'il s'était rendu de son plein gré à la préfecture, ou sur convocation. Cela avait l'air important, enfin. Alors il a expliqué tout ce qui s'était passé ce jour-là, et puis il a raconté aussi que les boîtes aux lettres de l'immeuble de son oncle n'étaient pas bien rangées et toutes rouillées, et qu'il était difficile pour le facteur de s'y retrouver, mais sa vie ne pouvait pas entièrement reposer sur l'inattention d'un postier, et le juge a pris l'air impatient de celui qui a encore des dizaines de cas à étudier avant le repas de midi, alors il s'est retourné vers nous, l'air perdu, mais l'avocat et le juge ont cherché à savoir si sa convocation à la préfecture avait été «déloyale» ou pas, et ce mot a semblé le ramener au présent, et il a dit «*déloyal*, c'est ça, déloyal», c'était le mot qu'il avait cherché, qu'il cherchait depuis deux jours.

Le juge l'a remercié.

C'est effectivement ce qui a fait la différence. Samba a eu gain de cause.

Et puis il est rentré à Vincennes : il avait obtenu le droit d'y rester quinze jours de plus. Sur le moment, il ne savait pas si c'était vraiment une chance. Moi non plus. Je n'avais même pas compris la décision du juge quand il l'avait énoncée. Heureusement que Manu avait pu nous la traduire. Je n'étais pas encore rompue à toutes les finesses du langage juridique.

Les travestis brésiliens avaient tous été expulsés la veille et leurs chansons n'étaient plus là pour adoucir l'air de la cour.

Jonas, lui, était toujours là.

11

C'est même la première personne qu'il a vue en descendant du camion de police, au Crade. Ils ont échangé un sourire. Cette fois, ils n'étaient pas dans la même chambre, mais ils ont commencé à se déplacer ensemble, à parler, en attendant la décision du juge. Ils avaient faim, constamment. Tout le monde se plaignait de la faim, et du bruit, au Crade.

Vincennes, ce sont des cris et des plaintes en permanence, des appels dans les haut-parleurs, les humiliations et les intimidations, la promiscuité et la sueur, la mesquinerie et les coups bas. Ce sont des groupes rassemblés par nationalités qui se détestent quand ils ont encore la force de ressentir quelque chose.

Parfois, un homme est autorisé à s'en aller, et il fait alors face aux regards de haine de ceux qui lui en veulent d'être libéré. Parfois, au contraire, un homme est emmené, entravé, en direction de l'aéroport, et les autres compatissent parce qu'ils se voient en cet homme qui s'en va, seul, avec pour tout bagage le sac qu'il avait sur lui lorsqu'il a été contrôlé dans la rue ou sur un chantier.

Un soir, Manu a même vu un Nigérian repartir vers son pays avec son seau en plastique, ses produits nettoyants et une serpillière – les seuls effets personnels qu'il avait avec lui lorsqu'il avait été arrêté. L'homme a marché vers la sortie, encadré de deux policiers, tandis que pour lui donner du courage, quelques hommes venant du même pays que lui se sont mis à chanter. C'étaient des pentecôtistes. Ils ont entonné un gospel dans la cour du camp – et même les policiers se sont tus, jusqu'à la fin de la chanson.

Je n'ai plus revu Samba jusqu'à ce qu'il sorte de Vincennes. Il était difficile d'obtenir une autorisation de visite. Son oncle était venu avec un colis de victuailles, mais ils ne lui avaient pas permis de passer de la nourriture à l'intérieur du camp. Alors les discussions avec Jonas l'aidaient à tenir. Ils étaient presque aussi bavards l'un que l'autre, et Samba aimait entendre Jonas décrire ses sentiments, cela l'aidait à faire le tri dans les siens. Il disait que les jours passés à Vincennes resteraient parmi les plus violents, les plus bruyants, les plus horribles de toute son existence. Il avait l'impression que tout ce qui lui arrivait était la minuscule partie d'une figure immense qu'il ne voyait pas et qu'il lui était impossible d'imaginer en entier. Jonas lui a parlé de son arrestation, et puis de sa recherche de Gracieuse. Parfois, Samba avait l'impression que les raisons de son départ pour la France variaient sensiblement, mais il n'en était pas absolument sûr. Jonas restait calme, même lorsqu'il lui racontait des moments atroces de son passé, et il semblait chercher à édulcorer son récit pour l'épargner. Certaines choses n'avaient pas besoin d'être vécues, même par les mots, il disait, et Samba voyait la souffrance dans ses yeux le temps qu'il laisse quelques images passer en silence, avant de poursuivre son récit.

Il avait perdu toute sa famille dans la deuxième guerre

du Congo, celle qu'on appelle la première guerre mondiale africaine. Il connaissait Gracieuse depuis l'enfance, mais il était tombé amoureux d'elle quand ils avaient dix-sept ans. Quand elle était partie, après un massacre dans leur village, en 2002, il savait qu'elle avait fui à Brazzaville. Ils en avaient déjà parlé, c'était leur plan. Alors il s'était dit qu'il fallait qu'il gagne de l'argent avant de la rejoindre. Enfin il pourrait se marier avec elle, si seulement il arrivait à gagner assez pour partir, peut-être, en Europe. Il était allé travailler dans les mines de pierres précieuses, à l'est du pays. Mais, là, il avait été enrôlé de force dans les milices rebelles, qui avaient décidé de poursuivre la guerre et s'étaient emparées des mines d'or et de pierres. Il avouait qu'alors il s'était conduit comme une bête mais n'en disait pas plus.

Un jour, il a dit que, pour lui, se terrer à plat ventre dans les marais tandis qu'une famille se fait massacrer à deux pas était le comble de la lâcheté et de l'avilissement, et Samba a compris que ce qui l'empêchait de vivre n'était pas tant ce qu'il avait subi lui-même que ce qu'il avait été incapable d'empêcher de faire subir aux autres.

Dans ses paroles, il devinait les files d'hommes qui cherchaient un refuge après avoir fui leur pays – encore une histoire de frontières. Il voyait leurs regards qui portaient les traces de l'affolement sous celles de la fatigue après avoir traversé tant d'épreuves, échappé aux bandes de racketteurs, survécu aux viols ou réussi à les éviter, franchi des grillages et des montagnes. Il entendait leur pas traînant tandis qu'ils arrivaient à un poste-frontière en croyant que tout était enfin fini, alors que tout ne venait que de commencer.

Il revoyait d'autres files d'hommes, dans le désert. Un homme s'écroule à terre comme le bord d'une dune de sable tombe, et ne se relève plus. Des femmes aux habits déchirés, qui n'ont plus rien, plus un sou, et qui sont à deux mille kilomètres de chez elles, se font tabasser par des hommes en uniforme. Une vipère blanche file en zigzaguant au milieu des sandales qui foulent le sol. Un homme dessine avec deux doigts des signes mystérieux dans le sable et y lit que le voyage se fera sans problèmes. Le lendemain, le petit enfant meurt de soif alors qu'ils doivent continuer d'avancer. Sa mère crie en plein désert. C'est un miracle qu'ils soient encore capables de marcher. Des villageois leur offrent des tomates et du pain, et leur sauvent la vie.

Bien sûr, il n'avait pas fui un enfer aussi effrayant que celui de Jonas. Bien sûr, en partant, il ne savait pas qu'il aurait à vivre tout cela. Et, pour autant, fallait-il qu'il pourrisse sur pied ? Devait-il abandonner sa mère et ses sœurs sans rien faire pour elles, pour eux ? Avait-il moins le droit d'être là que Jonas ? À partir de quel seuil de souffrance obtient-on le droit de rester ?

Il aimait que Jonas lui parle de Gracieuse. Cela arrivait presque chaque jour. On aurait dit qu'il cherchait à dire son nom le plus souvent possible, comme si la nommer, c'était se donner plus de chances de la retrouver. Il l'enviait. Il aurait voulu avoir un but concret, en chair et en os. Il était à la recherche de quelque chose d'aussi absolu, mais dont il ne connaissait pas les contours, tandis que Jonas savait que Gracieuse existait. Samba comprenait qu'il y a deux types de personnes dans l'existence : ceux qui savent ce qu'ils cherchent, et ceux qui tâtonnent dans le noir. Samba était jaloux de ceux qui ne se posaient jamais de questions et poursuivaient leur chemin sans s'arrêter.

Mais c'était peut-être trop, de résumer sa vie à une

seule personne : elle représentait pour Jonas quelque chose de bien plus grand qu'elle ne pouvait l'être. La vie de Gracieuse était peut-être ailleurs : elle pouvait être partie en Angleterre, en Espagne, au sud de la Loire ou au nord de la Seine. Elle pouvait être saisonnière dans les vignes de Bourgogne, ou pute dans le bois de Vincennes, tout près d'eux. Elle pouvait être morte. Elle pouvait être repartie en Afrique.

Elle pouvait avoir oublié Jonas.

Après plusieurs années à l'est du pays, il avait réussi à s'échapper du camp des rebelles. Il avait fui son pays, et il était allé jusqu'à Brazzaville. Gracieuse lui avait laissé une lettre, chez une cousine à elle, où elle écrivait qu'elle partait pour la France.

Il disait :

– Tout le long de la route, et au cours de tout ce temps, j'ai cru la retrouver chaque jour. C'était mon espoir en me levant.

Samba lui demandait de la décrire. Il ne savait pas le faire. Elle n'était ni belle ni laide, ni grosse ni maigre, et n'était pourvue d'aucun trait qui aurait pu la distinguer parmi d'autres.

Mais il avait fait cinq mille kilomètres pour elle.

Son regard se perdait au ciel. Il disait :

– J'ai traversé le monde pour elle.

Et Samba craignait qu'il ne la retrouve jamais. Il savait qu'à sa place il serait devenu fou.

La fille habitait la Goutte-d'Or, c'est tout ce que Jonas savait. Et encore, elle avait peut-être déménagé.

Un jour, pourtant, Samba lui a dit solennellement :

– Jonas, si un jour je sors d'ici, et si j'en sors avant

toi, je te promets d'essayer de la retrouver. Je te le jure.

Et c'est arrivé. Il a été convoqué par le haut-parleur, et quand il est entré dans le petit bureau jaune du rez-de-chaussée, il s'est retrouvé face à Manu, en pantalon de treillis, qui lui a dit :
– On a gagné !
En souriant. Sa Guerrière. Le juge des libertés avait considéré qu'il y avait eu des irrégularités dans son arrestation. Cette fois, la loi était de son côté. Samba pouvait donc sortir de Vincennes, où il avait été enfermé de manière abusive.

Mais le juge n'avait pas annulé la décision du préfet de police : il n'avait toujours pas de titre de séjour, et l'obligation de quitter le territoire français était toujours valable. Il était donc dans un entre-deux : ni libre, ni enfermé. Il était censé rentrer dans son « pays d'origine » par ses propres moyens.

Le lendemain matin, la grille du Crade s'ouvrait devant lui. L'homme de Vincennes lui avait donné, en guise d'adieu, un papier avant de partir : son obligation de quitter le territoire, qui disait : « La présence alléguée de plus de dix ans de Monsieur Samba Cissé en France ne lui confère à elle seule aucun droit particulier au séjour, en application de la législation en vigueur et ses liens avec d'autres Français, sont sans incidence sur la légalité de sa décision. » Qu'est-ce que cela voulait dire ? Est-ce qu'il n'y avait pas une virgule mal placée ?

Les mots s'alignaient en des phrases complexes que nous avions tous du mal à déchiffrer : « Ainsi, compte tenu des circonstances qui précèdent, notamment les conditions et de la durée de son séjour et eu égard aux effets d'un refus de séjour, le requérant n'est pas fondé à soutenir que le refus querellé serait intervenu en méconnaissance des dispositions de l'article L. 313-11-7 du CESEDA et de stipulations de l'article 8 de la Convention Européenne de sauvegarde des Droits de l'Homme, en tant qu'il porterait au droit de l'intéressé au respect de sa vie familiale une atteinte disproportionnée aux buts en vue desquels a été pris ledit refus, ni qu'un tel refus serait entaché d'une erreur manifeste d'appréciation au regard de la situation personnelle de l'intéressé (Conseil d'État, 10 avril 2002, Préfet de Police contre Mme Chen épouse Yang, req. N° 239723). »

Une madame Yang avait donc vécu la même chose que lui quelques années auparavant, et la décision du Conseil d'État avait aujourd'hui une incidence sur sa vie à lui, Samba Cissé.

Cette madame Yang, elle, avait-elle compris pourquoi on la renvoyait dans son pays d'origine ? Une Chinoise et un Malien se retrouvaient liés par la même malchance.

Alors la conclusion tombait, en bas de page : « Rien n'empêche Monsieur Samba Cissé de regagner le Mali où il n'est pas dépourvu d'attaches. »

Il a plié en quatre l'obligation de quitter le territoire français, avant de l'enfoncer dans la poche de son blouson.

Il était libre. Au loin, il entendait la clameur des courses de chevaux. Le vent sifflait dans les arbres, et il aurait juré qu'il chantait *Yellow Submarine*. Quelque chose claquait dans l'air, avec une régularité agaçante. Un drapeau français. L'administration le laissait quitter le centre de rétention en croyant qu'il allait, sagement, aller dans une agence de voyages acheter un billet d'avion pour le Mali.

L'administration était bien naïve. Il avait échappé à l'expulsion de force, il n'allait pas s'en aller de bon cœur. Il essaierait de rester un peu, jusqu'à la prochaine fois, même si rester, c'était être hors la loi pour de bon.

Il ne pouvait pas à la fois aimer la France et la quitter.

Alors il s'est remis à marcher. Vite, jusqu'au RER de Joinville, comme s'ils risquaient de changer d'avis et de le rattraper dans les bois.

Il a retrouvé avec plaisir la rue rétrécie par l'ombre de ses immeubles, le bâtiment labyrinthique aux escaliers fantaisistes où vivaient des familles entassées, les boîtes aux lettres qui se chevauchaient les unes les autres au-dessus de la rampe de l'escalier, les paliers sans ouvertures et les fils tirés des compteurs détournés, le bruit des télévisions, des enfants, des disputes. Cet immeuble comptait jusqu'à cinquante-huit familles, deux cent trente personnes au bas mot. Les couloirs étaient obscurs : ni les revenus ni les astuces des squatteurs ne pouvaient acheter la lumière du soleil, qui n'entrait pas jusque-là, mais Samba aurait pu refaire ce parcours les yeux fermés tant il en connaissait chaque recoin par cœur, chaque visage, chaque couleur de porte, chaque détail baroque qui formait un monde. À l'arrière du bâtiment, il a traversé la cour intérieure et son désordre de carcasses de gazinières en attente de réparation, de fauteuils en skaï à même le ciment, de canapés rapiécés au scotch, de cartons, de vélos, et de linge qui séchait sur des étendoirs de plastique. Une femme se lavait, en boubou, dans un coin. Un homme allongé lisait un journal gratuit de petites annonces. Un enfant qui passait à fond de train sur un camion de pompier jaune et rouge lui a souri. Il était heureux d'être là.

Comme toujours après qu'il lui était arrivé des malheurs, il a dévoré tout ce que son oncle lui a servi ce jour-là. Il y avait du poulet rôti, et, en sortant de Vincennes, il aurait été capable de le manger tout entier. Il avait pensé que son oncle lui ferait la leçon comme au téléphone, mais, au lieu de ça, Lamouna a poussé un profond soupir de soulagement, et il n'a plus rien dit. La lumière qui passait par les fenêtres maigres du sous-sol s'infiltrait entre eux comme une petite frontière.

Il a tout raconté à Lamouna. Il lui a dit la violence. Celle des rapports humains avant tout. Les silences. Les aboiements des chiens, des hommes. Il lui a avoué sa peur. Chaque jour, il y avait plusieurs « éloignements ». En principe ils devaient prévenir les expulsés soixante-douze heures avant leur départ, mais souvent ils ne le faisaient que la veille, et les policiers venaient les chercher vers cinq heures du matin. Alors c'étaient les pleurs, les cris, lorsque les hommes s'apercevaient de ce pour quoi on les réveillait. Il lui a parlé des Tunisiens, et puis du Turc et de sa lame de rasoir. On ne comptait plus les grèves de la faim, les tentatives de pendaison avec une ceinture, des lacets, les prises de cachets, les clous avalés.

Il lui a raconté son combat, permanent, contre les policiers et contre les autres, sa protestation, constante, et ses explications, en long, en large et en travers, sur sa condition. Il n'avait pas lâché. Voilà pourquoi ils l'avaient laissé partir. Il n'avait jamais baissé les bras, il ne les avait pas laissé le persuader qu'ils avaient raison, il ne s'était pas résigné, il avait refusé sa situation, même si c'était impossible, même si personne ne lui demandait son avis. Non. Il avait dit non, tout le temps. Il avait protesté, il avait couru, il avait frappé, il était resté en mouvement. Obstiné. Vivant. Humain.

Et pendant qu'il disait tout cela son oncle acquiesçait, en lui resservant à manger. Silencieux, il coupait à nouveau du pain et le posait délicatement devant lui, et Samba se disait, pourvu qu'il ne lui arrive jamais rien de tel, il serait trop gentil, trop docile, trop fragile, pour s'en sortir. Il était si petit qu'il aurait voulu le mettre dans sa poche pour le protéger. Quand il était arrivé, il le croyait invulnérable, et, à présent, il savait que personne ne l'était. La vie se chargeait de vous rendre fragile.

Il n'avait qu'un seul souvenir d'enfance avec Lamouna : un jour, son oncle lui avait fabriqué un cerf-volant. Il le revoyait crier :

– Cours, Samba, cours !

Alors qu'ils étaient partis près du fleuve pour le faire voler, Samba avait couru en suivant le fil du cerf-volant qui le tirait vers le ciel. Il craignait de s'envoler et il riait de cette peur qui lui montait dans la gorge et creusait son ventre. Il aimait cette peur. Parfois, ses pieds quittaient le sol, et il laissait échapper un cri de frayeur et de joie, et son oncle l'encourageait, Cours, Samba, cours, et il courait d'autant plus vite, les bras tirés en avant, les mains meurtries par les fils entortillés autour de ses doigts, les yeux rivés sur le losange de plastique tendu sur deux baguettes, ce plastique qu'ici on jetait sitôt rentré du supermarché et dont on faisait des maisons pour immigrés en Espagne, il courait, Cours, Samba, cours, il planait au-dessus du sol, et il essayait de garder les yeux là-haut sur ce repère qui dansait dans le ciel, et il se laissait emporter.

Une fois son poulet englouti, il n'a pas réussi à dormir. Il était nerveux. Tout ce qu'il avait construit depuis dix ans venait de s'écrouler. Il n'avait plus de titre de séjour, plus de travail. Il n'avait plus le droit d'être ici. Il était clandestin.

Depuis cette pièce aux fenêtres horizontales d'où on ne pouvait jamais voir le ciel, il entendait les bruits de ce pays où il était en sursis, à presque trente ans, et il ne comprenait pas comment son corps d'enfant, celui qui courait à perdre haleine sur les rives du fleuve et s'étourdissait de vitesse, avait pu devenir cette longue silhouette aux bras épais, et il aurait voulu appeler sa mère mais elle était tellement loin que c'était impossible, et il aurait voulu appeler son père mais il ne savait pas où il se trouvait. Il écoutait les voitures qui passaient dans la rue sans jamais s'arrêter, les craquements des paliers, les soupirs des tuyaux, l'inquiétude et la douleur de cet immeuble qui n'étaient peut-être que sa douleur et son inquiétude, et il lui semblait que son cœur était au cœur de cet immeuble et que cette pièce était l'organe vital d'un corps plus grand que lui, et que les couloirs dans lesquels des gens couraient étaient comme les veines capillaires d'un corps encore plus grand qui serait ce pays, et il avait l'impression de s'y dissoudre. Il n'avait plus le droit de sortir. Il n'avait plus le droit de travailler. À presque trente ans, il devait tout recommencer à zéro.

C'était comme s'il avait été tout entier enfermé dans la carte de séjour que l'homme de Vincennes avait déchirée.

12

C'est à partir de ce jour-là qu'il a commencé à avoir peur. Il avait peur tout le temps, une peur vive, comme jamais il n'en avait ressenti jusque-là. Il y avait des contrôles partout, dans la rue, dans le métro, dans les gares, et puis des sirènes, à tous les coins de rue, qui le faisaient sursauter. Il y avait des moments auxquels il valait mieux ne pas sortir, et il était condamné à vivre aux heures de journée, à ne plus jamais sortir le soir. S'il se faisait attraper, c'était Vincennes à nouveau, et cette fois il n'y aurait peut-être pas d'«irrégularités de procédure», cette fois il prendrait l'avion, alors il se faisait le plus petit possible et il se cachait dans les trous, comme un rat. Il était traqué.

Au début, il est resté enfermé dans l'appartement de Lamouna, le seul endroit où il était en sécurité, mais à la fin du mois il n'a pas pu payer sa part de loyer et il s'en est senti honteux. La société de nettoyage qui l'employait depuis plus de quatre ans l'avait toujours fait travailler au noir. À présent qu'il faisait l'objet d'une mesure d'expulsion, ils n'avaient pas voulu le reprendre : c'était trop dangereux pour eux. Et pour lui, avait ajouté la voix métallique de la secrétaire à qui il avait parlé au téléphone. Et puis elle avait dit que depuis 2007 les employeurs devaient déclarer tout nouvel employé à la préfecture. S'ils le réembauchaient, ils seraient obligés de transmettre la copie de son titre de séjour. Ils ne voulaient plus de lui.

Alors il a commencé à passer ses journées à chercher du travail aussi clandestin que lui, en allant dans des squats où des familles entières vivaient la même vie traquée, où les parents n'allaient plus chercher leurs enfants à l'école depuis que les contrôles y étaient pratiqués, et d'où ils se rendaient au travail la peur au ventre. Lamouna lui disait chaque jour de faire plus attention. Il disait aussi qu'il ne devait pas se laisser entraîner à vendre n'importe quoi, et il ne savait pas bien à quoi il faisait allusion, drogue, voitures ou fausse maroquinerie de luxe, et il avait beau lui dire qu'il avait déjà assez d'ennuis pour céder à ce genre de propositions, il voyait qu'il ne le croyait pas. Lamouna disait d'un air entendu :

– Quand on est traité comme un criminel, on finit par le devenir.

Samba haussait les épaules en disant qu'il faisait son vieux sage africain, mais son oncle insistait.

Il disait qu'un chien qu'on bat sans raison finit par devenir méchant.

Samba cherchait du travail. Il posait la question autour de lui, dans leur immeuble, au taxiphone, au parc en face. Parfois, il en profitait pour demander si on connaissait une Congolaise qui s'appelait Gracieuse, mais cela ne donnait jamais rien. Il buvait un thé, il mangeait dans des cuisines bondées comme des rames de métro, où les hommes parlaient fort, la bouche pleine, et piochaient dans des plats africains qu'il ne connaissait pas, du Mozambique ou de Somalie, qui collaient aux gencives et au ventre, préparés par des femmes qui ne parlaient jamais de leur passé parce qu'il était rempli de brutalités et de tortures. Celles-là avaient parfois une carte de réfugiée : elles avaient eu le droit à l'asile en échange d'un passé sacrifié, et il se surprenait à les envier, avant de se reprendre et de se rabrouer lui-même. Il ne fallait pas jalouser ceux qui avaient connu l'enfer, ils n'en sortaient jamais vraiment.

Parfois, il se sentait tellement de trop dans cette ville qu'il avait l'impression qu'un fou allait le pousser sous une rame de métro, il regardait les roues de métal avancer et il voyait sa chair éclatée sur les parois arrondies du tunnel. Il se demandait quelle serait la dernière goutte qui lui ferait faire un pas de trop, dans le vide, devant le train qui arrivait. Il regardait tous ces gens seuls, un vieil homme au chapeau mou recroquevillé au bout du quai, une femme tellement perdue qu'elle se parlait à elle-même, en grommelant, son regard de chat suivant des mulots qui détalaient entre les rails, une autre, grosse, noire, le visage maquillé d'un fond de teint terreux, immobile, enroulée dans un plaid qui faisait la réclame pour Chanel en lettres majuscules, et il se disait : ces gens n'ont-ils pas une mère, quelqu'un qui, un jour, leur a choisi un prénom ?

Pendant dix ans, jusqu'à sa rétention à Vincennes, il avait à peine fait attention à eux. Seuls lui apparaissaient les jolies filles et les hommes aux serviettes de cuir brillant, les voitures flambant neuves et les rues tellement propres qu'on aurait dit qu'elles étaient cirées.

Ce n'était plus le cas.

Parfois la vie était si dure qu'il aurait préféré un retour au Mali, parfois il se disait que ce serait l'occasion de revoir sa mère et ses sœurs, parfois sa détermination craquait à force de se cacher, alors il repensait à l'Homme du Macumba, il voyait les regards narquois que l'on poserait sur lui, le fils de son père, un bachelier qui n'avait même pas réussi à faire sa vie en France, qui avait rendu sa famille encore plus pauvre, et la honte lui chauffait les joues. Il maudissait son manque de courage, et il rentrait chez Lamouna. Le soir, son oncle ouvrait le réfrigérateur pour y mettre de nouvelles victuailles, il haussait un sourcil en le découvrant vide, mais il ne faisait aucun commentaire. Alors Samba lui disait :

– Il vaudrait mieux que je parte. Que je rentre. C'est pas bon ici.

– Il faut rester encore quelque temps, répondait Lamouna. Patience. On gagne de l'argent, et après on rentre, dès qu'on peut.

Il lui décrivait leur retour triomphal à Bamako, les prunelles brillantes de ses sœurs, la fille qu'il épouserait, pour lui redonner courage.

Il gagnait trois sous, en réparant un vélo ou la radio d'un voisin, son oncle le nourrissait, il vivait au jour le jour, son avenir était loin. Sa bonne humeur d'après sa libération de Vincennes s'était évanouie : tout ce qui avait vraiment de l'importance pour lui – sa mère, ses sœurs, une maison, son pays – n'était pas ici, et sa vie lui semblait vide, factice. À force d'avoir peur dans la rue, il se perdait, parfois, parce qu'il avait pris une rue perpendiculaire pour éviter une silhouette bleue dont il ne savait même pas si c'était vraiment un policier, et puis de plus en plus à cause de l'étrange impression qui saisissait son esprit et le rendait confus au point de ne plus bien savoir où il était, au point que Paris devenait irréelle : les bâtiments paraissaient flotter au-dessus du sol comme le métro aérien, et les passants ressemblaient à des profils découpés dans du papier noir. Il évitait les lieux publics.

Il s'apercevait qu'il avait passé dix ans de sa vie à décaper des murs et des surfaces rouillées, à effacer des graffitis sur des façades d'immeubles et des stations de métro, à décharger des tonnes de gravats dans des brouettes et à transporter des briques d'un chantier à un autre, comme un âne, avec comme rares distractions des discussions avec les voisins, ou des parties de basket sur le terrain du coin de la rue. Il avait travaillé tout ce temps avec au creux des muscles les courbatures infligées par des horaires extensibles et des tâches difficiles. Il n'était plus qu'un corps. Le soir, il tombait de fatigue, il se couchait parfois sans manger, et la plupart du temps avant que Lamouna rentre du resto. Ses mains étaient parsemées de coupures noircies, et la rouille des chantiers s'était incrustée dans sa peau. Ses membres étaient lourds de travail et sa tête était vide. Quand il ne travaillait pas, il pensait à l'argent. Le lendemain il se levait pour repartir sur les chantiers. Il travaillait tout le temps. Toujours plus. Il était loin de l'image de l'immigré coûteux pour l'économie d'un pays. Dix ans comme ça.

Il n'avait pourtant pas économisé d'argent. Lamouna avait décidé que Samba garderait cent cinquante euros par mois, trois beaux billets tout craquants, sur les huit cents qu'il gagnait. Quatre cent cinquante euros étaient affectés à la moitié du loyer ; et deux cents étaient envoyés à sa mère, par Western Union. La part que Lamouna expédiait, de son côté, avait été revue à la baisse ; cela, ajouté au loyer divisé par deux, allait soudainement le rendre plus riche, et Samba avait compris qu'il préparait son retour.

Pendant quelques années, au début de son séjour en France, Lamouna avait envoyé de l'argent et des cadeaux à la jeune femme qu'il comptait épouser, mais au bout de deux ou trois ans elle avait cessé de l'attendre, et après quatre ans il avait appris qu'elle s'était mariée avec un autre homme. Alors il était resté ruminer en France. Il voulait revenir en seigneur. Il lui faudrait offrir des cadeaux à chacun. Et plus le temps passait, plus la maison qu'il se promettait de construire devait être belle, et les cadeaux somptueux. Le temps glissait. Et Samba entretenait ses rêves de grandeur, tant il avait peur, à présent, de se retrouver seul ici. Il encourageait son oncle à décrire les maisons qu'il ferait construire en rentrant au Mali – des maisons d'un bleu vif, si grandes qu'ils pourraient y inviter tout le voisinage et faire des fêtes immenses qui dureraient jusqu'à l'aube, où les filles se feraient belles et viendraient danser. Et pendant que son oncle rêvait et racontait, parfois il n'écoutait plus, il se disait seulement : pourvu qu'il ne parte pas tout de suite. Il ne se voyait pas seul ici. Lui, parce qu'il était encore trop jeune, il ne pourrait pas rentrer tout de suite. Il resterait ici à travailler tout le jour et à rentrer dans l'appartement déserté le soir. Et il redoutait par-dessus tout de se retrouver seul à présent qu'il était clandestin. Il essayait de bloquer l'idée avant qu'elle ne se forme complètement dans sa tête. *Lamouna ne ferait pas ça.* Plus maintenant. Cela faisait trop longtemps qu'ils étaient ensemble, il ne partirait pas sans lui. Mais s'il lui arrivait quelque chose ? Il perdrait la seule personne à savoir ici qu'il avait une voix, et un nom, qu'il était capable de penser, de pleurer, et de rire. Il deviendrait fou, ou clochard. Il deviendrait l'Homme du Macumba, et peut-être n'aurait-il même pas la force de rentrer.

Sans lui, il disparaîtrait tout à fait.

13

Chaque jeudi, nous avions rendez-vous, Samba et moi, à la permanence où j'étais bénévole, une petite salle prêtée par un temple protestant dans le dix-septième arrondissement de Paris : la Cimade est sans appartenance religieuse, mais elle date de la guerre, lorsque les protestants sont venus en aide aux déportés, et elle a gardé des liens avec les temples. Sur les murs, des affiches donnaient toutes les astuces pour devenir un bon scout. C'était encore plus absurde d'écouter les récits des expulsés au-dessous du manuel du bon petit explorateur.

Un Afghan se faisait aider par un compatriote qui parlait français et racontait sa situation sous un poster qui disait « Nous nous engageons, pendant notre explo, à marcher en groupe, à gauche de la route, et à ne jamais nous quitter ».

– Il est afghan, mais il est né en Iran, en 1988. Il a vécu toute sa vie en Iran. Il ne parle que le perse d'Iran. Mais en Grèce ils ont voulu le rapatrier en Afghanistan parce que son passeport dit qu'il est afghan. L'Iran n'a jamais voulu lui donner de passeport, parce que les Afghans ne sont pas bien vus.

Manu a regardé bien en face l'homme dont elle ne comprenait pas la langue et elle a dit :

– Ici, on risque de ne rien pouvoir faire. La France va vous renvoyer en Grèce, parce que c'est le premier pays d'Europe où vous êtes entré. Le problème, c'est qu'en Grèce il n'y a que huit demandes d'asile qui ont été acceptées l'année dernière. Ils renvoient tout le monde. Et c'est en Afghanistan qu'ils vont vous renvoyer. C'est le passeport qui compte, pas la langue, ou l'histoire des gens. Vous comprenez ?

Le jeune homme a crié avant que l'homme traduise à nouveau :

– Il n'a jamais mis les pieds en Afghanistan. Et maintenant ils vont le renvoyer là-bas, alors qu'il y a la guerre. Alors qu'est-ce qu'on peut faire ?

Elle écoutait, et elle essayait de trouver une solution pour chacun. Nous étions deux stagiaires et deux bénévoles, face à quatre sans-papiers. Manu, Violeta, une étudiante argentine, Mirabelle, une grande fille fantasque qui travaillait pour une ONG franco-togolaise, et moi. Tous les gens qui défilaient chaque jeudi devant nous étaient blessés, d'une manière ou d'une autre, et nous devions apprendre à leur parler doucement, mais sans pitié : franchement. Les sans-papiers qui venaient nous voir avaient vécu tant de misères qu'ils étaient prêts à tout entendre, sauf des mensonges ou de faux espoirs, alors, patiemment, nous expliquions ce qu'il était encore possible de faire, et les hommes et les femmes nous écoutaient à leur tour. Tout cela se passait dans une ambiance assez calme, et conviviale. La violence de ce qui se disait n'était palpable que dans la cruauté que j'infligeais à mes cigarettes triturées. Je me vengeais sur elles. Je ne fumais que le soir, et le jeudi après-midi.

Samba attendait son tour à côté d'un Algérien qui aurait pu être son grand-père et avait une respiration d'accordéon fatigué. Face à moi, il y avait à présent une vieille Sénégalaise qui disait :

– Tout le mal qu'ils m'ont fait, ils devront en rendre compte à Dieu.

Madame S., en France depuis 1982, dont la fille née ici en 1987 était française, était elle aussi en voie d'expulsion. Elle n'avait plus d'endroit où dormir. Le soir, si sa fille, qui vivait avec son ami dans une chambre d'hôtel, ne voulait pas d'elle, madame S. appelait le 115 et dormait avec les clochards.

Plus loin, un bébé sommeillait dans sa poussette, ignorant ce qui était en train de se passer autour de lui.

Chacun venait avec ses « preuves de vie », des fiches de paie, des factures, des lettres d'amis, des quittances de loyer, des avis d'imposition, des attestations diverses et variées, qu'ils devaient garder pour prouver qui ils étaient, quand ils étaient arrivés, qui ils fréquentaient, chez qui ils avaient habité, chez qui ils avaient travaillé, qui était leur médecin, quels diplômes ils avaient obtenus, dans quelle association, mouvement, parti ils avaient milité, quelle famille ils avaient, en France, à l'étranger : les sans-papiers avaient, en fait, beaucoup, beaucoup de papiers – et ils les gardaient, tous, précieusement.

Lamouna avait même dû lui faire une lettre où il certifiait « sur l'honneur la bonne moralité » de Samba. Sa signature était malhabile, émouvante : un L et un S se chevauchaient. Samba l'avait pliée soigneusement et glissée dans une petite chemise de plastique. Comme tous les autres, il avait rangé toutes ses feuilles année par année, dans des pochettes de couleur : un véritable archiviste. Un seul papier lui manquait, une carte de séjour. Alors chaque jeudi, pendant une heure, il montrait tous les autres papiers en sa possession, et il me racontait son histoire. Il racontait bien, et décrivait tout, y compris des sensations, des odeurs, des détails qu'il avait remarqués, et même, parfois, ses rêves. J'avais décidé d'écrire au ministre et au préfet pour leur demander de revoir leur décision. Il y avait peu de chances qu'ils le fassent, et nous avions peu de temps. Mais j'avais envie d'essayer tous les moyens possibles.

Il voulait y croire, et puis cela lui faisait une distraction dans la semaine, un rendez-vous joyeux au milieu de tant d'ennuis. Nous étions contents de nous revoir, chaque jeudi. Il venait me raconter son histoire, en épisodes. Il disait qu'il était ma Schéhérazade.

Cela aussi, ça me plaisait : je riais bien avec lui. Au début, il n'était pourtant pas très à l'aise : plus tard, il m'a dit que c'était la première fois qu'il regardait une femme blanche d'aussi près et aussi longtemps. D'habitude, dans le métro ou dans la rue, il baissait les yeux après quelques secondes, ou il détournait la tête pour ne pas croiser leur regard. C'est ce que les gens font, ici. Mais peu à peu il s'est senti de plus en plus à l'aise avec nous.

J'ai roulé une des cigarettes que je fumais entre chaque rendez-vous, et qui ne ressemblait à rien. Il a dit, en montrant ma drôle de roulée :

– C'est quoi, ça ? Un doigt de pied ?

Je me suis esclaffée et il a été heureux de faire rire une fille. Mais je lui ai tendu son papier.

– Au travail, j'ai dit.

À force de nous voir, et de nous raconter nos vies, nous sommes devenus amis, ou presque. Il restait une distance entre nous : elle était due à la couleur de nos peaux, à nos classes sociales, à nos niveaux d'études, et cet écart était impossible à abolir. C'était ce qui nous distinguait. C'était aussi ce qui faisait que nous étions curieux l'un de l'autre. J'ai commencé à lui raconter un peu ma vie, moi aussi, de temps en temps, par bribes, au cours de mes pauses cigarettes-en-forme-de-doigts-de-pied. Il savait que ma famille vivait en province, au bord de la mer. Il a deviné que je vivais seule. Il commençait à connaître mes goûts, le cinéma, les livres, parfois je lui en parlais. Nous pouvions nous voir quasiment chaque semaine sans se lasser, le jeudi, à quatorze heures trente. C'était agréable, mais cela ne changeait rien à sa situation – dans l'immédiat, en tout cas.

Le plus rapide à répondre a été le ministre de l'Immigration et de l'Identité nationale. Une semaine après avoir posté la lettre, Samba a reçu une réponse, « au nom du peuple français » – c'était écrit. La réponse était négative.

Putain de sa race.

14

C'est le lendemain du jour où il a reçu cette lettre que son oncle est rentré avec un sourire malicieux. Quand il avait cette expression-là sur le visage, c'est qu'il était arrivé quelque chose d'exceptionnel : une prime sur sa paie, une femme rencontrée, une fête en préparation. Il a posé cérémonieusement une bouteille de vin blanc et deux verres sur la table. Samba l'a regardé avec curiosité, mais Lamouna a fait durer l'attente. Il jubilait. Et puis il lui a tendu son titre de séjour.

Lamouna Sow, né le 25 novembre 1956, carte de séjour temporaire, motif du séjour : vie privée et familiale, validité début : 09-12-02, pour dix ans renouvelables.

Il avait d'abord obtenu des cartes de séjour d'un an, puis, au bout de cinq ans, une carte de dix ans, puis une autre. Son regard se perdait dans la contemplation de ce petit rectangle de carton qui représentait sa liberté, et qui était devenu si difficile à obtenir.

Lamouna lui a dit :

– Regarde bien la photo.

Samba a approché son visage de la carte qu'il lui tendait. La photo n'était pas de bonne qualité, et elle était si sombre qu'il était impossible de reconnaître son oncle. Il n'a pas osé le lui dire, c'était très gênant. Il l'a regardé sans comprendre.

Lamouna a souri, triomphal, et a servi deux petits verres de vin. Il a trinqué en déclarant :

– C'est moi, mais ça pourrait être n'importe qui. Je suis tellement noir que les Photomaton n'arrivent pas à m'attraper !

Il a eu un rire lumineux, un rire en forme de soulagement. Samba, lui, ne riait pas. Il a dit :

– D'accord, mais moi je suis plus clair que toi, ça ne marchera jamais, ton petit stratagème.

– Ils s'en foutent, de ton visage.

– Et puis j'ai vingt-quatre ans de moins que toi !

– Je vais te raconter une histoire. Tu vois qui est João ?

Samba a acquiescé. C'était un jeune homme qui faisait parfois des extras au restaurant, en fin de semaine. Lamouna a poursuivi :

– João a perdu ses parents à cause de la guerre en Angola quand il était petit. Il a traversé l'Afrique avec un oncle, et il est arrivé ici à quatorze ans. Mais l'oncle l'a laissé à Paris pour aller travailler comme saisonnier dans le sud de la France. Alors João s'est débrouillé, il est allé voir des associations et il a été accueilli par une famille française. Ils l'ont inscrit à l'école, ils l'ont éduqué, ils se sont occupé de lui comme d'un fils. Pendant deux ans, il a eu une vie de Français. Mais au mois de mai, à Gare-du-Nord, alors qu'il changeait de métro comme chaque jour en rentrant du lycée, il s'est fait contrôler. Pourtant, on dirait un joueur de basket américain, tu vois ?

Il voyait. Depuis qu'il était arrivé, et après l'intermède lamounien du début de son séjour, il avait lui-même cultivé un look casquette-sweat à capuche, pour se donner un air américain, ou banlieusard, pour ne plus avoir l'air d'un Africain, en tout cas, pour passer inaperçu et échapper aux contrôles. Il avait étudié les tenues des garçons de son âge dans le métro pour s'acheter les mêmes vêtements qu'eux. Le plus difficile, c'était de parvenir à copier leur décontraction, qui lui semblait hors d'atteinte : il voyait bien, pourtant, qu'ils n'avaient pas la même façon de se tenir assis, ni même debout. Chaque jour depuis son arrivée, il y travaillait. Sa désinvolture était totalement feinte.

Lamouna continuait, hors de lui :
– Il s'est fait contrôler, et les policiers ont cru qu'il mentait sur son âge. C'est vrai que João est grand, baraqué. Il avait des papiers en règle, et sa carte de cantine de l'école sur lui, mais les policiers l'ont quand même placé en garde à vue. Il a demandé à appeler ses parents d'accueil, mais on lui a dit qu'il ne pourrait le faire qu'après les examens médicaux. Il a eu droit à un examen complet. Y compris les os et les testicules. À seize ans, par un médecin, mais devant des policiers, avec chacun qui se penchait sur son corps comme s'il était un esclave.

C'était la première fois qu'il voyait son oncle s'énerver.
– Les médecins ont conclu qu'il avait plus de dix-huit ans. Les policiers étaient contents d'avoir raison. Ses parents français n'ont pas eu le droit de le voir, il leur a juste parlé au téléphone. Ils ont dit qu'ils allaient le faire sortir de là mais ils n'en ont pas eu le temps. Il a été envoyé au centre de rétention de Bobigny. Ils ont appelé l'OFPRA, où ils avaient déposé une demande d'asile, puisqu'il avait perdu ses parents et ses frères et sœurs à cause de la guerre, mais l'OFPRA n'avait pas voulu accepter une demande d'asile parce qu'il était mineur ! Ils

ne se sont pas laissé faire, ils ont résisté, ils ont mobilisé les autres parents d'élèves du lycée, leurs voisins, le club de handball où jouait João, et puis RESF, et finalement, face à tout ce ramdam, l'administration a cédé : ils l'ont régularisé, à titre exceptionnel et humanitaire, ils ont dit, mais ils lui ont demandé de mentir sur sa date de naissance. João est resté là, il n'est pas reparti dans un pays où il ne connaît plus personne et où il n'a plus de famille, à une condition : qu'il accepte de dire qu'il avait dix-huit ans. Alors il a vieilli de deux ans. Et pas seulement sur le papier.

Son oncle le regardait. Samba ne l'avait jamais vu si persuasif. Il a continué, fataliste :

– Ce qu'il faut comprendre, c'est que ceux qui commandent préféreront toujours que tu mentes plutôt que de reconnaître leurs erreurs. Alors il faut que tu arrêtes de vouloir prouver à tout prix que ce que tu dis est vrai. Tu as bien vu, le ministre ne te croit pas. Ce qui importe, c'est que tu aies un titre de séjour, quel qu'il soit. Tu ne peux pas continuer à vivre comme ça. J'ai bien réfléchi. Depuis que tu es sorti de Vincennes, j'y pense. Et là, j'ai pris ma décision. Moi, je suis tranquille, je suis ici depuis vingt-cinq ans, j'ai un travail, je n'ai pas besoin de ma carte tous les jours. Prends-la.

Samba ne comprenait pas. D'habitude, son oncle était le premier à lui dire de respecter la loi.

– J'ai peur d'avoir des ennuis.

– On ne fait rien de mal. Ce n'est pas un faux papier. Je te prête le mien, c'est tout. Ce n'est pas exactement malhonnête. Et puis, personne ne s'en apercevra. Les employeurs ne sont pas regardants. Personne ne te demandera ton âge. Et personne ne dira que ce n'est pas ton visage sur cette photo.

Ses yeux vifs d'oiseau brillaient. Il a poussé le petit rectangle plastifié sur la table, vers lui, et il a répété :
– Prends-la. Elle est à toi.

15

Il s'appelait Lamouna Sow, il était né le 25 novembre 1956, il avait une carte de séjour valable dix ans et renouvelable, et il pouvait donc chercher du travail. Il s'enfonçait dans l'illégalité. Et maintenant il n'avait même plus de nom.

Il y avait déjà une dizaine d'hommes qui attendaient en silence sur le trottoir du boulevard Magenta quand il est arrivé, alors qu'il faisait encore nuit : des Algériens, des Maliens, des Mauritaniens, un Égyptien, des Haïtiens, des Sri-Lankais, des Équatoriens qui se balançaient d'un pied sur l'autre dans l'air froid du matin. Il a enfoncé ses poings dans la veste de son oncle, qu'il lui avait empruntée pour que cela fasse plus vrai : il avait l'air un peu plus vieux, dans ce haut de costume. Quand le boulevard avait été modifié, trois ou quatre ans auparavant, ils avaient eu peur que la transformation du quartier ne supprime leur principal marché du travail, mais malgré les façades un peu plus blanches, l'excitation était vite retombée : les agences d'intérim avaient continué de fleurir et la révolution chic avait calé avant même de démarrer. Leur file d'attente s'allongeait devant les bancs publics où aucun amoureux n'aurait eu l'idée de venir.

Le commercial d'intérim est arrivé, en costume gris et cravate à pois faussement fantaisiste. Ils sont entrés à sa suite. Tous, ils espéraient.

Samba bombait le torse pour avoir l'air costaud, tout en courbant l'échine pour avoir l'air docile, ce qui n'était pas facile : un coup d'œil surpris de l'homme en costume-cravate lui a fait prendre conscience qu'il était en train d'effectuer une espèce de danse de Saint-Guy au milieu de son bureau, alors il a éteint son regard pour ressembler le plus possible au manœuvre bête, mais dur à la tâche, qu'on rêve d'embaucher, et l'homme a eu l'air rassuré. Samba a regardé à terre.

– Douze manœuvres, ce matin, a annoncé l'homme.

Ils ont tous levé la main, il a pris les douze premiers. Samba était le dernier à être choisi. Les autres n'avaient plus qu'à essayer dans les autres agences du boulevard, même s'il était déjà trop tard, probablement. Un homme, derrière lui, a protesté, en se rapprochant du commercial, mais celui-ci a marmonné : « Je comprends rien », d'un air vraiment contrarié, sans le regarder, et il s'est tourné vers les autres pour demander leurs douze titres de séjour. Samba a tendu celui de Lamouna, qui a disparu dans la petite pile que l'homme tenait dans la main comme un jeu de cartes.

Il y a jeté un œil distrait, puis il les a photocopiés : s'il y avait un contrôle, il dirait qu'il ne savait pas qu'ils n'étaient pas en règle, et il montrerait ces copies en guise de preuves. Il prétendrait ignorer que ces papiers étaient faux, ou empruntés. L'essentiel, c'était de protéger l'agence. Le système était rôdé. Les commerciaux des agences d'intérim le savaient : si une tâche était difficile, ou si le chantier était situé trop loin de Paris, ou s'il faisait mauvais, ils ne trouveraient pas d'ouvriers français volontaires, mais des sans-papiers, si. Alors ils les employaient tout le temps, parfois pendant des années : ils étaient toujours là, prêts à tout, et en plus ils ne se plaignaient jamais, pour ne pas risquer de n'être pas réembauchés. Depuis le temps que cela durait, ils avaient fini par croire, au plus profond d'eux-mêmes, que ces gens étaient naturellement disponibles et obéissants. Souvent ils pensaient aussi qu'à chaque nationalité correspondait un caractère : les Arabes faisaient des histoires et les Chinois étaient besogneux (et bons en informatique). Et les hommes en costume-cravate à pois ? Samba s'est mordu la lèvre. Il devait jouer l'abruti. À force, il savait le faire. Il était devenu expert en air débile. Et même, parfois, s'il le fallait, il forçait son accent.

L'homme regardait les feuilles sortir de la photocopieuse, noircies. Samba a eu peur. Il se sentait déjà coupable, et accusé. Mais il a croisé le regard du commercial, qui l'a traversé comme s'il n'existait pas, comme s'il était la photocopie d'un titre de séjour, et il lui a rendu celui de Lamouna avant de se hâter vers son fauteuil.

Il avait le « job ». L'homme aux cravates à pois aimait les mots anglais.

C'était un gros chantier, de cinq grues, au plein cœur de Paris, à Château-d'Eau. Un immeuble en réhabilitation dont seules les façades étaient conservées, où il devait transporter des gravats d'un bout à l'autre du terrain, jusqu'à la benne.

Il a suivi les hommes jusqu'à un Algeco où des casiers métalliques s'alignaient, et il a mis ses vêtements de travail. Un petit homme aux traits durs soulignés par des tresses qui couraient parallèlement tout le long de son crâne enlevait un blouson de survêtement un peu brillant, couleur turquoise : on aurait dit une veste de basketteur américain. Il a surpris le regard de Samba sur son casier, et l'a fixé d'un air méfiant : il venait d'y poser son portefeuille et le soupçonnait peut-être de vouloir le voler. Les ouvriers déclarés n'aiment pas les clandestins, qui acceptent toutes les conditions de travail et de salaire. Il avait dû deviner que Samba en faisait partie. L'homme a claqué d'un coup sec la porte bleu pétrole de son casier, et il a vu son nom sur le métal : Modibo Diallo.

Le chef de chantier appelait tous les Noirs Boubou, et les hommes répondaient comme si c'était leur nom. Samba aussi, sans broncher. Il s'est dit qu'on ne s'adressait pas vraiment à lui, mais à quelqu'un qui n'existait pas dans la réalité puisqu'il avait son visage, mais portait le nom de son oncle. Sa honte lui semblait moins forte, à présent qu'elle était abritée derrière un masque et cachée sous la satisfaction de tromper celui qui l'insultait.

Modibo Diallo, lui, riait complaisamment aux plaisanteries racistes du chef. Et quand Samba lui a demandé s'il pouvait retourner au vestiaire emprunter des bottes parce que ses baskets en cuir étaient déjà toutes crottées, il l'a regardé d'un air méprisant, et il a fait semblant de ne pas entendre. Il est allé aboyer après un des manœuvres de son équipe.

Les rafales de vent faisaient osciller les grues au-dessus de leurs têtes, et il s'est mis à bruiner. Il a couru en poussant sa brouette. Il transpirait dans ses gants en synthétique : il savait que, le soir, l'odeur de ses mains serait insupportable, et qu'elle ne partirait pas avant le lendemain matin.

À midi, il n'est pas allé manger le poulet-frites dans le préfabriqué où les hommes déjeunaient en groupes formés selon leur nationalité. Il ne voulait pas avoir à subir les railleries du chef pendant son repas, ni la servitude volontaire de Modibo, ni les questions plus ou moins indiscrètes des autres. Et puis il préférait manger le sandwich qu'il s'était préparé, fourré au rosbif et aux tomates séchées sorties du réfrigérateur de son oncle, plutôt que leur nourriture grasse. Ses repas étaient sacrés. Son oncle était un aristocrate, et avait fait de lui un gourmet. Il n'y pouvait rien, il aimait la cuisine française et ne pouvait plus manger n'importe quoi.

Il s'est assis sur une plate-forme en acier, ses jambes se balançant dans le vide, à douze mètres au-dessus de la fosse, et il a regardé les machines immobiles, toute cette ferraille silencieuse qui tremblait dans un bruit de tonnerre quelques minutes plus tôt, lorsqu'elle était commandée par les hommes casqués de jaune. Il a sorti le sandwich de sa poche, froissé le papier d'aluminium qui le protégeait.

Les fondations s'étaient creusées, le ventre du bâtiment se laissait voir, bientôt le reste s'élèverait, des cloisons seraient montées, l'électricité ajoutée, les meubles aménagés, et des personnes y habiteraient sans penser une minute à eux.

Il avait travaillé dur, heureux de gagner sa vie.

Le soir, ils ont ri, Lamouna et lui, quand il lui a raconté sa frayeur dans l'agence d'intérim. Son oncle était fier : ils avaient rusé, et cela avait marché. C'était aussi simple que cela. Il avait une carte de séjour, et un travail. Il n'avait pas l'impression d'avoir fait quelque chose d'interdit : il en avait été autorisé par son oncle. Il allait travailler, être payé, et tout recommençait.

Il était tranquille.

Il a ri encore, pour lui-même, parce qu'il avait l'impression d'avoir récupéré sa dignité – de lui avoir redonné le brillant qu'elle avait perdu, en crachant un peu dessus, et en frottant fort. Son oncle souriait en le regardant. Il ne lui a pas parlé de Modibo Diallo, ni du chef. Ce n'était pas la peine de gâcher son plaisir.

Ils ont bavardé jusqu'au milieu de la nuit, et il se sentait à nouveau vivant, plus vivant que jamais depuis sa sortie de Vincennes.

Après son contrat sur le chantier aux cinq grues, il est retourné voir l'agence d'intérim. Il s'est présenté à une femme en tailleur qui a regardé ses fiches, en a sorti une, l'a étudiée derrière ses petites lunettes retenues à son cou par une chaînette en plastique bleu, et il a décroché un autre boulot, pour quatre jours. Et ainsi de suite. Il a travaillé sur des constructions d'immeubles, des creusements de voiries, des réfections d'intérieurs. L'homme en costume-cravate à pois et la femme en costume-jupe rayée-lunettes à chaînette le connaissaient de mieux en mieux, selon eux. Ils appelaient les chefs de chantier et disaient en le regardant, le téléphone coincé sous l'oreille :

– Oui, j'en ai un, là, je le connais bien, il est sérieux.

Parfois, on leur demandait des garanties supplémentaires ; il voyait le regard du commercial jauger ses épaules, ses bras, et répondre :

– Il est jeune. Il tiendra. Il est musclé, sain. Dès quarante ans, ils sont usés, leur vue baisse, ils ont des problèmes de dents, d'articulations, de diabète, mais celui-ci n'a pas trente ans, et il est en bonne santé. Il a des réflexes.

Il lui lançait son crayon, pour voir. Samba Cissé le rattrapait au vol.

Alors il partait pour Montfermeil, Gagny ou Le Perreux, avec ses chaussures de chantier et ses gants. Il cassait des pierres et il les transportait jusqu'en haut d'un immeuble, avant de descendre et de recommencer. Le soir, il rentrait, crevé mais content de lui : il reprenait espoir. Peu à peu, il s'est échappé de la peur, de la tension, de la vigilance constante, de la crainte des contrôles de police et de celle de ne pas trouver de travail. Grâce à son oncle, à sa carte, à son nom, il vivait à nouveau. Il n'avait plus de nom, il était traité comme un chien à qui on apprend des tours, mais il vivait.

Ce n'était plus comme avant Vincennes : il ne pensait pas qu'à son portefeuille. Il savait que le plus important était sa liberté, et il la conserverait, à présent, coûte que coûte. Il avait pris conscience de certaines choses.

Au début, c'étaient toujours les commerciaux qui parlaient les premiers, mais, peu à peu, il s'est même autorisé à demander un chantier plutôt qu'un autre. Il voyait les annonces affichées dans la vitrine et quand arrivait son tour, plutôt que d'accepter la première offre venue, il demandait celle qu'il avait repérée. L'homme en costume-cravate aimait cet esprit d'initiative, il disait :

– T'es un malin, toi.

Et après, le téléphone sur l'oreille et l'œil complice :

– J'en ai un, là, il apprend vite.

Il ne disait rien, il ne cherchait pas à se révolter, sa colère restait à l'intérieur, il préférait se taire, il savait qu'il valait mieux ne rien montrer, rester patient. Brillant, et insolent, toujours, mais en silence.

Il vieillissait : il était moins naïf, moins innocent. Il avait aussi moins d'espoir en lui, et plus de colère.

Il sentait pourtant qu'un jour cette colère accumulée risquait de se retourner contre lui, ou contre cet homme méprisant dont il avait envie de serrer la cravate jusqu'à ce qu'il s'excuse de ses mauvaises manières.

16

Sa nouvelle distraction, c'était de prendre le métro, à présent qu'il pouvait le faire sans trop de risque. Dès la fin de sa première semaine de travail sur un chantier, en rentrant sur la ligne rose en direction du dix-huitième, il s'est assis près d'une famille de femmes africaines de tous âges, habillées de boubous de toutes les couleurs, et il s'est laissé porter. À côté de lui, une fille était assise de travers, pour protéger son bébé, ligoté dans son dos. Il retrouvait la même sensation que lorsque sa mère le portait quand il était tout petit : le visage tourné sur le côté, pressé contre elle, il sentait chaque mouvement de ses muscles, au gré de sa démarche et de ses positions, et il entendait sa voix résonner à travers son corps, l'oreille collée à son dos, bercé. Il croyait même se souvenir de l'étirement de ses cuisses, écartées au maximum de part et d'autre de sa taille, qui lui faisaient presque mal. Il a regardé ce bébé écrasé contre sa mère, qui tentait tant bien que mal d'entrevoir quelque chose sur le côté, en colère, contrarié de ne rien distinguer d'autre que la masse de son dos, le visage aplati comme une tomate trop mûre, et il a eu envie de rire : il savait ce qu'il ressentait. Sa mère à lui était étroite, mais il n'avait pas plus de liberté de regard face à sa présence envahissante.

Pourtant, il aurait donné n'importe quoi à cet instant

pour ne rien voir d'autre qu'elle, et sentir à nouveau sa joue pressée contre la chaleur de son dos.

La famille africaine est descendue au terminus, mais il est resté assis, tandis que d'autres visages, tous très différents les uns des autres, lui ont succédé : une femme aux cheveux blonds séparés en deux qui encadraient chaque côté de son visage comme les oreilles tombantes d'un chien de chasse s'est assise à côté de ses deux filles, qui avaient la même coiffure ; on aurait dit des poupées gigognes. Un vieux couple est monté et on ne savait pas lequel aidait l'autre. Une écolière décrivait la structure de l'ADN à voix haute pour aider sa copine à faire ses devoirs. Il pensait à Ousmane, et se demandait s'il avait trouvé du travail à Bamako, si son bac lui avait permis, à lui, de réussir sa vie, et s'il se moquerait de lui en le voyant, les mains abîmées et les joues creuses, rentrer du travail en s'étourdissant dans un wagon de fer qui ne traversait Paris que par le sol.

Il devinait dans quel arrondissement il était en fonction des passagers qui montaient, de leur tenue vestimentaire, de leur manière de parler : bien qu'aucune ligne, aucune grille, ne marque la limite entre les quartiers chic et les rues pauvres, ils étaient pourtant bien distincts les uns des autres, et il avait l'impression tout à coup de voyager dans un pays exotique, tellement différent du quartier dans lequel il vivait avec son oncle. Depuis le métro aérien, il voyait les bâtiments devenir plus clairs, les trottoirs plus nets, les lumières plus vives et moins blanches. Il y avait des femmes en fourrure, des voitures rutilantes, même les squares paraissaient plus propres, et l'air plus pur. Les riches semblaient encore plus riches de rester entre eux, de ne pas se mêler aux pauvres. Leurs enfants pourraient épouser d'autres enfants de riches et ainsi ils n'auraient jamais besoin de payer un loyer, et encore moins d'habiter une cave. Et puis, insensiblement, la rue et le ciel viraient au gris, et il voyait alors les gens des autres castes monter dans son wagon, à mesure que les jolies filles en descendaient, et on aurait dit qu'il y avait plus d'hommes, de drogués, de mendiants, plus de Noirs. Tout semblait plus petit, plus gris. Alors il repartait, en changeant de ligne. Il regardait les appartements parisiens défiler devant la vitre. Des couples dînaient dans des salons aux moulures blanches et aux ampoules colorées, ou dans des cuisines équipées, des vieux discutaient entre eux ou devant la télé qui éclairait leur fenêtre en bleu, des femmes se préparaient dans des salles de bains lumineuses, parfois une jeune fille lisait sur un balcon, et il avait l'impression de partager leur intimité, d'appartenir au même monde, l'espace de quelques secondes. Le front posé sur la vitre fraîche du métro, il laissait le contrôle au chauffeur de la rame. Il avait l'impression que la ville était infinie. Il ne savait plus vraiment ce qu'il était venu y chercher. Il avait envie de se laisser guider jusqu'au bout.

C'était une distraction gratuite, et c'est devenu une habitude, une façon de se délasser après le travail : il préférait la ligne rose, qui va du nord au sud, la verte, qui relie les quartiers les plus populaires aux Champs-Élysées. Il s'émerveillait de tant de différences. Peut-être qu'un jour les riches fermeraient ces frontières-là aussi – pour qu'un pauvre n'ait pas l'outrecuidance de venir les contempler derrière les vitrines des restaurants tandis qu'ils mangeraient leurs huîtres.

17

Elle a chassé pendant des mois pour constituer ses réserves, avant de partir. Elle a parfois plané, pour se reposer, mais elle ne s'est jamais arrêtée, et elle a dû compter sur ses réserves de graisse pour survivre au-dessus du Sahara ou de la mer.

Ses ailes bleu et blanc sont toujours en mouvement. Elle vire, elle monte, elle rase le sol, et parfois elle descend en piqué et remonte vers le ciel, juste pour s'étourdir, voler, avancer.

Autour d'elle, elles sont des milliers à parcourir le même chemin. Elles se séparent au fil du voyage.

Elle a survolé le désert, traversé la Méditerranée, essuyé plusieurs tempêtes, vu plusieurs autres tomber vers le sol et ne plus jamais voler, elle a suivi des rivages, des fleuves, des montagnes, rasé des nuages et croisé d'autres espèces d'oiseaux, qui suivent d'autres routes. Elle s'est orientée avec le soleil, les étoiles et le champ magnétique de la Terre, et puis grâce aux odeurs, aux sons. Elle s'est aussi servie de ses voyages précédents.
Ce n'est pas la première fois qu'elle survole le monde.
Huit mille kilomètres qu'elle vole.

Elle arrive à Paris affamée, et épuisée.

Ici, les insectes abondent, et la concurrence est moins dure : elle a droit à tous les moucherons qu'elle pourra gober. Elle vole en cercle, très excitée. Elle crie. Elle se repose sur un fil électrique, alignée au milieu des deux cents autres hirondelles du groupe.

Un coup de vent les fait toutes s'envoler.
Puis revenir.

Dès que l'hiver arrivera, les insectes disparaîtront, et elle devra repartir, poussée par la faim. Ce n'est pas le soleil qui l'attire là-bas, mais la recherche de nourriture, et de sécurité.

Sa silhouette aux reflets métalliques virevolte à travers les nuages. Un homme juché sur une drôle de machine à flanc de façade en verre la pointe du doigt. Il en oublie qu'il est en équilibre entre terre et ciel, et qu'il n'a pas d'ailes pour voler.

18

Il avait vu une annonce pour être laveur de vitres d'immeubles, sur la porte de l'agence, et il avait remarqué que la rémunération était intéressante, alors il a dit à la femme en costume-jupe-lunettes à chaînette qu'il avait déjà fait ça.

Elle a fait la moue, et ses ongles peints ont tapoté rapidement sur son clavier avec un bruit métallique :

– Tu es malien, toi, non ?

– Oui.

Elle a ronchonné, puis elle l'a fixé, silencieuse, comme si elle écoutait un bruit au-dehors. Après un temps, elle a dit :

– Malien. Manœuvre. Les Maliens sont de très bons manœuvres, sur les chantiers. Mais nettoyeur de carreaux, non. C'est précis, c'est risqué, en plus normalement il faut un permis. Ça n'a l'air de rien mais c'est dangereux, il faut faire attention, là-haut. Un geste de trop et... Non. Les Latinos, certains Arabes peuvent faire ça. Mais je n'ai pas l'habitude de donner ces travaux-là à des Maliens.

Dès sept heures le lendemain matin, il était juché au treizième étage d'une tour qu'il devait laver, suspendu sur une plate-forme en bois qui ressemblait à une large balançoire, entre ciel et terre, et il maudissait le racisme de cette femme, qui l'avait poussé à lui tenir tête jusqu'à ce qu'elle cède. Il avait tout fait pour obtenir ce boulot, et chaque fois qu'il regardait en bas il revoyait le doute dans ses yeux quand elle lui avait finalement tendu la feuille pour qu'il la signe. Il avait menti : il avait affirmé avoir travaillé porte de Clignancourt sur un des plus hauts immeubles de la capitale, qui clignotait « Samsung » en rouge le soir, et la commerciale l'avait cru. Mais, une fois là-haut, il avait le vertige. Il s'est dit qu'il n'y arriverait pas. Il avait peur. Il n'avait jamais fait cela.

Ils étaient deux par plate-forme, et le gars qui était avec lui a tout de suite compris son problème. Il lui a dit : « Regarde en l'air », comme s'il le connaissait déjà, et savait qu'il avait toujours adoré le ciel, où qu'il se trouve. Il s'est aperçu que c'était la première fois depuis longtemps qu'il voyait l'horizon comme à la mer, ou en brousse, sans immeuble ou ligne électrique pour boucher la vue. Paris n'a pas d'horizon. Un nuage de pluie, au-dessus des immeubles, formait un paysage avec des montagnes, des vallées, des animaux et des arbres, comme s'il était le reflet d'une terre qu'on ne voyait pas encore, ou le mirage d'un pays idéal. Il avait l'impression d'entendre le craquement d'un nuage à venir, l'amoncellement d'humidité qui donnerait la pluie, de pouvoir prévoir le temps qu'il ferait. Il oubliait l'altitude. Les toits se reflétaient dans les vitres qui leur faisaient face. Un avion y a tracé sa route, laissant derrière lui une traînée de brume blanche comme un souvenir de voyage, et c'était comme s'il cherchait à l'effacer d'un coup de chiffon. Il a eu envie de revoir le contraste violent du bleu du ciel et d'une terre rouge écrasée de soleil. Il s'est perdu dans ses souvenirs.

Le nuage s'en allait. On aurait dit un continent à la dérive.

Il a regardé l'homme à côté de lui. Seuls ses bras bougeaient, et son visage était serein. Il sifflotait. Il semblait en apesanteur. Un équilibriste, à l'autorité naturelle au sommet de la tour, qui avait l'air d'aimer regarder la ville d'en haut. Il a alors ressenti une délicieuse sensation de vertige au ventre, et il a commencé à apprécier, lui aussi, de sentir la plate-forme vaciller sous le vent, même s'il était bien moins habile et qu'il avait encore peur de basculer dans le vide.

Il avait commencé à lâcher ses certitudes en même temps que son nom, et il s'apercevait qu'il n'était pas si difficile de se laisser porter, d'accepter un métier, un nom, et même des qualités que les autres choisissaient pour vous. Il suffisait de ne pas s'attacher à la réalité et d'accepter celle dans laquelle les autres vous mettaient.

De temps en temps, un mouvement derrière la vitre les poussait à regarder à l'intérieur, et ils souriaient aux secrétaires, de l'autre côté de la fenêtre, qui leur répondaient ou les snobaient, selon leur humeur, selon les étages. Ils étaient à quelques centimètres d'elles seulement, et il avait remarqué que Wilson leur lançait parfois des œillades. Il a soulevé son tee-shirt en lui disant :

– Tu connais la pub Coca-Cola ?

Il a ri. Il voyait ce qu'il voulait dire. Wilson s'est mis torse nu. Il avait des abdominaux découpés tout le long du torse et du ventre, des épaules rondes. Cinq minutes plus tard, une poignée d'employées de bureau pouffaient à quelques mètres d'eux, cachant leur bouche derrière leurs mains, se tortillant sur leurs talons hauts, comme dans la réclame. Son collègue a rugi d'un grand éclat de rire.

– On les aura jamais, mon pote, alors tu sais quoi ? On va se venger. On va leur sourire, et ce soir, c'est à nous qu'elles penseront en se faisant baiser par leur mari.

Il a ri de plus belle, content de son coup, devant les filles qui gloussaient derrière leur clavier et la vitre. Les oiseaux volaient et passaient sur le verre devenu transparent, défilant devant ses yeux avant de s'en aller au loin. Samba n'avait plus du tout le vertige. Pour parfaire son plaisir, Wilson a sorti un œuf dur de sa poche et il l'a écalé contre la plate-forme. D'une main, il l'a épluché, et les petits bouts de coquille se sont envolés au vent, jusqu'en bas.

Puis il a glissé la chair lisse et brillante de l'œuf dans sa bouche.

Samba ne lui a pas dit qu'il détestait l'odeur des œufs durs depuis Tombouctou. Heureusement, il ne pouvait rien sentir, de là où il était. Il a souri, vaguement.

Un soir, au cours de son voyage, il était entré dans un bar, au fond d'une des ruelles étriquées d'une ville du désert. L'établissement, à Tombouctou, était celui des laissés-pour-compte et des pèlerins-vers-l'ouest, et les hommes venaient s'y saouler discrètement.

Au bout du comptoir en bois poisseux, il avait remarqué une jeune femme, à laquelle personne ne parlait, alors que toutes les tables étaient occupées par des hommes qui cherchaient un moyen de quitter la ville ou proposaient des places à bord d'un camion. Et puis, à un moment, il avait vu un homme quitter sa table et venir taper sur l'épaule de la fille : elle s'était levée à son signal. Elle était bien faite, mieux de corps que de visage. Samba se souvenait de ses fesses qui roulaient.

Ils étaient sortis à l'arrière du bar. L'homme avait l'air fatigué, et ses habits avaient la même couleur de poussière que sa peau. Il profitait peut-être d'un répit de deux ou trois jours avant de reprendre la route, ou bien il s'était arrêté le temps de gagner à nouveau un peu d'argent pour continuer. Aucune conversation ne s'était interrompue. Leur mouvement était passé totalement inaperçu.

Quelques minutes plus tard, ils étaient revenus, cette fois lui devant et elle derrière, marchant lentement. Ils avaient traversé la pièce pour reprendre leurs places respectives. Le patron avait fait un signe à la fille, alors qu'elle se rasseyait sur son tabouret, où personne ne la regardait. L'œil de la fille avait immédiatement réagi, et sa main avait répondu par un autre signe : le pouce, l'index et le majeur s'étaient dressés en un triangle énigmatique. C'est alors que Samba avait pris conscience qu'elle était sourde et muette. Dans ce lieu rempli de brouhaha, de musique et de paroles, elle était la seule à ne rien entendre. Elle avait inventé un langage de quelques signes.

L'homme avait posé quelques pièces sur le bar, et, en échange, le patron avait posé un œuf dur sur le comptoir.

L'œuf avait oscillé doucement sur le bois, jusqu'à ce que les doigts de la fille s'en emparent.

Elle faisait des passes, et elle était payée en œufs.

Ses ongles avaient écalé l'œuf à toute vitesse, et elle l'avait avalé en deux bouchées à peine. Et l'homme qui avait disparu quelques minutes plus tôt à l'arrière du bar avec elle buvait déjà une nouvelle bière, en parlant d'autre chose, tandis que son regard à elle révélait le vide et la faim.

Le soir, après le travail, Wilson et Samba sont allés boire un verre ensemble. C'était la première fois qu'il partageait la douceur de vivre des gens installés aux terrasses, dont la seule occupation, pendant une heure au moins, semblait être de siroter un rafraîchissement, une orangeade ou un panaché, à l'ombre, en regardant la vie passer. Il essayait de ne pas montrer que c'était nouveau pour lui – comme le lui avait enseigné son oncle. Il a étendu ses jambes, en avalant avec gourmandise son Fanta au goût délicieusement chimique et pétillant, mais il s'attendait à chaque instant à entendre une voix s'écrier : « Hé ! Qu'est-ce qu'il fait là, lui ? Ce n'est pas sa place ! » Il avait l'impression que les clients aux autres tables étaient intrigués par sa présence, et il recommençait à faire attention aux yeux clairs qui le dévisageaient. Si, à ce moment-là, il avait été un simple touriste, il aurait cherché à garder en lui chaque détail, pour en faire le récit plus tard à ses sœurs, ou à des amis qui n'étaient pas partis : « Là-bas, on boit des verres aux terrasses en regardant passer les filles, et la vie est simple. » Mais il pressentait qu'il ne rentrerait peut-être jamais, ou alors de manière forcée, et qu'il n'aurait pas le cœur à raconter ce moment-là – peut-être même qu'il ne s'en souviendrait plus. Son nouveau collègue l'avait assuré qu'ils ne risquaient rien parce qu'ils se trouvaient dans les beaux quartiers. Dans les arrondissements où les immigrés étaient nombreux, ils ne pouvaient pas s'exposer au danger, mais, ici, ils pouvaient profiter de la vie.

Chacun savait que l'autre avait de faux papiers pour travailler. Wilson lui a montré sa carte, achetée dans le dixième arrondissement : il risquait des années de prison, et une interdiction définitive du territoire français, pour faux et usage de faux.

– Je m'en fous, a-t-il dit, je vais bientôt repartir, de toute façon. C'est provisoire. J'aime trop mon pays. Je suis venu ici gagner de l'argent. Dès que j'en ai assez, je repars.

Samba lui a avoué qu'il travaillait avec le titre de séjour de son oncle. Wilson a hoché la tête.

– C'est pour ça que tu t'habilles comme un vieux quand tu viens travailler ?

Il a acquiescé : il trouvait que c'était plus cohérent avec l'âge annoncé sur sa carte que le survêtement qu'il portait habituellement. Il jouait à l'homme de cinquante-quatre ans. Il se mettait dans son rôle. Jusqu'ici, ça avait marché : aucun commercial d'intérim n'avait tiqué en regardant son titre de séjour. Wilson a rigolé :

– Tu sais, tu pourrais t'habiller en clown que ça ne changerait pas grand-chose !

Alors il lui a dit son vrai prénom.

– Samba ! il a répété, joyeux.

Pendant plus de deux ans, pour se payer le billet d'avion Bogotá-Paris et les cinq cents euros de frais d'avance, Wilson avait mangé des galettes de farine de maïs, du fromage, et des œufs durs. C'est là qu'il en avait pris le goût. Il disait : «Quoi qu'il arrive, les œufs te sauvent, ils contiennent tout ce qu'il te faut pour vivre.» Samba a revu le visage de la fille de Tombouctou. Il lui a fait remarquer qu'il aurait dû être dégoûté des œufs, à force d'en manger, mais Wilson a répondu que, au contraire, il n'en avait jamais assez – peut-être que le nombre d'œufs qu'il avalait l'aidait à mesurer le chemin parcouru.

Il avait économisé, et puis un jour, quand il avait eu assez d'argent, il avait contacté une pianiste qu'il avait rencontrée dans le bar d'hôtel où il travaillait à Bogotá, qui était devenue femme de ménage à Paris.

Samba voyait ses mains de concertiste passer la serpillière ici.

Elle lui avait envoyé le certificat d'hébergement et la semaine suivante il prenait l'avion. Cela faisait un peu plus de deux ans. Il ne parlait pas encore très bien français.

Mais il connaissait une Gracieuse. Elle habitait tout près de chez lui, à la Goutte-d'Or. Elle vendait des gamelles pour les ouvriers des chantiers – et faisait coiffeuse, aussi, à l'occasion.

– Elle est belle, Samba ! Très belle.

– Toi, on dirait que tu trouves toutes les femmes belles.

– Non. *Ella es guapa*. Une beauté. Une vraie.

Jonas n'avait pas dit cela. Mais des Gracieuse du Congo-Kinshasa, il ne devait pas y en avoir dix mille à Paris. Cela faisait désormais deux bonnes raisons d'aller rencontrer cette fille.

19

Dès le lendemain il est allé à la Goutte-d'Or. Il a frappé à une porte fatiguée et il a entendu une voix claire répondre :

– Aujourd'hui, c'est dimanche, je ne fais pas à manger !

– Je ne viens pas pour ça !

Alors elle a ouvert la porte et elle a dit d'un ton moqueur :

– En tout cas, vous ne venez pas pour vous faire coiffer !

C'était Lamouna qui lui rasait la tête, et il l'avait un peu raté, alors il avait rasé à nouveau, puis rasé encore pour «égaliser», jusqu'à ce qu'il ne lui reste presque plus rien sur le haut du crâne.

Il a grimacé un sourire.

Elle était grande et mince, et elle avait les hanches très étroites, moulées dans un jean ajusté, les épaules musclées sous les bretelles d'un débardeur bleu, et puis les cheveux très courts, un regard clair, des paupières hautes et les cils enroulés. Sa bouche était soulignée par une ombre noire, tout au long de sa lèvre supérieure. Un léger duvet. Il l'a remarqué dès les premières minutes, et pourtant cela ne le gênait pas. Elle était très belle ;

à vrai dire, c'était une des plus belles femmes qu'il avait jamais vues, et sa beauté était rehaussée par cette bouche assombrie. Et puis il y avait la force, la volonté, qu'elle dégageait.

Jonas avait menti. Gracieuse était hors du commun.

Alors elle a ouvert la porte plus largement, et il a découvert les nombreuses perruques tressées qu'elle possédait, de toutes les nuances, du blond au noir en passant par un roux orangé, exposées sur des têtes en plastique qui le regardaient d'un air hautain. La pièce était une sorte de salon de coiffure clandestin.

Toutes les têtes qui l'entouraient étaient comme des avatars de toutes les femmes qu'elle pouvait devenir, selon son humeur, ses envies : femme fatale et fille excentrique, femme d'affaires et princesse d'un soir.

Il a dit, en désignant les perruques d'un signe du menton :

– Qu'est-ce que vous me conseillez ?

Elle a ri. Elle a passé sa main sur ses cheveux courts, fraîchement mouillés – elle devait sortir de la douche –, et il a immédiatement eu envie de faire pareil, de sentir ces toutes petites boucles humides sous la paume de sa main. Ses cheveux ras allongeaient son cou, gracile. Il avait hâte de voir sa nuque. Sa bouche était étroite et pleine, ce qui lui donnait l'air d'une petite fille qui fait la moue, et la rendait encore plus adorable, peut-être, quand elle ne souriait pas.

Dès la première seconde il a su qu'il ne la quitterait jamais qu'à regret. Il ne savait pas pourquoi. Peut-être Jonas lui en avait-il tant parlé que sa rencontre ne pouvait que lui être précieuse. Peut-être était-ce la force qui émanait d'elle. Peut-être était-ce le calme de son visage pur, ou sa voix grave. Mais plus que tout, c'était l'étrange conviction qu'il avait fait tout ce chemin pour la rencontrer : l'arbitraire de sa naissance et de tout son voyage finissait par prendre sens, ce jour-là, sur le pas d'une porte, à Paris. Il avait l'impression grandissante que c'était cela, qu'il allait vivre en France : une grande histoire d'amour.

Il était déjà amoureux, bien qu'il ne le sût pas encore tout à fait. Elle incarnait tout ce qu'il était venu chercher ici : le goût de l'autre, la liberté, un horizon. Elle était tout ce qu'il n'aurait pas trouvé s'il était resté là-bas. Un ailleurs.

Gracieuse l'a écouté, très simplement. Quand il lui a dit que Jonas était tout près de là, elle n'a pas pleuré, elle n'a pas poussé de cri non plus, ni de soupir, et elle ne l'a pas interrompu. Elle l'a remercié. Elle était heureuse, optimiste, calme. Elle irait le voir bientôt, elle demanderait un droit de visite au centre de rétention dès le lendemain matin.

Il pensait presque tous les jours à Jonas, depuis qu'il était sorti de Vincennes quarante-cinq jours plus tôt. Quelquefois, le matin, il se levait et il se disait : là-bas, ils sont déjà levés depuis deux heures, là-bas, c'est l'heure du repas, là-bas, il doit faire chaud, dans les pièces sans aération. Il n'avait pas osé l'appeler. Il le lui avait promis, pourtant, mais il avait peur. C'était idiot, il le savait, son téléphone portable ne pouvait pas être sur écoute, leurs techniques n'étaient pas si sophistiquées – mais, désormais, il évitait toute possibilité, même infime, de se faire prendre. Il craignait par-dessus tout un retour à Vincennes. Il voulait rester en France.

Gracieuse a préparé un thé. Elle a versé les feuilles émincées et le sucre, savamment. Puis elle a laissé reposer, un peu, avant de servir en levant la théière, et l'eau s'est aérée dans les tasses.

La première tournée était amère, astringente presque. Gracieuse a fait machinalement claquer sa langue sur son palais. Le premier thé réveillait l'esprit, ranimait la parole. Elle est venue s'asseoir sur le canapé, à côté de lui, en posant une petite assiette recouverte de drôles de biscuits ronds, parsemés de pépites de sucre. Samba a croqué dans la pâte fine et aérienne : le biscuit était vide, c'était un exemple de légèreté. Il a soupiré de bien-être. Gracieuse a souri.

Ils se sont raconté un peu leurs vies. Il a enjolivé la sienne. Il n'a pas avoué qu'il habitait chez son oncle, par exemple : il a dit qu'il vivait dans un deux-pièces, sans préciser que ce n'était pas le sien. Il a regardé l'appartement sympathique, petit, mais confortable et moderne, décoré de photos, de tissus, d'accessoires, qu'elle avait visiblement eu plaisir à aménager. Rien à voir avec la cave qu'il partageait avec Lamouna, sombre et fonctionnelle. Au milieu du mur en pente, un velux avait des airs de tableau changeant, au gré des variations de couleur du ciel. L'assiette de chouquettes était vide : Gracieuse était aussi gourmande que lui. Ils se comprenaient à mi-mot. Mais il avait beau trouver Gracieuse jolie, comme il me l'a confié quelques jours plus tard, il n'a pas osé la draguer alors qu'il était venu pour que Jonas la retrouve. Et il n'était pas seulement charmé comme cela lui était arrivé des centaines de fois depuis son enfance : il était amoureux, et s'interdisait de l'être.

Il est resté tout ce dimanche après-midi auprès d'elle, à boire du thé et à parler, tandis qu'elle cuisinait un plat de bœuf aux épinards. La viande mijotait. On entendait les familles rentrer dans les appartements voisins. Les sons de cette fin de dimanche après-midi étaient étouffés, joyeux. La lumière baissait, et créait une ambiance ouatée.

Depuis qu'elle était installée à Paris, elle travaillait beaucoup, mais sa vente de gamelles pour les ouvriers tout autant que son salon de coiffure clandestin lui avaient permis de rencontrer plein de monde, et elle lui a raconté des histoires d'hommes et de femmes venus de partout. Il l'écoutait, il la regardait, et il s'interdisait de la trouver jolie. C'était un exercice de maîtrise de soi. Il se forçait à la regarder de la manière la plus détachée possible, d'abord pour Jonas, parce que, même s'il ne l'avait connu que quelques jours, il était son ami, et puis pour lui-même, parce qu'il savait qu'à trop regarder Gracieuse, il finirait par se faire mal. Alors il s'apercevait que cela faisait deux minutes, au moins, qu'il ne l'écoutait plus, tout entier absorbé dans la contemplation de son visage.

Ce qu'il aurait dû faire, c'était s'enfuir, avant qu'il ne soit trop tard.

Il est resté, pourtant, et il lui a raconté, lui aussi, comment il était arrivé ici, comment il était parti de la maison, un jour, le dos droit et le regard sûr, après avoir embrassé rapidement sa mère et calé son sac sur son épaule, alors qu'ils avaient caché à ses sœurs la date de son départ pour qu'elles ne soient pas tristes, et qu'il les avait juste embrassées dans leur sommeil tandis qu'elles respiraient tranquillement dans le lit qu'elles partageaient. Il lui a raconté comment le moment d'après il était dans la rue, et puis comment il avait filé, sans se retourner. Gracieuse avait le regard grave, et elle l'écoutait avec attention, comme si chacun de ses mots était précieux. Il a dit les trajets, les paysages, les visages, et il a tu les violences. Il lui a parlé de l'Espagne, où elle n'avait jamais mis les pieds. Tout ce qu'il voulait, c'était qu'elle l'écoute et qu'elle continue de le regarder avec ces yeux-là.

– Qu'est-ce que tu faisais, là-bas ?

– Je travaillais à la cueillette des fruits. Un travail dur. Mais une chose m'a plu : les serres.

Il n'en avait jamais vu jusque-là. Cela lui paraissait être une idée simple et ingénieuse. Surtout, c'était comme s'il s'était laissé gagner par l'humeur des plantes à l'intérieur : il s'y sentait protégé. Le travail était dur, mais il aimait être entouré des plantes qui poussaient vite, comme pour rejoindre le soleil, dans un monde préservé du vent et de la poussière, où elles n'avaient qu'à vivre et grandir.

Après les fruits, il avait fait les fleurs, et c'était encore plus flagrant, parfois on avait l'impression de les voir pousser à vue d'œil. On coupait les fleurs et on les accrochait en hauteur, à des grillages, et à la fin de la journée on récoltait ce qu'on avait cueilli, dans des champs de tulipes en l'air.

Il n'a pas dit que ce pays-là était fait de plastique. Tout, des murs de sa cabane, sa *chabola*, aux cageots à fruits, des caisses de déchargement aux nids-de-poule de la route, était recouvert de cette matière souple et laiteuse comme une peau, étouffante, envahissante, au point de s'éparpiller dans la nature en petits morceaux et de s'accrocher au sol et aux buissons épineux, colorant la terre pâle et le ciel blanc de chaleur.

Il n'a pas osé non plus lui dire qu'il retrouvait dans son appartement la même impression moite et sécurisante que dans les serres en Espagne, grâce à l'après-midi chaude et à la saveur du thé, à l'odeur de laque et de shampooing, et à la voix profonde de cette femme qu'il rencontrait pour la première fois. Il n'aurait pas voulu paraître exagérément romantique.

Elle a rajouté de l'eau fumante, du sucre et de la menthe dans la théière, puis elle l'a versé, doucement, dans les tasses. Il a porté la sienne à sa bouche : avant même de le goûter, l'odeur sucrée a empli ses narines. Lors de la deuxième tournée, l'équilibre entre le thé, la menthe, le sucre et l'eau était parfait. Il a dit, sans la regarder :

– Ce thé est délicieux.

Gracieuse a baissé ses paupières bleutées sur la vapeur qui s'échappait de sa tasse.

Il n'a pas vu le temps passer, il n'avait plus envie de rentrer. Il faisait toujours chaud, mais elle avait entrouvert les fenêtres et la moiteur de la journée commençait à se dissiper. Il s'est aperçu tout à coup que la lumière avait tant baissé qu'il ne la voyait plus que dans un fourmillement sans contours. Mais aucun d'eux ne s'était levé pour aller allumer une lampe. Elle continuait à le regarder comme si elle n'en avait pas besoin.

Alors il le lui a finalement dit, qu'il se sentait comme dans une serre en Espagne, dans la tiédeur et la douceur de son appartement coloré. Il ne savait pas tenir sa langue. Gracieuse a levé la tête vers lui, avec un sourire mystérieux. Il y a eu le silence. Il a cherché à le faire durer, comme si cela pouvait prolonger un peu ce moment de calme – il n'arrivait plus à s'en aller.

Elle a ajouté un peu de sucre et d'eau chaude dans la théière. Mais la magie était rompue. Le thé était devenu fade, à mesure que la lumière s'était dissipée dans la pièce. Il s'est levé pour s'en aller. Elle s'est mise debout à son tour, et elle était tout près de lui. L'ombre au-dessus de sa lèvre se fondait dans celle du soir.

– Samba?

C'était comme si elle lui avait dit un mot tendre, comme si elle lui donnait subitement le droit d'exister à côté d'elle. Elle murmurait son prénom, et le monde autour d'eux changeait.

– Oui?
– Tu reviendras?
– Tu peux compter sur moi.

Elle souriait. Sa bouche reproduisait fidèlement la forme allongée de ses yeux. Ses lèvres brillantes semblaient soulignées d'un trait de crayon noir et, au centre, d'une tache rose orangé, couleur de fruit. Son nez était droit – et ses narines, dessinées, lui donnaient un air de colère. Son front était bombé, ses cils recourbés: tout était courbe, en elle, malgré sa minceur. Les mannequins à perruque les regardaient dans un bel ensemble. Elle s'est penchée vers lui, et a embrassé sa joue avec douceur.

20

Quand il est rentré chez lui à huit heures, son oncle l'attendait. Il lui a dit comme à un adolescent :

– Tu étais où ?

– Chez une amie. La copine de Jonas. Je l'ai retrouvée, grâce au gars avec qui j'ai bossé cette semaine.

– Tu bossais avec un Congolais ?

– Non. Wilson. Un Blanc.

– Un Blanc qui fait ce travail ? Tu mens.

– Un Colombien. Il galère, il fait des petits boulots. Il bosse sur des chantiers. On rigole. Il m'a parlé d'une cuisinière congolaise qui s'appelle Gracieuse, je suis allé voir. Et c'était elle. Alors on a discuté.

– Et tu ne pouvais pas prévenir ?

Il était en colère. Il croyait que Samba s'était fait embarquer par la police. Il s'était fait du mauvais sang. Depuis Vincennes il n'était pas tranquille.

– Je n'y ai pas pensé. Je suis désolé.

Il devait vraiment avoir l'air piteux, parce que son oncle s'est calmé. Il avait fait tout le ménage tout seul et il était furieux. Le sol brillait encore, humide de savon. Les assiettes luisaient à côté de la bassine qui leur servait d'évier. Et le petit champignon qui avait poussé près de la fenêtre de l'entresol avait disparu, probablement atteint par un coup de chiffon.

Lamouna triait du riz. Il rejetait les grains noircis par la mauvaise conservation. Dans leur sous-sol humide, rien ne se gardait. Samba a commencé à couper des morceaux de poisson qu'il avait achetés au marché la veille, en rentrant du travail. Ses mains durcies et gercées lui semblaient plus grosses qu'avant. Il se sentait coupable d'avoir laissé son oncle faire leur ménage hebdomadaire. Son absence n'avait rien changé : la règle avait été suivie et le nettoyage effectué. Pour la première fois, il s'apercevait que leurs habitudes de vie avaient dû être les mêmes pendant les longues années où son oncle avait été tout seul ici. À huit heures cinq, il faisait réchauffer les plats, le visage fermé, et à huit heures et demie ils dînaient dans un appartement rutilant. Lamouna a alors regardé autour de lui, satisfait. Il lui en voulait encore un peu, mais il préférait éviter de se gâcher un dimanche soir. C'était sacré. Il a poussé un soupir d'aise, comme le faisait son neveu quand il était content. On aurait dit un roi. Le roi des rats, dans un fromage. Samba a senti, alors, qu'il ne lui en voulait déjà presque plus. Il s'est détendu. Il avait hâte d'être au lit pour penser à Gracieuse.

Cette nuit-là il a rêvé de la serre aux fleurs en Espagne. Il suivait le petit chemin bordé d'arbustes et il arrivait à la longue maison de verre, cet endroit étrange, à l'écart du bruit, et il s'approchait du grand bassin, au milieu, où flottaient des nénuphars et deux lotus pourpres, tandis qu'en hauteur étaient suspendues des plantes en pot, dont on voyait à peine les fils transparents, comme si elles étaient en apesanteur. Il s'avançait vers les feuilles de ces plantes inconnues. Il touchait l'été tropical. Une lumière verte bondissait sur l'eau du bassin et répandait toutes sortes de verts, et cette explosion de couleurs le rendait heureux. L'air chaud était presque solide, mi-vapeur mi-eau, et dégageait une odeur de terre fraîchement retournée et celle, verte, des jeunes plantes. Il était le visiteur d'un territoire qui n'appartenait qu'aux fleurs.

C'était son enfance, et pourtant il était en Espagne, dans la serre chaude et humide. Sa mère passait entre les pots, et il la rejoignait. Autour d'eux, les fleurs éclosaient les unes après les autres. Il en a cueilli une et la lui a donnée, mais la fleur, en changeant de main, perdait tous ses pétales. C'est alors qu'il prenait conscience de son extraordinaire beauté : le temps lui avait donné son plus bel éclat avant de la faire disparaître. Il a su qu'il en serait de même pour sa mère. Il l'a regardée, paniqué, mais elle a eu vers lui un geste d'apaisement. Pour la rejoindre, il s'est avancé dans l'allée, respirant un air proche de la buée, longeant les pots couleur de terre rouge bien alignés, serrés les uns contre les autres, d'où émergeaient des fleurs jaunes, blanches, roses, bleues, qui grandissaient à vue d'œil. Certaines étaient plus hautes que lui. Sa mère s'est évanouie en poussière.

Alors au fond de la serre il a vu l'homme à la silhouette effilée.

Il distinguait mieux son visage, aux traits fins, au nez long.

Mais au moment où il allait peut-être l'identifier, il a saisi une bassine en plastique semblable à celle avec laquelle ils se lavaient chez Lamouna, et il l'a renversée sur son crâne.

Il s'est réveillé en sursaut.

À partir de ce jour-là, il s'est mis à passer régulièrement chez Gracieuse. C'était comme s'il ne pouvait pas résister à l'envie de la voir. Il comprenait Jonas : c'était la même puissance irrésistible qui l'avait mené jusqu'ici. Tout prétexte était bon pour lui rendre visite : acheter des plats préparés (alors que le réfrigérateur de Lamouna était rempli de nourriture, et qu'il devrait les manger avant de rentrer chez lui, dans le métro, pour ne pas le vexer), prendre des nouvelles de la situation de Jonas, déposer des disques dont il lui avait parlé, puis passer pour les récupérer, et puis, peu à peu, juste pour parler. Il venait moins longtemps à la permanence du jeudi, parce qu'il lui tardait de retrouver l'ambiance féminine du salon, qu'il adorait. Il y était le seul homme, et il pouvait rester des heures au milieu des exclamations de voix fortes qui parvenaient à vaincre le bruit des casques et des séchoirs, dans le parfum des laques industrielles et des shampooings parfumés, les pieds dans les mèches tombées à terre. Il se laissait pousser les cheveux dans un seul but : qu'elle lui fasse une coupe, et surtout, avant, qu'elle lui donne un shampooing. Il attendait ce moment avec impatience : il l'avait vue opérer, et, depuis, cette envie ne le quittait pas. Il rêvait de ses doigts massant son cuir chevelu dans une débauche de mousse parfumée, dans le brouhaha des conversations hilares ou des réflexions consternées des femmes, du son du rasoir et des ciseaux, du peigne qui passait mal dans les cheveux crépus, des revues qu'on feuilletait. Fasciné, il regardait les doigts de Gracieuse tricoter des nattes minuscules, et transformer un nuage de cheveux rebelles en tresses collées, lâchées, twist, vanille ou café, au milieu des commérages qui l'enchantaient.

La petite Karidia du quatrième B était rentrée au matin en ayant découché : on demandait son âge, puis si elle était née ici, et la réponse, affirmative, était suivie d'un silence lourd de sous-entendus. La vieille Ivoirienne du cinquième avait eu une crise de paludisme, mais, grâce aux soins et aux potions inconnues préparées par ses voisines (deux sœurs qui venaient parfois se faire coiffer ensemble et qui demandaient une coupe parfaitement identique), la fièvre avait cessé. Parfois, une cliente congolaise du Salon Pauline, ou de celui des Gazelles noires, où Gracieuse avait travaillé lorsqu'elle s'était réfugiée à Brazzaville, venait parler du bon temps et partager de nouveaux secrets de beauté. On murmurait qu'un cube Maggi utilisé en suppositoire arrondissait les fesses, et les rendait plus attirantes aux yeux des hommes. Samba n'aimait pas les cheveux défrisés, qui coulaient piteusement sur des dos complexés, ou les peaux dépigmentées des femmes qui demandaient en douce si Gracieuse n'avait pas de nouvelles crèmes éclaircissantes. Gracieuse était son idéal. Quelle que soit la coiffure qu'elle essayait, elle était jolie : tantôt de larges tresses noires couraient de biais le long de son crâne, tantôt des mèches claires et brushées encadraient ses yeux de chat, tantôt un chignon romantique et lisse se pelotonnait sur sa nuque. Elle était sa propre publicité. Elle n'avait presque plus le temps de préparer à manger pour les ouvriers des chantiers, et Wilson le lui avait confirmé : le succès de Gracieuse dans son salon le privait des bons déjeuners dont il avait pris l'habitude. Les gars n'avaient plus qu'à rouspéter devant leurs gamelles. Elle était contente, elle préférait être coiffeuse, c'était son vrai métier.

Et puis ils ont commencé à se téléphoner, de temps en temps, dans la semaine, rien que pour discuter. Il croyait qu'elle était en train de tomber amoureuse de lui, mais peut-être se disait-il cela parce qu'il était amoureux d'elle. Il ne savait jamais quand elle allait l'appeler, alors ses journées passaient plus vite : puisqu'il attendait ses coups de fil, son temps lui paraissait moins inutile, plus intense. Elle lui racontait ce qui était arrivé à l'une de ses clientes, la grosse aux cheveux gominés ou la grande aux lèvres qui laissaient dépasser les dents, qu'ils appelaient Accroche-cœur et Bas-des-dents. Il lui parlait de son travail, de Lamouna, de Wilson. Elle s'intéressait à lui.

Peu à peu, elle lui disait par bribes les épreuves qu'elle avait traversées, qui étaient pires que celles de Jonas, Wilson et lui réunies. Celles de Lamouna, il ne les connaissait toujours pas.

Un jour, elle a raconté à Samba qu'elle venait de croiser, dans une rue adjacente à la sienne, l'un des hommes qui avaient probablement tué sa mère, au Congo. Il se promenait tranquillement le long d'un square. Il avait fait semblant de ne pas la reconnaître. Elle avait hésité à le poursuivre dans la rue, à l'insulter, et finalement elle était repassée devant lui en l'ignorant elle aussi. Ostensiblement.

Elle a dit :

– Je ne veux pas lui offrir ma haine, il ne la mérite même pas. Je lui ai pardonné pour ne pas porter la guerre en moi.

Il l'admirait.

Le vendredi et parfois aussi le samedi, ils sortaient désormais tous les trois, Wilson, Gracieuse et lui. Wilson l'avait draguée, au début, mais il avait compris qu'elle ne céderait jamais à ses avances, alors il lui demandait sans cesse de lui présenter des copines. Il avait besoin de séduire, tout le temps, et virevoltait en boîte de nuit comme un papillon saoul. Gracieuse le charriait, elle disait qu'il était le parfait *latin lover*, mieux que la légende. Ils se moquaient de lui avec tendresse, parce qu'ils connaissaient son secret, et son drame : Wilson plaisait aux filles parce qu'il avait un très beau sourire et qu'il le savait, parce qu'il était un prodigieux danseur et un bonimenteur de première, mais il avait un gros défaut. Sa peau avait été brûlée au troisième degré au cours d'une nuit de violence en Colombie. La partie supérieure de son corps avait été épargnée, mais ses jambes et surtout ses pieds étaient marbrés de cicatrices glabres et blanches, qui dégageaient une odeur de charogne. Il avait essayé toutes les poudres et tous les onguents, le permanganate et la pierre d'alun, mais rien n'y faisait. Aussi, le pauvre Wilson était condamné aux multiples rencontres qui ne duraient qu'un soir : jusqu'ici, aucune de ses conquêtes n'avait été séduite au point de faire abstraction de l'odeur de ses pieds. Il fumait des cigarettes Pielroja, et Gracieuse et Samba le surnommaient en secret Piel-qui-pue ; ce n'était pas très gentil, mais c'était affectueux. Ils riaient sous cape.

Dans les lumières rouges et les cuivres des musiques latines, il dansait maladroitement avec Gracieuse et caressait ses bras duveteux, tandis que Wilson invitait diverses partenaires, plus jeunes et plus jolies les unes que les autres, toutes flattées qu'un aussi bon *salsero* vienne les choisir, sans savoir que, dès qu'il se déchausserait, elles n'auraient plus qu'une idée en tête : fuir. Les hanches de Wilson se balançaient contre celles de filles de plus en plus conquises. Ils se lançaient des coups d'œil complices. Sous ses doigts, la paume de Gracieuse était chaude, et son dos mouillé. Samba n'était pas très doué en danse, il fallait le reconnaître, il n'avait jamais su, et il enviait ceux qui virevoltaient et enchaînaient des figures compliquées sur la piste. Ses jambes trop longues suivaient mal ses bras, et il se balançait un peu de droite, de gauche, la sueur au front, l'incisive mordant sa lèvre inférieure. Il ne se débrouillait pas très bien. Il était d'autant plus maladroit qu'il était troublé. Et Gracieuse, troublée elle aussi, faisait semblant de ne pas s'en apercevoir : quand il lui marchait sur les pieds, elle rougissait comme s'il lui avait caressé la taille. Ils allaient au Tango, une boîte africaine, où ils buvaient trop et ne dansaient pas assez, ou à La Peña, un bar de nuit latino, où ils *faisaient l'ambiance* ensemble, ou encore au Quartier Général, un maquis ivoirien où on dansait le « coupé-décalé », une danse où le chanteur dictait les pas au fur et à mesure, du « bisou bisou » à la « grippe aviaire » (où il fallait imiter un poulet frappé d'une crise mortelle). Ailleurs, ils ne seraient pas entrés : deux Noirs et un Colombien, ce n'était pas assez chic. Mais ils n'avaient pas envie d'aller ailleurs : ils étaient bien, tous les trois.

Et puis, de plus en plus, ils étaient heureux tous les deux. Un soir, sur la piste de danse, sous une boule à facettes qui éclairait par petites touches le visage souriant et transpirant de Gracieuse, ils ont chanté avec les autres « Un jour, j'irai à New York avec toi », à tue-tête, à quelques centimètres l'un de l'autre, en sautant et en agitant les bras vers le haut, et il a souhaité qu'un jour cela se réalise, qu'un jour ils puissent prendre un avion ensemble, donner leurs passeports à une employée de l'aéroport d'un geste décontracté et s'envoler, tous les deux, pour New York, *toute la nuit déconner*. Les yeux de Gracieuse brillaient : elle devait penser la même chose que lui.

Il ne comprenait pas ce qu'elle pouvait bien lui trouver : il était mauvais en danse, étourdi, il gagnait mal sa vie, il avait beau chercher, il ne voyait pas pourquoi elle préférait passer ses samedis soir avec lui plutôt qu'avec d'autres garçons plus beaux, plus riches, qu'une créature aussi idéale ne pouvait manquer de séduire. Quand il le lui a dit, un soir, poussé par quelques mojitos, elle a éclaté de rire, et c'était une nuée d'hirondelles qui jaillissait de sa bouche.

– C'est très simple, elle a dit. Avec toi, je me sens bien. Je n'y pense même pas. Je n'ai pas besoin de réfléchir.

C'était une raison qui lui a suffi. Il en a été heureux pendant les six jours suivants. Il se répétait ces quatre phrases et il souriait tout seul, satisfait.

21

Un soir, il l'a raccompagnée jusqu'à chez elle, parce qu'ils avaient bu, et qu'ils n'arrivaient pas à se séparer, et puis parce qu'il n'avait pas envie de dormir. Alors qu'elle ne l'avait jamais fait jusque-là, Gracieuse a commencé à lui raconter son voyage, cinq ans auparavant. Sa fuite, de République démocratique du Congo jusqu'au Congo-Brazzaville.

La guerre durait déjà depuis cinq ans. Elle était partie glaner des racines et des fruits à l'extérieur de la petite ville où elle habitait, à la lisière de la forêt, comme chaque jour, mais elle avait vu des fumées, au loin, alors elle était rentrée, la peur au ventre, le plus vite qu'elle pouvait. Les rues de leur petite ville avaient été saccagées, il y avait des blessés partout, des morts, et elle courait en priant pour que sa mère et ses frères soient parvenus à s'échapper. Son père était déjà mort depuis longtemps. Quand elle était arrivée près de chez elle, elle avait vu sa mère, seule, près de leur maison en feu. Son petit frère avait été enlevé par les rebelles, avec son copain Junior qui était amoureux d'elle alors qu'il n'était encore qu'un enfant. Son plus grand frère, personne ne l'avait vu. Sa mère pleurait. Elle lui avait donné leurs économies et elle avait dit :

– Tes frères s'en sortiront, mais toi, si tu ne veux pas mourir, tu dois partir. Enfuis-toi, va à Brazzaville.

Elle a demandé à sa mère de partir avec elle. C'est à ce moment-là que les rebelles sont revenus, dans des Jeeps surmontées de mitrailleuses, tirant à l'automatique dans les jambes de ceux qui avaient survécu. Sa mère est tombée, elle a hurlé à Gracieuse de partir. Elle a entendu :

– Sauve-toi !

Elle s'est retournée et elle a vu le visage de sa mère soulagé de la voir s'enfuir, et terrifié par ce qui l'attendait. Alors elle a couru. Elle a entendu à nouveau sa mère crier, juste avant une rafale de balles. Elle a couru vers la forêt.

Il lisait l'épouvante dans ses yeux.

Elle a dit :

– J'ai couru, couru le long des rues. J'ai traversé la ville, en me cachant. L'atmosphère avait changé en quelques jours. Les gens marchaient sans savoir où. Ils coulaient des regards méfiants en rasant les murs, puisqu'on ne savait plus qui était dans quel camp. Certains avaient des armes de fortune à la main, d'autres le regard allumé. Je marchais dans un cauchemar. J'ai vu des hommes tuer à la machette des éclopés et des vieux qui n'avaient pas pu s'enfuir de leur maison, j'ai vu des hommes se jeter sur des femmes enceintes comme si elles étaient le diable, j'ai vu des hommes tuer des nourrissons de leurs propres mains sans hésiter une seule seconde, en écrasant leur crâne contre les murs comme s'ils étaient des chatons en surnombre. J'ai vu des hommes profiter de la faiblesse des autres pour laisser libre cours à leur méchanceté, et massacrer d'autres hommes dans les églises en épargnant les prêtres parce qu'ils avaient peur de l'enfer, celui-là même qu'ils répandaient sur terre.

Petit à petit je reprenais mon souffle, ma poitrine se soulevait de moins en moins violemment alors que les premiers arbres des alentours de la ville ont commencé à apparaître. J'ai traversé la campagne. Des maisons entières avaient été rasées, et seules subsistaient des pancartes électorales, de travers, prêtes à tomber dans le fossé. J'ai traversé la mangrove, puis des marais. J'avais peur pour mes frères. Je n'oubliais pas l'expression du visage de ma mère.

Au début la forêt m'a calmée. Les grands arbres, la terre me semblaient rassurants après les cris des hommes enragés, et celui de ma mère précédant le bruit des balles, que j'avais encore aux oreilles. Dans la nature, tout était terriblement tranquille. J'ai réussi à me frayer un chemin parmi les broussailles. Une machette m'aurait permis d'aller plus vite, mais, au moins, j'étais cachée. Au-dessus de moi, la ligne des arbres était comme aspirée par le ciel. Une bête a couru devant mes pas, effrayée. J'ai sursauté, encore plus terrifiée qu'elle. Je ne savais pas ce que c'était. Le silence m'a alors paru se déchirer : je me suis aperçue qu'un tintamarre m'entourait, un ensemble de cris d'oiseaux, de vent dans les branches des grands arbres et de bruissements d'insectes qui m'aurait rendue incapable de déceler le moindre signe de présence humaine. La nuit tombait. Les feuilles échouées à terre, pourrissantes, spongieuses, trahissaient mes pas avec des bruits de bouche. La forêt était sans fin. J'étais seule, pour toujours. Je ne m'étais jamais sentie aussi loin des miens, et de moi-même. Je suis arrivée près des marais. Je ne savais pas si je devais avancer ou revenir en arrière. J'ai fini par en boire l'eau, en sachant à chaque gorgée que cela risquait de me conduire encore plus sûrement à la mort que ma fuite. L'eau, terreuse, était pourtant sucrée.

C'était la nuit, et tout à coup j'ai entendu un bruit de métal. Je n'ai pas hésité. Je suis entrée dans l'eau tiède, jusqu'aux genoux. J'ai senti les racines des arbres morts sous mes pieds, puis la vase. Je ne savais pas si elle allait me soutenir ou m'avaler. Je me suis dit, je m'en souviens, que je préférais mourir sous les coups de la nature que sous ceux des hommes. Je sentais que c'était le poids de mon corps qui me faisait m'enfoncer sous l'eau : il devenait un fardeau. La vase s'épaississait à mesure que j'avançais. L'air était plus frais. Je n'entendais plus le bruit des arbres. Je me sentais moins nerveuse. Mes pieds s'enfonçaient dans la boue dès que je n'avançais plus. Ils me forçaient à ne pas m'abandonner à la torpeur et à continuer d'avancer.

Ma vie, je la dois à mes pieds, elle a dit en souriant, et en caressant ses chevilles croisées devant elle sur le coussin, en tirant sur ses orteils comme sur les oreilles d'un petit animal. Au fond, je voyais le ciel qui s'éclaircissait. Je ne savais pas si d'autres que moi se cachaient dans ce marécage. Parfois, j'avais l'impression d'être observée. Je craignais de me retrouver face à quelqu'un et de ne pas pouvoir me dégager assez vite de la vase pour lui échapper. J'ai pensé faire demi-tour, mais pour aller où ?

Et puis au lever du jour j'ai senti la vase se raffermir et j'ai vu une frontière herbeuse. Je me suis accrochée à l'herbe. Je me suis hissée sur le sol ferme. J'ai crapahuté jusqu'à un cours d'eau douce. J'ai enlevé les sangsues ventousées à mes jambes, j'ai rincé mes cheveux. Je suis restée un moment les pieds dans l'eau, à réfléchir. Je savais que j'avais perdu ma mère, et peut-être mes frères. Et j'ai continué à marcher. Seule. Pendant plusieurs jours. Je n'avais plus conscience de vivre. Je crois que je ne vivais plus.

Elle a bu un peu d'eau. Samba la regardait, complètement dégrisé. Il n'osait plus parler. Elle lui jetait de temps en temps un coup d'œil, très brièvement. Elle n'avait pas dû raconter ce moment de sa vie depuis sa demande d'asile. C'était la première fois qu'elle le faisait pour rien, pour se confier, pour s'offrir. Samba sentait que pour la première fois depuis longtemps, il avait affaire à un discours vrai, sincère, qu'il comprenait parfaitement, dans tous ses mots et dans tous ses silences, loin d'un langage sibyllin et des faux noms.

Il regardait ses bras minces qui sortaient de son débardeur, et ils lui semblaient d'autant plus précieux. Il avait envie d'embrasser ses jambes. Ses orteils. De sentir le sang remplir ses extrémités comme une ultime preuve de vie. De lui baiser les pieds. Ils étaient cambrés, bien proportionnés, parfaits.

Elle a continué :
– Mais au bout de quelques jours j'étais épuisée, et j'ai cru qu'il serait bon, pour mon corps, que je me repose quelque part. Quand j'ai vu le clocher de l'église… une petite église de campagne, je me suis dirigée droit sur elle. Il n'y avait pas un bruit, le village avait l'air abandonné, mais pour plus de sûreté j'ai attendu la nuit. En regardant le village de loin, toute la journée j'ai rêvé : je trouverais peut-être à manger dans leurs cuisines, je pourrais dormir dans un lit, j'apprendrais

les histoires des gens en fouillant dans leurs affaires, je retrouverais peut-être une présence humaine, enfin. Mais quand je me suis approchée, à la nuit, mes illusions se sont dissipées très vite. Plus j'avançais… plus l'odeur était pestilentielle. Le village avait été vidé, et pillé. Aucune maison n'avait encore un toit, tout avait brûlé, sauf l'église. Quand je suis entrée, j'ai vu tout de suite que les habitants avaient été fusillés dans l'église même, et qu'ils y avaient été enterrés à la va-vite. Ils émergeaient par endroits du sol dont ils avaient fini par prendre la couleur cendrée. Le Christ installé au fond de l'église me fixait de son regard vide. La plaie à son flanc me semblait dérisoire. J'ai dormi dans un coin du presbytère, cachée sous des tissus violets, et chaque bruit, chaque grincement me réveillait en sursaut parce que je croyais qu'un milicien, un vautour ou un damné comme moi venait d'entrer et allait me faire du mal. Je suis restée là quelques jours parce que je n'avais plus la force de faire autrement. Je ne dormais plus. Je ne mangeais plus. Je n'étais plus moi-même.

Son récit complétait les pointillés qu'avait laissés Jonas dans le sien. Ils avaient vécu les mêmes événements, et parcouru le même chemin, ou presque, puisqu'il l'avait suivie. Mais c'est à Samba qu'elle racontait ses derniers jours là-bas.

Elle lui a dit :

– Je pensais que j'allais mourir. À ce moment-là, j'en étais convaincue. Et je l'acceptais. J'en étais même soulagée. Cela m'a donné la force de continuer. Je crois que je m'observais à distance, et que je me regardais me dépêtrer dans les derniers moments de mon existence. Je n'avais plus rien à perdre, même pas ma vie. Je n'avais plus alors que la liberté de vivre comme je le voulais avant que cela n'arrive. Je n'avais plus la responsabilité de personne. Mes parents étaient morts, et mes frères faisaient la guerre. Jonas avait disparu. Je pouvais choisir de mourir, au moment où je le voudrais. Je n'avais qu'à me précipiter sur un groupe armé, ou dans le fleuve. Je pouvais même décider de me laisser aller à la folie. Et puis un matin, c'est la voix de ma mère qui m'a réveillée. Je l'ai entendue distinctement me répéter les dernières phrases qu'elle avait eues pour moi, où elle me demandait de vivre. J'ai choisi de suivre le dernier conseil de ma mère, et de continuer à marcher.

Et Samba se disait que les mères sont responsables des départs de leurs enfants, alors que tout ce qu'elles souhaitent c'est pourtant qu'ils restent près d'elles.

– Je n'avais plus rien à perdre. J'ai erré sur les hauts plateaux, de village fantôme en ferme abandonnée, en évitant les camps de soldats. J'ai mangé des herbes, des fruits, de la terre. J'ai été malade plusieurs fois. Je fuyais les humains comme une bête sauvage.

Un jour, je suis arrivée en haut d'une colline qui tombait à pic de l'autre côté. Au fond de la vallée j'ai vu un poste-frontière, près du fleuve, et des files de gens. J'ai vu des drapeaux, des tentes. J'ai filé droit sur eux. J'ai dévalé la pente en glissant parfois, en me relevant toujours. Ma marche s'est accélérée, sous l'excitation, et la descente me soulevait vers le ciel.

Gracieuse l'a regardé. Il n'oublierait jamais ses yeux à ce moment-là. On aurait dit qu'elle y voyait ce paysage. Elle lui a souri tristement.

– Alors j'ai vécu un peu au Congo-Brazzaville. Mais c'était trop proche… Parfois, de l'autre côté du fleuve, on entendait les tirs à Kinshasa. Je pensais que l'un de mes frères venait peut-être de se faire tuer, ou je ressassais la mort indigne de ma mère. Avec Jonas, on avait dit que, si l'on s'enfuyait et qu'on ne pouvait pas se joindre, on se retrouverait à Brazzaville, et que si on devait aller plus loin on s'en irait en France. Ensemble, ou séparément. On était jeunes et naïfs. Il n'y a rien de tel que la guerre pour te faire vieillir. Alors, quand j'ai vu que je n'arriverais pas à vivre à Brazzaville, où les réfugiés étaient partout, où ceux que je retrouvais étaient devenus méconnaissables à cause de la violence ou de la peur, où des femmes de mon pays vendaient leur corps pour survivre, je me suis dit que ma seule porte de sortie c'était la France. J'ai laissé une lettre chez ma cousine pour que Jonas sache que j'étais partie, et qu'il vienne me rejoindre. Et j'ai pris un avion.

Ma cousine m'avait dit qu'il existait un sanctuaire des images marquantes. On y dépose une image, et elle cesse de vous hanter. Elle prétendait que cet endroit était en France, à Paris. J'y ai cru. J'espérais y déposer la dernière image que j'ai de ma mère, et qui m'empêche de revoir son visage quand elle était heureuse. J'ai cherché cet endroit partout, les premières années où j'étais ici. Du fond des catacombes au sommet de Notre-Dame, de la tour Saint-Jacques aux sous-sols désertés du Trocadéro, dans des bibliothèques, des musées, j'ai cherché. Je ne sais pas si ma cousine y croyait elle aussi, ou si elle m'a dit ça pour me motiver à partir. Je ne sais pas. Mais j'ai oublié certaines choses. D'autres sont restées.

Elle a soupiré :
– J'avais peur que Jonas soit lui aussi devenu un sanguinaire. J'avais peur qu'il ait fait des choses impossibles à raconter. J'avais peur de ne pas supporter ce qu'il aurait à me dire. J'avais peur que, contraint ou

non, il ait violé ou tué. Je savais que les hommes en meute sont pires que tout autre animal – les victimes comme les bourreaux.

Jonas ne m'a pas tout raconté, quand je lui ai rendu visite au centre de rétention, mais je crois que s'il avait tué, ou violé, je l'aurais su, ou senti. Je suis soulagée. Et je suis heureuse que nous soyons tous les deux vivants. Je sais désormais que mes deux frères sont morts. Je n'ai plus que lui.

Elle a marqué un temps d'hésitation.

– Il a mis tellement de temps à me rejoindre, pourtant, que j'ai oublié l'amour que j'avais pour lui. Mais cela peut revenir, non ?

Le ton de sa voix montrait qu'elle pensait tout le contraire.

Elle a essuyé la sueur qui perlait à son front, puis elle a laissé sa tête reposer dans sa main. Sans y penser, Samba s'est approché pour y poser les lèvres, brièvement, en fermant les yeux lui aussi. Elle l'a laissé juste le temps qu'il fallait pour qu'ils ouvrent les yeux et qu'ils aient envie d'autre chose. Il s'est dit qu'il ne fallait pas que cela arrive, parce qu'elle était la femme de son ami, et puis il n'a plus pensé à rien. La bouche de Gracieuse avait rejoint la sienne, et ses mains douces ont effleuré la cicatrice qu'il avait à l'arcade sourcilière.

Mais elle a dit :

– Je crois qu'il vaut mieux que tu t'en ailles.

Elle l'a raccompagné jusqu'à la porte. Il a eu envie de courir. Il a mis la musique à crier dans son walkman, et pour la première fois depuis longtemps il n'a même pas pesté quand le capot s'est ouvert au milieu de la deuxième chanson.

22

La semaine suivante, il a reçu la réponse au recours qu'on avait envoyé au préfet : elle était négative. Il ne fallait pas, pourtant, qu'il soit expulsé : plus que jamais il voulait rester en France, depuis qu'il avait rencontré Gracieuse. Il pensait à elle tout le temps. Ses journées étaient organisées en fonction du moment où il allait la revoir. Dans ses pires cauchemars, Jonas était libéré et il occupait son lit à Vincennes.

Il est venu à la permanence pour m'apporter la lettre de refus. J'ai été vraiment déçue. Dégoûtée. Je fumais une clope en forme de croissant au beurre et faisais les cent pas devant la porte de la permanence en pestant. Samba a dit :

– Quelle autre solution il nous reste ?

J'ai tiré sur ma cigarette informe, qui se défaisait entre mes doigts, et j'en ai trituré l'extrémité mouillée pour la faire tenir encore un peu. J'ai aspiré une dernière bouffée, puis je l'ai réduite en pulpe de tabac et de papier entre mon pouce et mon index, avant de l'écraser par terre. La cigarette a laissé une trace marron sur le trottoir. Manu est intervenue :

– On a épuisé tous les recours, Samba. Si tu te fais arrêter, tu es expulsé, direct.

163

Il a acquiescé. J'ai poursuivi :

– Et ça dure un an. Pendant un an, tu risques d'être expulsé à chaque instant. Alors tu dois éviter les gares, les grosses stations de métro comme Châtelet ou Gare-du-Nord, et tu prends plutôt le bus, surtout si tu dois te déplacer après dix-neuf heures.

– Je fais déjà tout ça.

– Bien. Dans ce cas-là, on peut redéposer une demande de carte de séjour une fois que l'OQTF ne sera plus valable.

J'ai dit :

– Ça veut dire qu'on a un an pour réunir un maximum de preuves et présenter un dossier béton. D'accord ?

– D'accord.

– Alors attends-moi, j'ai un rendez-vous avec un Kurde, je finis avec lui et on reprend ton dossier.

– D'accord.

Au moins, il continuerait nos séances du jeudi. On s'est regardés comme si la décision n'avait pas été si négative que ça. Je suis entrée en faisant signe au Kurde. Samba s'est installé dans un fauteuil face à une affichette qui expliquait comment on se sert d'une boussole.

– Mais de quoi vous parlez, monsieur Arpaci ? De l'aide juridictionnelle ou du jugement ?

J'avais presque crié. J'étais énervée. Mais, voyant que plusieurs d'entre eux avaient tourné la tête vers nous, j'ai baissé d'un ton.

– Je ne sais pas de quoi vous me parlez. La prochaine fois, venez avec le papier, comment voulez-vous que je devine ? Vous ne vous rappelez pas si c'est le tribunal de grande instance ou le tribunal administratif ? Réfléchissez, monsieur Arpaci ! C'est important !

164

Le jeune homme secouait la tête, il ne se rappelait rien et ne comprenait rien non plus. J'étais épuisée. Je commençais à me demander si c'était bien utile de venir là chaque semaine. Je me demandais ce que je venais y chercher. Moi qui ai horreur des contingences du quotidien et cherche le plus possible à les éviter dans ma vie, je me chargeais des paperasses des autres. Je n'arrivais plus à être sympathique et compréhensive. J'en avais marre. J'avais envie d'arrêter cette mascarade. Les préfets et le gouvernement étaient plus forts que nous.

– Il faut qu'on sache si on a le temps ou pas de faire recours. Il y a des délais. Vous avez le temps de faire un aller-retour chez vous et de ramener le papier avant ce soir ? Vous habitez où ?

– Vigneux-sur-Seine.

– Vigneux-sur-Seine, j'ai gémi. Je sais même pas où c'est, putain. Vous avez le temps de repasser chez vous ?

– Je crois.

– Faisons ça, alors. Je vous attends, monsieur Arpaci.

Deux boudins de clopes plus tard, on a refait une réunion de crise sur le trottoir. Manu a dit à Samba :

– C'est dur. Hier on était au tribunal et on n'a eu que des rejets. La seule qui a eu gain de cause, c'est une femme de quatre-vingt-treize ans, bosniaque. Elle est en France avec toute sa famille depuis la guerre en ex-Yougoslavie, où elle ne connaît plus personne, et ils voulaient la renvoyer là-bas, toute seule. Et pourtant, je crois que si elle n'avait pas été atteinte d'un cancer on n'aurait peut-être pas gagné. Elle n'a pas pu venir à l'audience parce que ses enfants ne voulaient pas qu'elle apprenne qu'elle est malade. Elle ne le sait pas.

165

J'ai écrasé ma cigarette et j'ai ajouté :

– On accompagnait cinq personnes, et aucune n'a compris quelle avait été la décision la concernant. Ils n'ont rien pigé de ce qui a été dit sur eux. Pas un mot. Deux d'entre eux avaient un avocat, mais pour les trois autres, c'est nous qui avons dû leur annoncer que leur recours était refusé, et qu'ils étaient obligés de quitter le territoire. Et là, toi qui m'annonces que le recours gracieux a été rejeté par le préfet...

– Putain de journée. En plus, comme c'est l'été il y a plusieurs bénévoles absents, du coup on n'est plus que trois et on doit tout prendre en main... J'en peux plus.

Manu s'est assise sur le trottoir, les pieds dans le caniveau, et elle a continué :

– Et puis hier j'ai fait la fête et je me suis bourré la gueule... Alors aller en cours la tête dans le cul, c'est possible, mais ici il faut que j'assure, sinon je m'en veux. Ça craint.

J'ai résumé :

– Bref, on n'en peut plus. Et en plus on s'en veut de se plaindre alors que c'est vous qui avez des problèmes.

Samba a dit :

– Ce n'est pas de ta faute si ça n'a pas marché.

– Je sais. C'est clair.

– Tu fais déjà tout ce que tu peux.

– Je sais.

Il m'a regardée. J'ai soupiré.

– Tu préfères que je revienne la semaine prochaine ?

Je me suis tue.

– Tu préfères ?

– J'ai encore un dossier de dix ans... Encore un, comme toi, qui est là depuis plus de dix ans et qui a cru à la nouvelle loi, l'année dernière. Encore un qui s'est fait gauler. Lui non plus, soi-disant, il n'a pas assez de preuves…

J'ai rallumé ma roulée, qui ne ressemblait plus à rien. Et puis j'ai dit :

– Tu sais, avant de devenir bénévole ici, je m'en foutais de la France. Je veux dire, pour moi l'attachement au pays, tout ça, c'était un truc de vieux, de gens qui ont fait la guerre, mes grands-parents, mes arrière-grands-parents. Mais, en fait, je me suis aperçue que c'était pas si clair que ça. J'avais une image de la France. Celle des libertés, de la Révolution, de la culture, des droits de l'homme. J'y étais attachée, sans le savoir. Et quand la France n'est pas à la hauteur, j'ai honte.

– La honte, ça ne peut pas être collectif, a dit Samba.

– Bien sûr que si, a dit Manu. Je crois même que c'est contagieux.

Son ton était plus violent qu'elle n'avait dû le vouloir. Elle avait les larmes aux yeux, de rage.

Samba a soupiré. Il nous a regardées l'une après l'autre, et il a dit, presque en chuchotant :

– On reprendra mon dossier la semaine prochaine. On va continuer. Et puis vous savez quoi ? On va faire la fête ensemble. Samedi, il y a une soirée organisée là où mon oncle travaille. Vous viendrez ?

C'était lui qui nous remontait le moral. J'ai levé mon regard vers lui, et j'ai souri.

– Pas de souci. On emmerde le préfet.

Manu a reniflé. Alors Samba a renchéri, en rigolant :

– On s'en bat les couilles. Et on va fêter l'été.

23

Les doigts de Gracieuse massaient le crâne de Samba, et des frissons, comme des bulles, couraient le long de sa tête, son cou se détendait et son attention était tout intérieure. Elle continuait à bavarder avec ses clientes, mais il n'écoutait plus, les exclamations des femmes ne filtraient que doucement à travers la mousse, tandis que le bas coloré de leurs robes dansait devant ses cils et le ramenait tout droit au village de sa mère.

Le plateau surplombait la plaine, brûlante, aux buissons épineux. Sous le ciel ardent, immense, un halo de toutes les couleurs de la terre, douces et harmonieuses, floutait l'air chaud qui entourait le soleil. Les cases beiges, si basses qu'on ne pouvait y tenir debout, s'agrégeaient les unes aux autres pour former un labyrinthe de terre séchée, qui protégeait de la chaleur. On ne pouvait craindre que ce qui viendrait d'en haut : la lumière, trop violente, heurtait les yeux, et forçait l'homme à baisser le regard. Dans cette région où chaque hameau était un seul abri minuscule et rond, une termitière, seuls les serpents, et quelques hommes, circulaient d'un village à l'autre. Ici on était pris entre deux dangers : la terre et le soleil.

Quand il était petit, sa mère lui parlait parfois de son enfance là-bas, et elle lui donnait alors l'impression de venir d'une autre époque. Son père, lui, était né en ville, et c'est lors de la construction d'une route en brousse qu'il était tombé fou amoureux de son corps mince, de ses yeux, et de tant d'autres choses, lui disait-il en lui faisant un clin d'œil – ce que lui-même n'arrivait pas encore à faire, à cette époque-là. Il pensait que son père était arrivé à un moment critique, alors qu'il venait de se produire un événement dramatique dans le village, mais il ignorait lequel, parce que sa mère n'en parlait pas directement – et Lamouna n'abordait jamais le sujet. En tout cas, ils l'avaient alors suivi tous les deux. Elle s'était très bien adaptée à la ville, elle y était comme chez elle et recevait les amis de son mari avec élégance. Lamouna, lui, avait quitté Bamako pour Paris lorsque Samba avait trois ou quatre ans. Quelques jours, peut-être, après lui avoir acheté le cerf-volant.

Cours, Samba, cours.

Samba n'était allé qu'une ou deux fois dans leur village natal, et pourtant sa grand-mère vivait encore : une petite bonne femme au caractère bien trempé, qui dirigeait son monde alors qu'aucune autre n'aurait pu en faire autant. Il se souvenait être allé au bord du plateau pour regarder le ciel au-dessus du paysage sec pendant des heures, en grignotant des cacahuètes ou des cajous, assis face à la haute plaine refroidie par le soir. Les étoiles apparaissaient l'une après l'autre, dans le ciel mauve. Parfois un nuage léger les cachait l'espace d'un instant, et puis il les laissait reparaître. Alors Samba se sentait exister aussi vivement que l'étoile. Elle semblait si proche qu'il aurait voulu l'attraper.

Sa grand-mère avait dit, inquiète :

– Qu'est-ce qu'il a à rêvasser ?

Elle n'aimait pas qu'il ne rejoigne pas les autres, et

qu'il reste à écouter le vent, les yeux rivés sur l'horizon. Souvent, depuis, il avait repensé à cet endroit, se promenant dans son dédale de terre rouge, dont on disait qu'elle était faite de poussière de soleil, où les maisons se pelotonnaient les unes contre les autres comme des chiots. Souvent, il regardait le ciel, il se perdait dans sa lumière absolue, et il rêvait à la promesse d'un ailleurs.

Il n'était plus dans le salon de Gracieuse.

Il survolait la plaine jusqu'à l'océan, une échappée possible, et il filait vers le nord. Il ne cherchait plus à savoir d'où venait cette image. Elle ne l'impressionnait plus.

Au contraire, elle lui donnait confiance. Cours, Samba, cours. Le sable ne l'empêcherait plus d'avancer, il le porterait. Cela devenait possible.

Il a ouvert les yeux et il s'est regardé dans la glace, ce qui ne lui était pas arrivé depuis longtemps. Depuis Vincennes, sans doute. Bien sûr, il apercevait parfois son visage ou sa silhouette dans la vitre d'un bus ou d'un magasin, et puis il se regardait, partiellement, dans le petit miroir de poche dont il se servait pour se raser chez Lamouna, et il savait qu'il avait maigri. Mais soudain il a considéré son visage avec curiosité : il a tâté son menton, qui lui a semblé tout à coup plus mince, tandis que ses pommettes étaient plus marquées qu'auparavant, le bas de son visage avait un contour moins net, les rides verticales du creux de ses joues se voyaient distinctement, et ses orbites s'étaient creusées, un peu, sous la cicatrice laissée par la boucle de ceinture du soldat algérien. Il a essayé de sourire mais c'était pire, il avait l'air encore plus vieux. La trentaine. Il ne pourrait plus revenir en arrière. Il faudrait qu'il s'achète des chemises, pour aller sous la veste de Lamouna qu'il portait maintenant presque chaque jour : il avait vieilli, il serait bientôt ridicule dans son sweat-shirt préféré. Et puis, à force de se venger sur la nourriture chaque fois qu'il était blessé, humilié, ou simplement triste, il avait fini par grossir un peu, pas tant que ça, mais un peu, au niveau du ventre, un petit coussin de chair entre ses hanches qu'il arrivait encore à cacher, en tirant un peu sur le tee-shirt qui le recouvrait. Il avait maigri du visage et grossi du ventre.

L'espace d'un instant, il a cru que c'était son reflet, qui le regardait et jugeait sa vie avec sévérité. C'était pourtant bien lui, malgré cette dureté nouvelle, peut-être, au coin des yeux. Il a frotté ses paupières de sa main droite : son reflet a fait exactement la même chose, et il a repensé à ces jeux auxquels ils s'amusaient, quand il était petit, avec Ousmane, où ils faisaient semblant d'être le reflet de l'autre, en faisant exactement les mêmes gestes, le plus simultanément possible.

Il ne savait pas si, aujourd'hui, Ousmane le reconnaîtrait.

« Lamouna Sow » et Samba Cissé se faisaient face et personne n'aurait pu dire lequel était réel. Il a écarquillé les yeux. Il avait changé. À force de défier le pouvoir des mots et de changer de nom, il n'était plus le même.

Il était quelqu'un d'autre.

C'est alors qu'il a pris conscience du silence particulier qui l'entourait. Les femmes s'étaient arrêtées de parler. Gracieuse et ses deux clientes étaient sur le seuil de la pièce et l'observaient. Et puis Gracieuse a éclaté d'un rire féroce. Les autres se sont moquées de lui à leur tour. Il a secoué la tête, et il a ri aussi, en échangeant un regard complice avec elle, *via* le miroir.

L'eau fraîche a coulé dans ses cheveux et rincé ses pensées. Gracieuse lui a entouré la tête dans une serviette bleue à franges, avant de s'échapper dans la pièce à côté. Elle parlait avec d'autres femmes, des clientes qui attendaient d'être coiffées.

Alors il s'est regardé, à nouveau, dans les yeux. Il souriait.

Il s'appelait Lamouna Sow, mais il avait des papiers, un emploi, des amis. La réponse du préfet avait été négative, mais il s'en foutait : il avait trouvé du travail, et rencontré Gracieuse. Il avait une vie normale. En France. Il était heureux.

24

Le soir même, nous avions rendez-vous dans le restaurant où travaillait son oncle, à Bastille. C'était l'été à Paris : beaucoup de gens étaient partis en vacances. La ville était plus calme, et les soirées plus silencieuses que d'habitude, les policiers moins présents, les touristes plus nombreux : Paris n'était plus la même non plus. La patronne de Lamouna, une grosse femme aux lèvres amincies par l'âge et aux cheveux blonds trop longs, qui ressemblaient à la queue d'un vieux cheval blanc dont le crin aurait jauni, offrait un dîner à ses employés deux fois par an, pour fêter Noël et la fin de l'été, le 31 août ; plus exactement, elle leur proposait d'inviter des amis à un tarif préférentiel, pour un soir de fête. Lamouna avait proposé à Samba de venir avec Gracieuse, Wilson, Manu et moi. Nous étions dix-huit en tout, de huit nationalités différentes. J'avais tout de suite identifié Gracieuse, qui était effectivement d'une époustouflante beauté.

Dehors, il y a eu tout à coup un orage. Les éclairs changeaient la lumière du restaurant sur les visages. Une pluie tropicale s'est abattue sur le bitume de Paris, révélant des odeurs de terre et d'arbres au cœur de la ville. Samba s'est approché de l'entrée, et il est resté à regarder le ciel en furie, sur le pas de la porte. Un étrange silence s'est installé après les coups de tonnerre, et la chaleur suffocante s'est un peu dissipée. Lamouna nous a raconté qu'en Afrique, les soirs de pluie l'été, des insectes qu'on appelle éphémères volaient en vrille et tombaient dans les assiettes, excités par la viande et par l'odeur du vent, frottant leurs élytres et bourdonnant près des lampes. Ils tournaient, venus d'on ne sait où, se heurtaient aux murs et tombaient, parfois à moitié morts seulement. Ils ne pouvaient pas résister à l'attrait de la lumière. Leur désir de vivre était trop grand. Ils tournaient avec frénésie autour de l'ampoule et, quand on l'éteignait, ils tombaient avec un bruit sec. Au matin, ils ressemblaient à de minuscules feuilles mortes éparpillées sur la table alors que, le soir précédent, ils étaient encore des papillons. Samba a dit qu'il sentait encore l'odeur de cette pluie particulière, et qu'il se souvenait du chuintement de leur vol. Parfois, quand on les balayait, l'un d'eux s'envolait à nouveau et montrait dans un dernier envol qu'il était encore en vie.

– Je suis cet éphémère, a dit Samba.

Il y a eu un flottement, et puis Wilson s'est moqué de lui. Tout le monde a ri.

Dans le restaurant, personne ne pouvait se douter qu'ils étaient sans papiers. Wilson draguait la petite serveuse haïtienne qui était assise à côté de lui, fumant des Pielroja dont le paquet arborait une tête d'Indien emplumé qui lui ressemblait un peu. Il disait :

– Je suis amoureux de la Colombie. Fou amoureux d'elle.

Lamouna a riposté, hilare :

– Un amoureux qui préfère aller voir ailleurs !

– Je suis un amoureux déçu.

– Tu oublies que tu avais peur là-bas.

– J'ai peur ici.

Gracieuse lui a lancé :

– Alors, retournes-y !

Wilson a pris l'air offusqué, puis il a chanté, sur un air de cumbia :

– Gracieuse, ma cruelle, pourquoi me fais-tu ça ? ! ! !

On a tous rigolé. Piel-qui-pue en a profité pour poser sa main sur le bras de la petite Haïtienne, le plus naturellement du monde.

Manu a changé de place, et elle s'est rapprochée de lui.

Lamouna a servi délicatement Gracieuse. Il parlait pour la première fois avec elle. Il avait mis une veste longue, de corsaire, sur un pull à col en V alors qu'il faisait trente degrés, et il était jovial, heureux d'être autour de cette table, pour cette soirée exceptionnelle, heureux que son neveu lui présente ses amis, heureux d'avoir trouvé la solution pour qu'il travaille. Leurs malheurs étaient derrière eux. L'ambiance était à la fête. Il était en paix, au milieu des conversations et de l'orage. Quand il m'avait serré la main, j'avais senti sa peau rêche, calleuse à force de laver les plats et les assiettes.

La patronne était gagnée par l'humeur joyeuse, elle embrassait son mari devant tout le monde. C'était l'un de ses serveurs. Algérien, arrivé sans papiers, il avait été pris sous son aile, puis aimé – il était plus jeune, et nettement plus beau qu'elle. Peu à peu, ils étaient sortis ensemble, au début en cachette des autres employés, et puis ils s'étaient mariés, et il avait réussi à obtenir une carte de séjour provisoire. Elle était d'humeur versatile, et buvait parfois trop : les soirs où elle était ivre, elle devenait mauvaise avec ses employés, et sous des dehors cordiaux, elle sifflait des phrases assassines au détour d'une assiette mal servie ou d'un verre qui avait volé à terre. Elle pouvait faire taire une serveuse en une seconde, de ses yeux devenus plus étroits. Du coup, tout le monde s'en méfiait, et changeait d'attitude au moindre signe de méchante humeur, surtout Lamouna, qui n'était pas dupe et lui souriait à distance, sans engager la conversation. Son mari n'échappait pas à son sale caractère : il avait obtenu son travail et ses papiers grâce à elle, et elle le lui ferait sentir jusqu'à la fin. Elle se trouvait supérieure à lui, et pouvait le licencier s'ils divorçaient. Parfois, elle avait l'alcool amoureux et draguait alors un client, sa voix aiguë se faisait enjôleuse. Pour l'heure, elle bavardait, guillerette, avec ses employés attablés.

Nous avons trinqué aux vacances qui commençaient (pour elle) le lendemain, puis à la naissance de la petite fille d'un des cuisiniers. Alors la patronne a demandé à chacun de faire un vœu à voix haute.

Un cuisinier mauritanien, qui n'était plus tout jeune, a parlé, et on aurait dit qu'il chantait. Il était en France depuis dix-huit ans, et la plupart de ses amis arrivés en même temps que lui avaient obtenu leur titre de séjour, mais pas lui. Pourquoi ?

La patronne a levé son verre, et nous avons tous souhaité solennellement qu'il soit bientôt régularisé.

À son tour, Manu a déclaré, avec l'air de s'excuser, qu'elle faisait le vœu d'avoir ses examens en septembre. Des vivats l'ont saluée. Nous avons tous bu en souhaitant qu'elle passe en année supérieure, ce qui lui permettrait de ne plus être stagiaire à quatre cents euros par mois et de pouvoir commencer à travailler bientôt.

J'étais nerveuse : je ne savais pas ce que je devais me souhaiter.

Puis ce fut à Gracieuse de parler. Elle s'est mise debout, gainée dans un jean rouge, et elle a demandé que l'on boive à la libération de Jonas. Alors que tous levaient leur verre, Samba n'a pas bougé. Il s'en est voulu immédiatement, mais c'était trop tard. J'ai surpris son geste suspendu.

Il savait que le jour où Jonas sortirait de Vincennes, ses rapports avec Gracieuse ne pourraient plus être les mêmes. Elle n'y faisait jamais allusion, mais elle s'attendait elle aussi à ce qu'ils ne puissent plus se voir autant. Elle ne pourrait plus sortir comme elle le faisait, et sa vie tout entière allait changer. Ici, elle avait pris l'habitude de vivre seule et de sortir, avec ses copines ou avec Wilson et Samba. Elle ne pourrait jamais dire à Jonas : « Ce soir, je sors avec eux, on va au Tango, à demain matin. » Au mieux, il viendrait avec eux, et rien ne serait plus pareil. Il était obligé de reconnaître que, même s'il ne voulait aucun mal à Jonas, il aurait voulu la garder pour lui seul.

Mon regard a croisé celui de Lamouna, qui a fixé son neveu d'un air autoritaire. Samba a saisi son verre, empli de remords, et en regardant son oncle dans les yeux, il l'a vidé, cul sec.

La patronne a rempli son verre.

Il s'est levé. Il ne savait pas quoi dire. Il voulait Gracieuse. Il l'a regardée, et elle a eu peur de ce qu'il allait souhaiter tout haut. La patronne a dit, d'une voix aiguë et forte :

– Et lui, il ne veut rien ? !

Son oncle aussi le regardait, le suppliant de dire quelque chose. Alors il a lâché :

– Une maison bleue. Et tout ce qui va avec.

Son oncle s'est alors levé en souriant, il a trinqué avec lui, et à la cantonade il a dit :

– Pareil.

On avait passé mon tour. Et le pire, c'est que j'en ai été presque soulagée. Je n'aurais pas su quoi dire.

Les gens heureux n'ont pas d'histoire.

25

Samba a raccompagné Gracieuse à pied. Elle avait trop bu et voulait marcher. Il espérait pouvoir à nouveau l'embrasser, et peut-être rester dormir avec elle. Ils n'étaient pas pressés, et il faisait chaud. Ils ne s'en étaient pas aperçus mais le vent était tombé, après l'orage. Les trottoirs étaient mouillés et la chaleur vaporeuse. Les sons paraissaient plus clairs que dans la journée. Dehors, le Génie de la Bastille brillait dans la nuit, et en le désignant d'un coup de menton, elle a dit :

– Je ne m'en lasse pas.

Il n'a rien répondu, il l'a regardée, à ses côtés. Il n'a pas osé lui dire que lui aussi, parfois, sur la place de la Bastille ou celle de la République, il lui arrivait de se sentir ému. Il avait peur que ce ne soit pas ce qu'elle avait voulu dire. Ici, un peuple déterminé avait défilé, dans les cris et les fumées, il y avait bien longtemps. Ici, on avait inventé des révolutions : la tension était montée, parfois jusqu'à l'explosion – et une nouvelle génération d'hommes avait émergé. Gracieuse a recommencé à marcher, mais il s'est retourné une dernière fois pour voir la statue dorée dans la nuit. Les nuages filaient au-dessus de la terre, la fraîcheur montait, et pour la première fois depuis longtemps, il s'est senti profondément libre, à marcher avec elle. Rien n'est plus agréable qu'une nuit d'été à Paris.

Ils profitaient du silence après la musique trop forte. Peu à peu, à mesure qu'ils avançaient vers le nord et que la fatigue se faisait sentir dans leurs jambes, ils parlaient moins, et de plus en plus sérieusement. Quand ce qu'ils disaient était vraiment important, Gracieuse s'arrêtait brusquement, et le tirait par le bras pour qu'il en fasse autant. Il se tournait vers elle et il la regardait. Alors qu'ils passaient devant un terrain de basket éclairé, elle s'est immobilisée pour lui dire :

– Je sais que tu ne souhaites plus vraiment que Jonas soit libéré.

Il ne savait pas quoi répondre. Il a pensé qu'il n'avait pas envie qu'elle prononce son nom. Mais elle a continué :

– Parfois, moi aussi, j'appréhende ce moment. J'ai envie qu'il sorte, mais je ne sais pas comment cela va se passer entre nous. Cela fait si longtemps. Pour Jonas, je suis un point d'arrivée, mais moi, je ne suis pas sûre d'être parvenue quelque part.

Il a hoché la tête. Il n'osait plus la regarder. Il ne devait pas faire de faux pas à ce moment précis. Il cherchait ses mots, tandis que les basketteurs couraient sur le terrain, sous les projecteurs, en s'invectivant. C'était une scène étrange, ces hommes habillés de couleurs vives qui couraient dans la lumière blanche au milieu de la nuit.

Elle a parlé avant lui.

– C'est terrible à dire, mais je crois que notre vie n'est due qu'au hasard. Il n'y a rien de logique dans mon existence, rien à expliquer. Oui, j'ai eu la force de venir jusqu'ici, j'ai peut-être un peu aidé le cours des choses. Mais je n'ai toujours pas trouvé de lien entre ma naissance et ma vie aujourd'hui. Ma vie ne forme pas une histoire, elle m'a été imposée au coup par coup.

L'alcool embrouillait ses pensées. Il s'est raclé la gorge et il a dit :

— Moi, j'ai toujours pensé que mon voyage n'était pas dû au hasard mais que, au contraire, il me poussait vers mon destin. Je crois que je suis venu ici pour réaliser quelque chose. Je crois que c'est la France qui va me permettre de l'accomplir.

Elle l'a regardé d'un air buté.

— Peut-être. Mais c'est le hasard qui nous a fait nous rencontrer. On verra bien ce qui se passera, il faut attendre que Jonas sorte. Je ne veux pas le trahir. Et puis je ne sais pas, par exemple, si je resterai toute ma vie à Paris.

Samba avait peur. Où qu'il aille, il n'imaginait plus que ce soit sans elle. Il regardait ses chaussures.

— Moi non plus, je ne sais pas où je vais, il a dit. Souvent, j'ai l'impression que je me vois marcher et que je ne m'arrêterai jamais.

Grâce à elle, il venait de saisir avec certitude que l'homme auquel il rêvait parfois, c'était lui-même. Alors il a ajouté :

— Je voudrais te demander une chose.

Il a levé la tête, inquiet, par avance, de sa réponse. Elle l'a regardé d'une étrange manière, puis elle a souri, et elle a tiré sur une épingle qui a fait tomber son chignon d'un coup : une myriade de petites tresses claires ont été libérées en une seconde. Il en est resté bouche bée. Elles semblaient modifier imperceptiblement la couleur de la nuit. Son œil a lui d'un air malicieux avant qu'elle se retourne pour poursuivre sa marche, dans son jean rouge. Il a pensé qu'il ne l'avait sans doute jamais vue deux fois coiffée de la même manière, et aussi qu'il avait oublié ce qu'il voulait lui dire.

Elle était d'une beauté irréelle. Il avait, bien sûr, déjà vu de belles filles, de toutes les tailles et de toutes les couleurs. Mais il ne lui était jamais arrivé de se retrouver devant une fille aussi parfaite. Elle était belle sans arrogance, et pourtant sûre de sa beauté. Elle était un monde où tous les paysages auraient été représentés, une île où tous les climats auraient existé, et il était un voyageur, plus que jamais.

Ils ont avancé dans les rues silencieuses, et ils sont arrivés chez elle juste avant le lever du jour. Gracieuse lui a proposé de dormir sur le sofa. Il a vaguement dit qu'il pouvait prendre le premier métro. Elle a insisté. Il a fini par s'allonger dans son salon, au milieu des mannequins à perruque. Le canapé était bien plus confortable que celui qu'il occupait chez Lamouna, d'où ses pieds sortaient.

Il a attendu. Peut-être viendrait-elle le rejoindre.

Il a écouté le vent faire craquer le toit gris d'en face. Il a espéré. Mais il s'est endormi.

Il s'est réveillé à peine une heure plus tard. Les chiffres rouges luisaient près d'une tête frisée à lunettes. Il avait froid, et il savait qu'elle dormait dans la pièce à côté.

Il croyait entendre son souffle. Il avait envie de sentir sa peau. Il voulait se réchauffer à son contact. Au début il ne désirait rien d'autre. Il avait juste besoin de dormir contre quelqu'un. Cela faisait plus de deux ans que cela ne lui était pas arrivé (une fille à la taille épaisse, dont il avait oublié le visage, et qu'il avait réussi à attraper par miracle, un soir de juin, parce qu'elle ne dansait pas non plus). Il paraît que les rats de laboratoire peuvent mourir au bout de quelques semaines si on les prive de contact, celui d'un congénère ou d'un humain. Lui, il n'avait caressé personne depuis si longtemps. Il n'avait que vingt-neuf ans, bientôt trente.

À force de tourner et retourner dans ses draps, ils n'étaient plus frais. Il s'est levé.

À pas de loup il a suivi le couloir jusqu'à sa chambre. Il est entré, et il s'est allongé dans le noir, à côté d'elle. Elle dormait sur le côté et il entendait son souffle. Il a fait attention de ne pas la heurter avec ses grandes jambes. Il regardait Gracieuse dormir et il comprenait tout à coup le plaisir de sa mère et de son oncle lorsqu'ils se penchaient au-dessus de son sommeil. Elle ne se doutait pas qu'il l'observait, et elle rêvait loin de lui, loin de cette chambre et de ce pays lunatique, profitant d'un vrai moment de liberté. Il a frôlé son visage du bout de ses doigts alors qu'il ne pouvait l'atteindre dans son sommeil et qu'elle était si lointaine. Son visage était pur de toute inquiétude. Il avait la force des rêves. Elle a bougé son bras, s'est mise sur le dos, mais très vite elle a repris la même position, sur le côté, comme si elle cherchait à son tour sa chaleur. Il est resté sans bouger quelques instants, à respirer son cou, en suspension.

Elle a remué à nouveau. Il a éloigné son visage d'elle. Elle a murmuré quelque chose qu'il n'a pas entendu. Il a essayé de saisir les mots qui sortaient de ses lèvres. Il espérait que ce soit son prénom, celui-là même qu'il avait dû abandonner depuis quelques semaines.

Il cherchait à voir un s, un b, se dessiner sur ses lèvres. Il aurait donné n'importe quoi pour qu'elle l'appelle par son vrai nom, de là où elle était.

Sa main s'est approchée de lui, à l'aveuglette. Quand elle a frôlé sa bouche, il l'a embrassée. C'est elle qui a cessé de bouger. Mais elle n'a pas cherché à le repousser. Il croyait sentir couler son sang dans ses muscles tendus. Ceux de Gracieuse étaient souples, complètement relâchés. Ses lèvres ont cherché sa peau tiède. Sa bouche est remontée le long de son bras jusqu'à son cou, jusqu'à ses seins, et contre sa joue, il a senti les battements de son cœur, qui s'accéléraient. Elle était immobile, et il s'est arrêté, de peur d'être repoussé tout à coup. La main de Gracieuse a pressé sa tête, sa langue a léché sa peau salée, tandis que ses doigts passaient entre ses jambes, et quand elle s'est mise à bouger sous sa main, il l'a embrassée plus intensément, plus violemment, jusqu'à ce qu'il se retrouve en elle et qu'elle s'enroule sur lui, que leurs corps se transmettent leur chaleur, et tout à coup il n'a plus été que cela, une vague de chaleur, en elle, un rythme, un souffle, un mouvement qui leur était commun.

Elle a peut-être eu un moment d'hésitation. Ils ont peut-être songé à Jonas. Mais c'était trop tard.

Au matin, il a regardé Gracieuse dormir. Sous son nombril petit et rond courait une longue ligne de duvet noir, jusqu'à son sexe. Sa bouche, entrouverte, laissait passer un air qu'il a cherché à aspirer, à sentir sur sa peau, ses paupières. Le soleil avait réussi à s'immiscer dans la pièce et jetait un rectangle de lumière sur son oreiller blanc ; petit à petit il a atteint son visage, mais sans la réveiller ; le souffle de Gracieuse a changé : il a cru tout à coup percevoir qu'elle avait vieilli, un tout petit peu, l'espace de cet instant, et il l'a trouvée plus belle encore.

Il est parti travailler sans la réveiller.

26

Toute la journée il a attendu un coup de téléphone qui n'est pas venu. Il lui a laissé deux messages, auxquels elle n'a pas répondu. Elle devait être fâchée, ou honteuse. Il n'a pas osé passer chez elle non plus, ni le lendemain, ni le jour d'après. Il craignait qu'elle ne lui échappe, et pourtant il ne voulait pas la retenir, tant sa liberté était précieuse : on ne retient pas une évadée. Il essayait de se raisonner, de penser à Jonas, enfermé au centre de rétention alors que lui, son seul ami dans ce pays, l'avait trahi : il essayait de se sentir coupable, en vain. Il pensait à elle. Il n'espérait qu'une chose – qu'elle ne ferait pas comme s'il ne s'était rien passé.

C'est pourtant ce qu'elle a fait.

Après trois jours, il s'est aperçu que ses pérégrinations en métro tournaient comme par hasard autour de son quartier, et qu'il délimitait un territoire autour de chez elle, comme les chats. Il espérait la croiser, l'observer à distance, prononcer son prénom, et voir son visage s'éclairer, il voulait la convaincre de ne pas résister face à la possibilité de se revoir, et lorsqu'il arrivait à sa station, son cœur battait à tout rompre, comme s'il allait commettre un crime. Mais le hasard, auquel elle croyait, et auquel il ne croyait pas, avait décidé de ne pas l'aider.

Et puis le soir du troisième jour, elle l'a appelé pour le lui dire :

– Jonas sort ! Il va être régularisé.

– Super.

– Samba…

– Oui ?

– On pourra se voir tous les trois. Et puis un peu tous les deux, bien sûr, mais pas au début. Tu comprends ?

Il a marqué un silence renfrogné. Ces mots résignés, ce ton suppliant étaient de trop. Ils avaient passé des jours et des nuits ensemble, et en quelques phrases elle voulait l'effacer de son existence, ou le reléguer au second plan – dans le rôle du bon ami à qui l'on peut tout dire.

Il lui a raccroché au nez, pour se prouver à lui-même qu'il existait.

Tout de suite après, il a eu honte : il avait eu un accès de mauvaise humeur alors qu'elle venait de lui annoncer une bonne nouvelle. Jonas était sorti du Crade, et il aurait dû s'en réjouir, au lieu de désirer sa femme. Il devait tout faire pour se faire pardonner, même si Jonas ne savait pas de quoi.

Quelques jours plus tard, il y a eu une grande fête tout en haut de l'immeuble de Gracieuse. Le toit avait été transformé en terrasse, et on y accédait par une trappe aménagée dans le plafond de sa chambre. Gracieuse avait monté un barbecue et Wilson officiait déjà aux grillades.

Samba a serré Jonas dans ses bras. Celui-ci avait maigri, mais son regard était brillant, et ce n'était pas dû qu'à la bière qu'il tenait à la main. Son crâne était rasé, et laissait voir une large cicatrice en forme de croissant à l'arrière de sa tête. Son visage était plus dur. Samba le trouvait différent. Il était pourtant heureux de le revoir.

Jonas s'émerveillait de tout, à voix haute, et ses commentaires naïfs contrastaient avec ce visage aux traits accusés. Samba se revoyait lorsqu'il était arrivé ici : son humilité, ses attentes infinies. Cela l'agaçait. Il ne voulait pas se rappeler cette crédulité, qui lui semblait derrière lui. Gracieuse est apparue, souriante, renversante dans une robe claire aux motifs psychédéliques moulante. Il s'est rapproché d'elle pour l'embrasser, mais il s'est presque précipité, trop brusquement, et ses lèvres ont touché son oreille plutôt que sa joue ; elle a ri, et il s'est senti ridicule. Jonas a entouré la taille de Gracieuse de son bras, le plus naturellement du monde. Ils se sont embrassés sur la bouche, et Samba s'est dit qu'ils avaient dû faire l'amour quelques heures plus tôt.

Il n'a plus rien écouté. Il faisait semblant de suivre la conversation, mais tout ce qu'il voyait, c'était le bras massif de Jonas autour du corps mince de Gracieuse.

Il aurait voulu disparaître.

Il s'est excusé et il est allé s'asseoir plus loin, à l'opposé de la terrasse. Gracieuse, elle, lui a tourné le dos, avec un peu de raideur : elle semblait sentir son regard sur elle.

Les invités mangeaient et se réjouissaient, assis en tailleur sur des nattes de plastique disposées entre les cheminées, au milieu des toits de Paris, face au Sacré-Cœur éclairé. Il s'est rappelé les soirées où sa mère servait un bol à chacun de ceux qui étaient présents à la maison, qu'ils aient été prévus ou non lorsqu'elle avait préparé le plat de riz sauce arachide dans la marmite fumante, du moment qu'ils s'étaient rincé les mains dans la calebasse remplie d'eau, et il a réalisé que lorsqu'il était en Afrique, c'était de ce genre d'appartement qu'il rêvait. Ce toit était un de ces lieux qui donnent l'impression qu'on était fait pour y venir un jour, et pour y rencontrer quelqu'un qui compterait dans sa vie. Gracieuse a croisé son regard, et elle lui a souri d'un air contraint. Il y avait entre elle et lui, dans ce lieu parfait entre ciel et terre, un obstacle, et de taille : Jonas.

Wilson faisait griller des merguez et les posait sur du pain huilé, tomaté, pimenté, qu'il distribuait. À ses côtés, Manu le buvait des yeux, et elle rayonnait quand il l'appelait *princesita*. Les Sud-Américains disent facilement *mi cielo*, *mi sol*. Elle n'y avait pas résisté. Samba a attrapé une assiette en faisant un clin d'œil à Wilson. La soirée au restaurant de son oncle avait décidément été concluante. Pour certains plus encore que pour d'autres.

Samba a bu, un peu, en regardant les gens commencer à s'agiter au rythme de la musique. Gracieuse est venue danser devant Jonas, le provoquant, et il l'a rejointe en souriant : ils ondulaient, se faisaient face, puis rapprochaient leurs bassins, l'air appliqué, elle a détourné la tête, en humectant ses lèvres, et les femmes se sont avancées l'une après l'autre au milieu du cercle, chantant et applaudissant, les fesses en arrière, les yeux mi-clos, face aux hommes qu'elles avaient décidé de séduire, les allumant de tout leur corps. Gracieuse avait la peau brillante, les reins déliés, les talons martelant le sol. Une autre femme est venue à son tour au centre de la ronde, et il revoyait sa mère tourbillonner, jeune, magnifique, les soirs de fête, et il se souvenait de sa propre fierté à se dire qu'elle était la plus belle de toutes. Quand il était triste, il avait l'impression d'avoir tout raté.

Jonas dansait. Gracieuse riait. Elle lui a fait un signe,

pour qu'il les rejoigne. Samba a dit non de la tête. Il devenait fou à les regarder.

Il s'est préparé à rentrer. Il ne danserait pas. Il n'avait pas envie d'être ridicule. Il se sentait si maladroit. Empoté. Nul.

27

En revenant par les rues désertées, il a marché doucement. Il regardait distraitement les quelques fenêtres encore allumées des appartements où des hommes et des femmes tentaient de s'endormir ensemble, et il se demandait quand viendrait son tour, quand il aurait un lieu à lui sur cette terre, où il pourrait dire son nom sans risque. Les lumières s'éteignaient une à une, sur son passage, et les ténèbres semblaient de plus en plus froides à mesure qu'il avançait. Les contours de son monde s'évanouissaient.

Il n'avait pas fait attention au changement de saison, et il n'avait pas vu le temps passer. Tant d'événements étaient arrivés depuis Vincennes.

Il avait tenté de fuir l'échéance de son arrivée, mais il était là. Il s'en voulait de ne pas lui avoir parlé un peu plus ce soir.

Tout allait changer avec Gracieuse. Ou rien, puisqu'il ne s'était presque rien passé depuis la nuit qu'ils avaient partagée – à peine quelques mots de regrets prononcés, et peut-être un ou deux gestes d'affection, ce soir : sa main à elle sur son avant-bras à lui, au cours d'une discussion, qui l'avait électrisé. Il a eu un désir fulgurant en repensant à elle, tout à coup. La douleur est revenue, il voyait Jonas et Gracieuse s'embrasser, et Gracieuse rire, et Jonas danser. Il s'insultait intérieurement. Comment avait-il pu croire que cette fille serait à lui ?

Il revenait à cette nuit-là, dans le noir de sa chambre, où il avait dormi dans son souffle. Ce n'était pas possible de faire comme si rien ne s'était passé. C'était un mensonge. Un de plus.

Il n'était plus très loin de l'immeuble de Lamouna. Il avait envie de s'oublier dans le sommeil. Au bout de la rue, il a distingué une silhouette. Et tout à coup, il a vu sa petite sœur. Il n'en croyait pas ses yeux. Ses hanches minces, ses tresses larges, son profil… Il a écarquillé les yeux. Elle se rapprochait. Elle a pressé le pas. Il était halluciné. Mais quand elle est arrivée à sa hauteur, la fille l'a regardé d'un œil morne. Elle ne ressemblait pas à Dalla. C'était une adolescente de l'immeuble. Il l'a laissée passer sans la saluer, tandis qu'elle s'enfonçait dans le froid.

Dans la nuit tiède, l'ampoule lumineuse qui marquait l'entrée des caves ne lui avait jamais paru si vive. Il n'imaginait même pas qu'on pouvait la voir dès la cour, tant elle lui avait toujours semblé faible. Il a suivi le couloir, en enjambant les flaques et en ne retenant pas, pour une fois, sa respiration : l'odeur aigre qui ne quittait jamais les lieux l'a assailli. Trois adolescents sous capuche discutaient en haut de l'escalier des caves. On aurait dit qu'ils n'avaient plus de tête.

Il a descendu chaque marche une à une, en se tenant au mur humide. Son oncle n'était pas encore rentré du travail. Il a repensé à la lumière de la cour, qui lui avait semblé négligeable de près, alors que, vue de loin, elle paraissait déterminante. Il est tombé dans le sommeil en se disant que sa vie lui ressemblait : dérisoire et pourtant capitale.

Cette nuit-là, il a revu l'homme à la silhouette longiligne et noire. Il était un homme seul dans un décor sans limites, qui regardait le monde briller dans la lumière. Il avait envie de cette liberté. Sur la bordure du plateau en contrebas, où il pourrait marcher sans fin, il voyait nettement jusqu'à l'horizon, où quelques bêtes et quelques hommes se déplaçaient dans la brousse étendue et éblouissante. L'homme voulait descendre pour les rejoindre. Là était sa place, prévue depuis toujours. Mais comment l'atteindre ? Il l'observait, attendant de voir sa réaction. L'homme se mettait en marche. De plus en plus vite. L'énergie le gagnait, comme un rire. Il devenait vent, il devenait course. Il glanait de la force dans le paysage traversé, et les obstacles étaient autant de munitions. Il avançait vers la mer. Il longeait l'écume. Il devenait migrateur. Il survolait les océans. Il était homme, et il n'y avait plus de frontières. Les cris des oiseaux ressemblaient à une voix. Celle de Gracieuse.

Et puis tout à coup il s'est reconnu dans cet homme. Le marcheur n'avait pas son visage, et pourtant il savait qu'il s'agissait bien de lui. La voix de Gracieuse le lui chuchotait dans son sommeil.

Dès le lendemain, et les jours suivants, son oncle a compris ce qui lui arrivait.

– Ne va pas te compliquer la vie, elle est déjà assez difficile comme ça. Tomber amoureux, quand on est clandestin, c'est s'attirer encore plus d'ennuis.

Il a sifflé entre ses dents :

– Encore plus d'ennuis, tu crois que c'est possible ?

– Ne t'énerve pas contre moi.

– Je ne m'énerve pas.

– Et puis ne trahis pas un ami. Tu vas t'attirer le malheur.

– Il est déjà sur moi.

Ce qui le contrariait le plus, c'était peut-être que son amour n'était plus secret : cela le rendait plus vulnérable. Or il doutait plus que jamais des sentiments de Gracieuse. Plus le temps passait et plus il savait que cela éloignait la probabilité qu'une nuit avec elle se reproduise. Gracieuse devait considérer celle qu'ils avaient passée ensemble comme une erreur.

Il n'avait pas envie de parler de son amour pour elle, et ne voulait faire aucune confidence à son oncle, ou à ses amis : il aurait eu peur qu'ils ne traduisent son sentiment, si pur, si haut, dans leur langue où il serait devenu plus banal, plus fragile.

Il savait que d'une telle hauteur d'amour il ne pouvait que tomber et se faire mal.

Son cher oncle avait raison : il fallait qu'il oublie Gracieuse. Chaque fois que son prénom, ô combien ridicule, ou la vision de sa bouche légèrement moustachue traverseraient son esprit, il les ferait suivre immédiatement de cette incantation : l'oublier.

Lamouna a souri. Il lisait le souci sur son visage, et l'effort d'amnésie. Il croyait que Samba cherchait à lui obéir.

Il s'est dit que son oncle n'avait qu'à aller *se faire foutre*, et il a cherché que cette phrase se voie sur son visage, mais cette fois son oncle n'a pas eu l'air de comprendre, et il lui a lancé un regard plein de bienveillance.

Ou alors Lamouna comprenait très bien mais faisait semblant de l'ignorer. Il était peut-être encore plus malin qu'il ne le croyait.

Son sourire s'est élargi.

Samba s'est dit qu'il devenait fou. Alors il a vraiment décidé d'oublier Gracieuse. Il l'oubliait déjà.

Elle avait décidé que la nuit qu'ils avaient passée ensemble serait unique, et il devait obéir à sa volonté. Dans le cas contraire, il ne récolterait que du malheur. Il allait reprendre une vie normale, où on ne pense pas, où on avance.

Mais c'était comme pour la France : il avait beau se dire qu'elle ne voulait pas de lui, cela ne l'empêchait pas de la désirer.

Au contraire.

28

Le trait de caoutchouc noir raclait les dernières traces de pluie sur le verre reflétant les nuages, et l'odeur du produit acide, chimique, imprégnait son débardeur et ses doigts : il ratissait le ciel bleu du matin. Wilson était de l'autre côté de la passerelle. Ils étaient silencieux, concentrés sur leur travail, suffisamment proches pour ne pas avoir à parler tout le temps. « *Tranquilo* », disait Wilson. Samba, lui, n'était pas vraiment tranquille, il était obsédé par Gracieuse. De temps en temps, son regard dérivait avec ses pensées.

À l'intérieur, des hommes en uniforme (costume-cravate sombre, chemise blanche) travaillaient sérieusement dans leurs petits bureaux marron décorés de plantes semblables à celles qu'on cultivait dans la serre aux fleurs en Espagne, et qui venaient peut-être de là-bas, voyageant en camion jusqu'ici pour verdir leurs vies et celles de leurs employés qui calculaient des prix, dessinaient des courbes et contemplaient des écrans, puis posaient parfois leurs yeux distraits sur des plantes tropicales sans parfum, devenues misérables dans leurs bacs en béton carré approximativement décorés de vaguelettes, des palmiers miniatures et poussiéreux, aux vies factices, qui ne verraient jamais un horizon, et les faisaient pourtant rêver d'océans turquoise, et les encourageaient à travailler toujours plus.

La brise faisait parfois balancer leur nacelle, mais Samba n'avait plus peur : ses pieds adhéraient solidement à la planche de bois. Wilson, lui, travaillait pieds nus : il disait qu'il avait une meilleure prise au sol. Samba voyait les cicatrices rosâtres dépasser de son pantalon. Il n'a pas pu s'empêcher de penser à Piel-qui-pue, et il a souri. Wilson, sans comprendre pourquoi, lui a répondu. L'essuie-glace a crissé contre le verre, le sourire de Wilson s'est changé en grimace volontairement exagérée, Samba a ri.

Il y avait un homme, en Espagne, qui ne travaillait lui aussi que pieds nus : un Algérien, qui disait qu'il ne pouvait pas garder ses chaussures parce qu'il n'avait pas l'habitude d'en porter. Les autres le prenaient pour un sauvage. Mais un jour Samba avait remarqué que, par moments, l'homme mettait ses pieds dans la rigole d'eau et y dirigeait le tuyau d'arrosage : c'était le seul qui ne crevait pas de chaud, le seul dont le tee-shirt n'était pas auréolé de sueur. Pourtant, même après l'avoir vu, il ne se serait jamais résolu à enlever les siennes : chez lui, les gens qui allaient pieds nus étaient ceux qui ne s'en iraient jamais.

Ses pensées le ramenaient toujours à Gracieuse : où était-elle, que faisait-elle, quand allait-il réussir à la revoir, où, comment…? Son regard s'est perdu vers le sol. Tout à coup, il a cru percevoir de l'agitation. Il a dit :

– Merde ! Un contrôle. La police.

Ils étaient dans un angle de ce bâtiment moderne. Ils ont entendu du chahut, et Wilson s'est penché, mais la

196

passerelle s'est déséquilibrée, et il est reparti vite fait à sa place tandis que Samba lui décrivait ce qu'il voyait :

– Ils sont au moins quarante… Les Ghanéens se sont fait avoir. Ils suivent les policiers jusqu'au camion.

Personne ne pouvait les voir pour l'instant, mais les policiers n'allaient pas tarder à les découvrir. La sueur lui coulait dans le cou. Wilson a actionné la poulie très doucement, pour faire coulisser la passerelle vers le côté le plus éloigné du bâtiment, là où une fenêtre était entrouverte. La planche oscillait, mais ses pieds tenaient bon, et Samba s'accrochait à la rampe de sécurité tout en retenant leurs outils de nettoyage de l'autre main.

Les fils de la passerelle n'étaient pas assez longs : Wilson avait glissé sa main dans l'ouverture de la fenêtre, mais son bras ne pouvait atteindre la poignée et l'ouvrir. Il a soufflé :

– Je n'y arrive pas.

En bas, des cris ont fusé : des policiers les montraient du doigt. Déjà les Ghanéens devaient être dans la camionnette, ainsi que les deux Marocains avec qui ils travaillaient souvent, et peut-être d'autres, qui sans doute n'étaient pas plus en règle qu'eux. Il n'avait pas le temps de regarder. Wilson s'acharnait sur le bord de la fenêtre, en vain. Samba cherchait un moyen de s'évader par le haut : il a jeté un œil aux filins, en se disant qu'ils pourraient peut-être se hisser sur le toit, mais il y avait un étage à grimper. Ils n'y arriveraient pas, surtout pas Wilson, pieds nus.

Soudain, un jeune homme en costume-cravate est apparu derrière la vitre.

– Que se passe-t-il ? Vous êtes enfermés dehors ?

– C'est le mot, a dit Samba.

L'homme a ouvert la vitre. Ils se sont précipités à l'intérieur.

– Merci !

– Par ici ! Descendez au parking !

Il leur a montré la petite boîte lumineuse, au fond du couloir, qui indiquait la sortie de secours, et ils ont couru à travers les bureaux. La moquette grise filait sous leurs pieds tandis que les employés les regardaient passer, ahuris. Wilson a ouvert la porte coupe-feu, Samba a regardé en arrière, le jeune homme lui a fait signe, il lui a répondu, et ils ont dévalé les escaliers de secours jusqu'au sous-sol. Ses chaussures couinaient sur la gomme du parking.

Ils se sont retrouvés face à des voitures soigneusement garées les unes à côté des autres. Wilson tentait d'ouvrir des portières, il bondissait de l'une à l'autre en les essayant toutes.

– Qu'est-ce que tu fais, Wilson, tu es fou ?

– Les cartes de parking doivent être dans les voitures, sans elles on ne pourra pas sortir d'ici.

Tout à coup une Mercedes a tourné derrière eux, ses phares ont éclairé le virage du deuxième sous-sol. Samba a crié :

– Viens !

Ils ont gravi la côte comme si des chiens sauvages les poursuivaient, et ils ont surgi au-dehors au moment où le portail se refermait. Samba s'est arrêté près d'un buisson, à bout de souffle, en se tenant le ventre.

Ils ont marché jusqu'au métro en prenant par les petites rues : les policiers avaient bouclé le quartier. Le patron de l'entreprise de nettoyage et celui de l'agence d'intérim seraient interrogés, mais ils ne seraient pas inquiétés, et ils rentreraient probablement chez eux au moment où les Ghanéens prendraient l'avion.

Ils n'avaient rien sur eux, ni veste, ni argent. C'était la première fois que Samba prenait le métro sans ticket. Dans le wagon, les autres passagers les regardaient, le Noir et le Latino, aussi essoufflés et inquiets l'un que l'autre, avec leurs drôles d'accents, leurs tenues de travail, et Wilson qui n'avait pas de chaussures. Samba se sentait mal. Et puis il angoissait pour Lamouna, qui allait avoir des ennuis, alors qu'il avait tant fait pour lui.

Il fallait le prévenir. Wilson avait son téléphone portable sur lui. Il a appelé le restaurant dès qu'ils sont sortis du métro.

C'était déjà trop tard. Ils venaient d'emmener son oncle.

La patronne était furieuse. Quand les policiers s'étaient présentés, il les avait suivis sans mot dire. Elle n'avait rien compris et croyait qu'il était coupable de quelque chose. Samba lui a expliqué la situation, mais elle ne s'est pas calmée : à présent, elle était dans le collimateur de la police, ils allaient effectuer des contrôles sur les autres membres de son personnel, qui étaient tous sans papiers. Elle allait être emmerdée à cause d'eux. Elle criait dans le téléphone. Et lui, il voyait le visage de son oncle dans le car de police qui l'emmenait à Cité.

Ils savaient que la première des choses à faire, c'était de cacher le passeport de Lamouna et le sien. Il avait appris cela à Vincennes. Alors ils sont allés directement à l'appartement de son oncle.

Wilson voyait leur immeuble pour la première fois. Samba avait honte des murs lépreux, qui suintaient, des taches vertes au plafond qui sentaient les eaux sales, des forêts de fils électriques qui semblaient dangereuses, des cafards qui couraient le long des plinthes du couloir, et puis de leur appartement humide et froid, en sous-sol. Il n'y avait rien à faire : une cave, ce n'était pas fait pour être habité. Il a récupéré les passeports, cachés dans le canapé, il les a empochés, et puis il a sorti de sa poche la carte de séjour de son oncle et il l'a posée sur la table de la cuisine, cette table où ils s'étaient vraiment retrouvés, son oncle et lui, le soir de son arrivée et tous les soirs qui avaient suivi.

Il ne voulait plus s'appeler Lamouna Sow.

Ils sont partis à pied. La révolte le gagnait, remplaçant peu à peu la peur. La France n'était pas une amoureuse, elle ressemblait plutôt à un père, qui vous protège malgré vous, vous punit sans vous expliquer pourquoi, et finit par disparaître au moment où il apparaissait enfin capable de chaleur et de regret. Il devait réagir, pour lui, pour Lamouna. La colère montait dans sa gorge, comme lorsqu'on cherche l'air la bouche pleine de terre.

29

Le studio que sous-louait Wilson avait dû être agréable quand il n'était pas encore vétuste : c'était un ensemble de deux chambres de bonne réunies, niché sous les toits, et dont les murs étaient couverts de rayonnages appartenant à l'ancien libraire qui avait bien voulu l'héberger – mais le plafond s'était effondré, et les pages des livres moisissaient tout autant que si elles avaient été abritées par les murs lépreux de leur cave. Il n'aurait pas dû avoir de complexes quand il lui avait montré l'appartement de son oncle : au moins, eux, ils pouvaient cuisiner chez eux, et ils y étaient à l'abri.

Il pleuvait régulièrement dans la pièce, et le seul moyen d'y habiter, c'était d'y camper. Au centre trônait une tente canadienne trois places, dont la couleur orangée égayait l'ensemble, surtout quand la lumière était allumée à l'intérieur et que le tissu luisait. Le contraste de la tente et des étagères en bois couvertes de livres était saisissant. Il avait l'impression qu'un arc-en-ciel allait se former d'un moment à l'autre.

– Tu as le choix entre la pluie et l'odeur de mes pieds, a dit Wilson.

Comme il n'osait pas répondre, Wilson a dégagé un matelas de sous le sien, qu'il a sorti de la tente et étendu entre deux bibliothèques : ainsi, il formait un lit suspendu, qui ne touchait pas le sol humide. Il a accroché une lampe de chevet en hauteur. Il était ingénieux, et s'amusait visiblement à l'installer dans ses meubles, claquant des doigts chaque fois qu'il trouvait une nouvelle idée pour améliorer son confort. Il a sorti un sac de couchage d'un carton moisi aux angles. Samba s'y est glissé : il avait une odeur de rivière.

Il avait l'impression d'avoir emménagé dans un arbre. Il oubliait leur course-poursuite. Il avait un toit en France, même s'il était percé, et il en était reconnaissant à Wilson.

Le Colombien lui a servi une sorte d'eau sucrée qu'il appelait *agua de panela*, et cela l'a réconforté, un peu. Il était mort d'inquiétude pour Lamouna. Wilson a dit :

– C'est marrant que vous soyez si proches, tous les deux, n'est-ce pas ?

Il disait tout le temps « n'est-ce pas » à la fin des phrases, comme dans un film des années cinquante. Ce devait être le tic d'un professeur de français, ou une traduction littérale d'une expression sud-américaine.

– C'est mon oncle, a dit Samba en haussant les épaules. Il me loge, en plus. Il n'était pas obligé de m'accueillir si longtemps, et il l'a fait. On est bien, ensemble. Et on repartira tous les deux. On bâtira nos maisons l'une à côté de l'autre, à Bamako.

Wilson a éteint la lumière. Ils ont encore parlé quelques minutes, dans le noir, et Samba s'est endormi.

Cette nuit-là, il a rêvé qu'il neigeait dans sa chambre : les flocons entraient par la fenêtre et se déposaient largement tout autour de lui sans qu'il en ressente le froid. Les murs disparaissaient en silence, les frontières fondaient et s'évanouissaient sous la neige. Son univers était sans limites.

Au matin, il a cherché à joindre Lamouna, mais son téléphone était toujours coupé. Le message impersonnel, dit par une voix d'hôtesse électronique, lui tournait dans la tête tandis que son doigt griffait la toile orange de la canadienne. Wilson a essayé de lui remonter le moral : il a dit qu'ils ne pourraient pas expulser son oncle aussi facilement, qu'il était là depuis trop longtemps, et que c'était impossible qu'il fasse de la prison pour une si petite chose. Et puis, vers midi, Manu a frappé. Elle venait en renfort.

– *Buenas*, *guapa*, a dit Wilson, et il l'a embrassée sur la bouche.

Samba lui a expliqué ce qui s'était passé. Elle a dit « Bordel à queue », et il a compris que c'était grave – d'habitude, elle surveillait plutôt son langage devant Wilson. Elle a dit qu'il ne fallait pas que Lamouna cède et avoue qu'il avait prêté sa carte : il risquait gros. Mais personne ne pouvait savoir à l'avance comment il allait réagir.

Ils ont libéré Lamouna dans l'après-midi. Samba est aussitôt allé le rejoindre à l'appartement de la rue Labat.

Son visage avait vieilli de dix ans, et il ne souriait plus. Les agents de police lui avaient demandé pourquoi on avait trouvé son titre de séjour sur un chantier de nettoyage de vitres. Il avait dit qu'il ne savait pas, qu'il l'avait perdu quelques jours auparavant. Ils avaient voulu savoir pourquoi il n'avait pas porté plainte. Alors il les avait regardés droit dans les yeux et il avait dit :

– Parce que j'ai peur de la police.

Est-ce que l'on craint la police dans un pays démocratique ? Est-ce que ce n'est pas dans les régimes

203

autoritaires du tiers-monde que la police fait peur ? Pourquoi un homme aussi honnête que son oncle en était-il rendu à mentir ? Samba, lui, aurait toujours plus peur d'un policier en uniforme que d'un petit plongeur aux yeux d'oiseau.

Ils l'avaient obligé à porter plainte pour usurpation d'identité. Il disait :

– Je n'ai parlé de toi à aucun moment. J'ai tenu bon, malgré les menaces, malgré les coups. Mais je n'ai pas pu résister lorsqu'ils ont exigé que je porte plainte. Ils ont dit que si je ne le faisais pas, mon titre de séjour ne serait pas renouvelé, que j'allais être expulsé. Alors j'ai signé leur papier.

– Ce n'est pas grave… L'essentiel, c'est que tu sois sorti sain et sauf.

– Tu ne comprends pas : même si tu n'y étais pas nommé, c'était comme si je portais plainte contre toi.

– Mais je sais que tu ne l'as pas fait dans ce sens-là. Et toi aussi, tu le sais. C'est ce qui compte.

Samba essayait de le rassurer, mais il savait qu'ils allaient le surveiller de près. Lamouna ne serait plus tranquille. Et lui encore moins. Son oncle a dit :

– Ils finiront par nous avoir.

– Qui ?

– Ceux qui ne veulent pas de nous.

– Arrête…

– *Da tugu*, il a dit.

Et pour une fois qu'il s'adressait à son neveu en bambara, c'était pour lui dire de se taire. Il s'est emporté :

– On nous refuse tellement le droit de vivre qu'on est obligés de se partager un nom pour pouvoir exister ! Tu as dû renier le prénom que ton père t'a choisi. Ce pays se moque de nous. Il ricane en nous voyant passer.

Samba savait ce qu'il voulait dire. Il y avait des jours où il lui semblait que les gens, mais aussi les pierres, l'eau, les bâtiments, et même les arbres, observaient un silence buté face à ce qui lui arrivait, figurants muets qui avaient suivi son périple jusqu'ici comme on regarde un film au cinéma, médusés, sans intervenir, malgré leur présence millénaire, leur mémoire sans limites, de peur peut-être de se faire punir par les hommes qui décidaient toujours de tout. Il y avait des jours où même les choses semblaient être unies contre lui, où le monde entier lui était hostile.

Son oncle avait eu sa patronne au téléphone, qui lui avait crié après. Elle disait qu'elle n'avait plus confiance en lui. Elle l'avait cru au-dessus de tout soupçon, et elle était déçue de constater qu'il était capable de faire des choses illégales. Lamouna avait essayé de la convaincre, en arguant qu'elle employait bien des sans-papiers, elle, et que cela aussi était interdit. Elle avait cru qu'il cherchait à la menacer, elle était devenue mauvaise. Elle se barricadait derrière la police, même si elle savait que c'était injuste. Elle avait peur. Lamouna a dit :
– C'est la peur qui rend méchant.

Elle lui avait ordonné de ne plus venir travailler pendant au moins deux semaines, le temps selon elle que les policiers oublient ce qui s'était passé.
Lamouna était humilié. Il a regardé Samba et il a dit d'un air grave :
– C'est une guerre. Tu dois te cacher, tu dois résister. Il y a deux camps, avec des idées opposées : la France pays des droits de l'homme, et la France rassise, moisie. C'est une guerre, et nous faisons partie du mauvais camp.

30

À sept heures trente du matin, un peu en retard sur son horaire, il est parti boulevard Magenta, où une femme en costume mais sans cravate a sélectionné les douze premiers hommes : ils seraient manœuvres sur un chantier. Il était le treizième. Il n'y avait rien pour lui. Il avait l'air fatigué, trop dépenaillé pour convaincre un quelconque employeur. Et, surtout, il n'avait pas de titre de séjour. Même pas un faux. Elle l'a regardé avec pitié.

Après quelques jours où il s'est demandé que faire, il est allé voir le Nigérian qui leur louait l'appartement, qui lui a proposé de travailler pour lui. Il s'est mis à vendre des paquets de cigarettes à la station Stalingrad, des briquets à un euro au coin de la rue Rochechouart, et puis des tours Eiffel qui clignotaient sur les trottoirs, près du musée du quai Branly. Des touristes de tous les pays du monde en achetaient, des Japonais, des Américains, des Italiens, des Mexicains. La terre entière se donnait rendez-vous ici aussi. Paris était le monde en miniature, comme ce parc d'attractions pour lequel on faisait de la pub dans le métro, où chaque pays était reproduit en tout petit, avec ses traditions et ses spécialités – mais où l'Afrique n'était pas représentée, même pas par un safari au Kenya.

Parfois les touristes ne se doutaient pas qu'il parlait français, alors ils se permettaient des commentaires désagréables sur sa marchandise : « Tiens, tu ne veux pas une tour Eiffel fabriquée à Dakar ? »

Et puis, parfois, des flics arrivaient et il détalait comme les autres. Il ramassait toutes les tours en quelques secondes, il les jetait dans son sac chinois et il partait en sens inverse. À travers le tissu plastifié, il voyait les phares miniatures luire dans la nuit du sac.

Wilson, lui, travaillait dans le bâtiment, dans un circuit de travail au noir colombien, auquel il ne pouvait accéder. Il allait prendre un studio avec Manu. Treize mètres carrés pour six cents euros, une aubaine. Il avait toujours dit qu'il ne s'installerait pas en France, qu'il rentrerait un jour au chaud, en Amérique du Sud, mais il n'avait pas prévu qu'il rencontrerait une guerrière aux yeux en amande qui supporterait l'odeur de ses pieds. Quand Samba lui avait dit que Manu prenait des risques en l'hébergeant, qu'elle pouvait se faire arrêter pour cela, que « l'aide au séjour d'un étranger en situation irrégulière », c'était cinq ans de prison et trois cent mille euros d'amende, il lui avait reproché d'être de mauvaise humeur, et il avait raccroché. Ils n'avaient pas envie d'y penser. Manu n'avait pas dit à ses collègues de la Cimade qu'elle avait fini par tomber amoureuse d'un sans-papiers. J'étais la seule au courant. Elle s'en foutait, elle vivait au jour le jour. Ils étaient heureux malgré tout.

Gracieuse s'en sortait bien, elle aussi, grâce à son titre de séjour de dix ans, son chéri retrouvé, et son salon de coiffure où il n'allait plus. Samba cherchait à ne plus être amoureux d'elle. Lamouna avait raison : il avait assez d'ennuis.

Il avait l'impression que tout le monde était heureux sauf lui. Mais il ne voulait plus demander d'aide, à personne. Il venait de moins en moins me voir à la permanence de la Cimade le jeudi, prétextant qu'il devait travailler plus depuis que son oncle n'allait plus au restaurant. J'avais prétendu croire encore au succès de nos démarches, mais au fond de moi-même j'en doutais. J'avais l'impression d'une guerre d'usure. J'avais tant d'autres gens à aider. Les expulsions se multipliaient. Vingt-huit mille en une année. Une ville entière.

Jusque-là, il avait subi tout ce qui lui était arrivé depuis son départ d'Afrique comme si c'était un mauvais moment à passer pour mériter d'être en France, et en pensant que tout allait s'améliorer un jour. Mais à présent il voyait tout ce qu'il y avait d'espérance minable et d'effort dérisoire dans sa vie. Il découvrait, imbécile, qu'il risquait de ne jamais être heureux ici.

Gracieuse essayait d'être gentille avec lui, mais il décelait une lueur de pitié dans ses yeux, à elle aussi, et cela lui faisait horreur. Elle était venue quelques jours après la garde à vue de Lamouna, avec Jonas, les bras chargés de plats préparés dans les bacs en aluminium dont elle se servait auparavant pour vendre des repas aux ouvriers des chantiers. Elle n'avait fait aucun commentaire sur leur deux-pièces, bien sûr, mais elle avait trouvé qu'il y faisait terriblement froid, et c'est vrai que leurs plaques électriques ne chauffaient plus assez, et que leur grille-pain, tombé en panne, ne pouvait même plus les aider lorsque leurs doigts étaient glacés. Il y avait eu une tempête l'hiver précédent et l'isolation n'était plus la même. Ils gelaient de plus en plus dans la cave. Gracieuse lui avait proposé un poêle à bois dont elle ne se servait plus beaucoup. Il avait dit qu'il y penserait.

Il avait mastiqué rageusement les morceaux de ragoût dont elle leur avait fait cadeau. Il n'était pas en mesure de refuser la nourriture : ils ne disposaient plus des plats que Lamouna rapportait du restaurant. Finis, la viande, les fromages des Troisgros et les crèmes brûlées. Le plus souvent il faisait cuire des pommes de terre ou du riz, et il ne variait que les sauces. Quelquefois, il ajoutait un dessert : une ou deux barres de céréales. Il espérait que son oncle allait recommencer à travailler bientôt. Sa patronne avait dit qu'elle le préviendrait quand il pourrait reprendre son poste, mais elle n'appelait pas.

Lamouna attendait. Il ne bougeait plus de chez eux. Il grappillait les aliments dans son assiette d'un air distrait. Il s'était procuré un téléviseur et il le regardait toute la journée, vautré sur son lit. Il était devenu un spectateur assidu d'« Africa Star », sur TV5, où de jeunes gens pleins d'espoir s'affrontaient pour devenir chanteurs professionnels. C'était le seul rendez-vous qu'il attendait de toute la semaine. Il soutenait la candidate du Mali, Bintou, qu'on surnommait BBS. De son canapé, il entendait les commentaires inspirés du jury. Une femme disait : « Ça, c'est chanter. Tu fais l'amour au corps, tu fais l'amour à l'esprit, tu fais l'amour au public ! Je n'ai pas de mots. Bravo, tu peux rentrer mettre le ventilateur et te coucher ! »

Avant d'enfouir sa tête sous les draps, Samba écoutait le public applaudir à tout rompre en direct de la Cité de la Démocratie, à Libreville.

Lamouna restait des heures affalé face à la télé, le regard scotché à l'écran, se détournant à peine pour lui parler. Il ne faisait même plus le ménage, et l'appartement était en désordre. Son drap était défait sur le matelas, et parfois une chaussette tire-bouchonnée en dépassait. Il portait la même chemise plusieurs jours de suite, et il ne mettait plus ses costumes, remplacés par un informe pantalon de coton sans couleur. Son teint était terreux, et il ne quittait plus un étrange bonnet de feutre ocre et marron : il faisait de plus en plus froid. Il ne sortait plus. Lamouna dépérissait. Il avait honte de lui-même. Il ne parlait plus que par bribes – des éléments d'information, des feulements à peine intelligibles, parfois des malédictions. Son interpellation lui était restée en travers de la gorge. Toutes les choses tues l'étouffaient à petit feu, et son attente d'un hypothétique retour au pays avait trop duré, elle l'épuisait. Il refusait d'aller voir un médecin. L'odeur de moisi et de saleté emplissait la pièce.

Un jour il a dit :

– Je m'en fous de m'en sortir.

Samba a essayé de discuter avec lui, mais il ne l'écoutait plus : il disait que son neveu ne comprenait rien ; mais quand, au contraire, Samba le laissait tranquille, il marmonnait que chacun se foutait des autres, à commencer par lui, son propre neveu. Il aurait voulu demander conseil à son père, mais il n'osait pas déranger son âme. Il a décidé de le soigner par la cuisine, comme son oncle l'avait fait pour lui – il ne savait pas quoi faire d'autre. Mais il n'avait plus d'argent.

Alors un soir, il est allé faire les poubelles à la sortie du Casino, aux côtés de la petite dame aux cheveux blancs coupés à ras qu'il avait souvent vue fouiller dans la benne.

Elle se déplaçait rapidement et sans bruit, se hissait sur la pointe des pieds et plongeait la tête la première dans la grande poubelle verte pour essayer de récolter des vivres encore mangeables. Autour, dans les cartons, ils étaient six ou sept, à examiner, avides, les étiquettes des emballages de viande, et à tâter les fruits et les légumes pas trop pourris pour savoir s'ils étaient encore comestibles. Parfois ils faisaient de vraies trouvailles. Il a mis un plateau de douze yaourts aux fruits et une caissette de viande à peine périmée dans un sac lissé avec le plat de la main pour que son oncle ne voie pas que leurs aliments sortaient des poubelles.

Et, ce soir-là, Lamouna a recommencé à manger, par petites bouchées. L'odeur de la viande lui faisait venir l'eau à la bouche.

Alors quelques jours plus tard il est revenu faire ses courses auprès de la dame aux cheveux de petit garçon.

Il est né dans un ruisseau et il y a vécu quelque temps, dans l'eau douce et claire, jusqu'à ce qu'il soit entièrement argenté, évitant seulement les éclairs bleus des martins-pêcheurs, et puis il a dévalé la rivière, à toute vitesse, jusqu'à l'océan.

Là, il a grossi, ivre de l'absence de limites, et c'est aux cormorans noirs et aux morues voraces qu'il a appris à échapper. Il y a vécu toute sa vie d'adulte.

Et puis un jour il a quitté la mer, où il vivait depuis plusieurs années, pour retourner dans le cours d'eau où il était né.

Il a remonté le courant sur des centaines de kilomètres. Il a même passé des barrages, emprunté des échelles à poissons. Il a sauté par-dessus une cascade haute de plusieurs mètres, en bandant son corps comme un arc. Il a franchi tous les obstacles. Il s'est orienté grâce au magnétisme de la Terre et à des points de repère au ciel.

Il a retrouvé l'odeur des lieux par lesquels il était passé des années auparavant, et le goût de moins en moins salé de l'eau. Il a reconnu certaines pierres. Il a suivi les vieilles femelles, qui ouvraient la route.

Ils étaient trente, ou quarante, en tout, dans le groupe. Dès que l'un d'eux trouvait une ouverture, tous s'y engouffraient, multipliant les éclaboussures. Il s'est enfoncé sous l'eau par temps d'orage. Il est monté jusqu'en haut des montagnes. Il a prévu le temps qu'il lui faudrait.

Sa peau est passée du gris au rouge, comme si sa chair se laissait voir à mesure de l'effort. Sa tête est devenue verte. Ses mâchoires se sont durcies. Une bosse s'est créée sur son dos.

Il a vieilli. Il a changé.

Il s'est battu pour gagner les faveurs d'une femelle. La sienne. Celle qui ferait un creux dans le lit de la rivière pour qu'il vienne y déposer sa semence. Le froid et la faim l'ont rendu nerveux. À l'automne il a fécondé les œufs, et puis il est devenu faible, si faible qu'il pouvait à peine nager, et il a perdu toutes ses couleurs.

Il est mort, très peu de temps après, dans le cours d'eau où il était né.

Pourquoi avait-il quitté son océan, si riche en nourriture ? Pourquoi était-il parti affronter les rivières à contre-courant ? Pourquoi fallait-il absolument qu'il rêve à l'endroit de sa naissance ?

32

Samba émiettait le saumon sauvage dans les pâtes en les faisant sauter dans la poêle, et tandis que la chair lui collait aux doigts, il se félicitait d'avoir trouvé ce nouveau filon de nourriture gratuite : il rapportait des quiches surgelées dont la date limite était dépassée de deux ou trois jours, des aiguillettes de canard qui auraient été perdues s'il ne les avait pas récupérées, du pain de mie qui avait verdi sur une ou deux tranches seulement, des boîtes de conserve cabossées qui contenaient des pêches ou des poires au sirop. Il regardait attentivement l'aspect et l'odeur en arrivant à la maison, après avoir ôté la cellophane ou le carton, et s'il avait un doute, il jetait le tout dans un sac qu'il balançait discrètement le jour suivant. Il n'achetait presque plus rien au magasin, il se débrouillait comme ça. Lamouna devait parfois trouver qu'il lui servait de drôles de plats, des flammekueches ou du poulpe en salade, qu'il n'aurait jamais achetés, mais il ne faisait aucun commentaire, et, surtout, il avait recommencé à manger. Il se plaignait moins.

Samba avait remarqué que la petite dame prenait des lots entiers de marchandises. Elle savait s'y prendre pour repartir avec les meilleurs aliments : un jour, il l'avait même vue claquer le rebord de la poubelle sur les doigts d'un jeune en blouson en jean, pour cueillir avant lui une choucroute au jarret de porc qui sortait tout droit du rayon traiteur. Le gars avait soufflé sur sa main, mais elle avait fait semblant de ne pas le voir. Et quand, quelques minutes plus tard, il l'avait doublée sur le fil pour attraper au vol une cagette de viande qu'un employé venait de jeter dans la benne, elle avait gueulé : « Bande de rustres ! », et elle l'avait insulté, très fort. Sacrée Georgette. Il lui avait demandé son prénom, puisque à force de la voir presque chaque jour ils étaient un peu comme des voisins, ou des collègues. Elle l'avait regardé par en dessous, de ses yeux saillants, et elle lui avait dit d'un air méfiant :

– Georgette.
– C'est joli, il avait répondu.
– Te fous pas de ma gueule, elle avait dit.

Elle était née à Clichy-la-Garenne, en banlieue parisienne, quatre-vingt-trois ans auparavant. Elle aimait parler l'argot, et parfois même être grossière. Elle adorait le surprendre en plaçant dans la conversation des expressions anciennes, qu'il ne saisissait pas. En échange, il citait des proverbes africains, parce qu'elle le lui demandait. Par exemple, « Le chien vole, et c'est à la chèvre qu'on coupe les oreilles ». Elle réfléchissait un moment et lançait une explication possible, et quand elle avait trouvé ils avaient droit tous les deux à une goutte de porto, qu'elle sortait d'une fiole planquée dans sa poche. Parfois il faisait comme lorsqu'il chantait avec ses sœurs : il inventait. Il disait : « Si la hyène crache, demande au babouin de te traduire. » Il rigolait. Il finissait par lui avouer qu'il avait inventé n'importe quoi, elle haussait les épaules en secouant la tête, et puis elle disait : « T'es culotté, toi. » Mais elle leur servait un peu de porto malgré tout : elle n'allait pas se punir de son impertinence. Un jour elle repartait avec trente-six compotes, le lendemain avec cinq lots de pilons de poulet, et il se demandait ce qu'elle pouvait bien faire avec une telle quantité de nourriture. Et puis un soir son regard a dû se faire plus inquisiteur, alors elle a marmonné :

– J'les r'vends.

– Pardon ?

– Je les revends. Au marché de Belleville.

Elle lui a proposé d'y aller avec elle, le lendemain. Il a raflé tout ce qu'il pouvait, comme elle : des paquets de surimis (qu'il ne mangeait jamais), des lots de poissons panés, des plaquettes de saumon fumé (pour faire comme elle, qui s'était jetée dessus). Et à sept heures le lendemain matin, il la rejoignait sur le boulevard de Belleville.

Elle était déjà en train d'installer son drap sur le trottoir. Pour arrondir ses fins de mois, la petite dame aux cheveux courts revendait son butin.

– La trolle, on appelle ça. Avant, ça s'appelait le marché aux voleurs, maintenant c'est le marché aux pauvres.

Il y avait un monde fou : les vendeuses étaient surtout des femmes, de son âge ou plus jeunes, et les acheteurs, des hommes et des femmes de tous les âges. C'était un décor irréel, comme un supermarché désossé, sans rayons, mais où les mêmes marchandises colorées auraient été exposées. Il ne manquait même pas les chariots en fer, qui servaient de moyen de transport ou de brasero de fortune.

Il a défait un carton et il a disposé ses affaires lui aussi. Immédiatement, une dame s'est approchée.

– Combien, les surimis ?

Il a lancé un regard à Georgette.

– Un euro la boîte, elle a dit.

Satisfaite, la dame a sorti son porte-monnaie. Elle lui a pris les cinq d'un coup :

– Mes enfants adorent ça !

Il a eu un vague scrupule. Et s'ils étaient vraiment périmés ?

Georgette lui a fait un clin d'œil.

– Au Casino, ça coûte quatre fois plus cher. Ça vaut le coup de prendre le risque. Te fais pas de bile, va.

Rassuré, il a regardé autour de lui : des retraités, des sans-papiers, des sans-abri, des sans-emploi, des ouvriers d'usine vendaient des vêtements d'occasion, de vieux magazines ou des téléphones portables, probablement « tombés d'un camion ». Mais la majorité proposait des aliments. Sa vieille copine lui a dit que c'était ce qui partait le mieux. Elle, elle avait commencé la trolle quand elle avait été mise à la retraite, des années plus tôt.

Une femme aux cheveux roux flamboyants achetait toute la marchandise d'une vendeuse : quatre sacs de supermarché pleins, y compris des légumes et des mousses au chocolat, pour quinze euros. Elle en avait pour la semaine. C'est vrai que c'était avantageux.

– Et pourquoi ils vont pas se servir eux-mêmes, puisque c'est gratuit ?

– C'est la honte qui les en empêche. Et puis la peur, des fois. Parce que nous, on est assez tranquilles là où on est – elle a pris des airs de conspiratrice –, mais il y a des quartiers où ça se bagarre. C'est pour ça qu'il faut pas dire nos sources – elle a souri pour la première fois, et il a vu qu'il lui manquait des dents. C'est comme les coins à champignons !

Un vieil homme en costume élimé vendait tout un bric-à-brac : de la vaisselle, un couvre-lit, des disques de vinyle, et puis la photo d'un couple de mariés, que Samba n'a pas osé regarder de trop près, par peur d'y reconnaître son visage, plus jeune et plein d'espoir. Une voiture s'est approchée, dans une musique de rap qui hurlait. Immédiatement des hommes squelettiques se sont précipités sur la voiture, comme des mouches. Ils ont acheté ce qu'ils voulaient et se sont dispersés. Le tout n'avait pas duré plus de deux minutes.

Une fille en robe bleue jusqu'aux pieds, aux cheveux coiffés en locks, achetait au vieux deux tasses jaunes décorées d'un nègre qui clamait : « Y a bon Banania ».

– On n'en trouve plus beaucoup, des comme ça, elle a dit, contente d'avoir fait une trouvaille. C'est marrant.

Le sourire du Noir sur fond jaune a semblé s'élargir. Samba aurait voulu qu'il la mange.

Tout à coup, un vieil homme a sifflé entre ses doigts. Les vendeurs se sont éparpillés aussi vite que les dro-gués quelques instants plus tôt. La police venait de débarquer. Il a senti son cœur taper dans sa poitrine, mais Georgette l'a pris par le bras et entraîné un peu plus loin.

– Grouille !

Les policiers ont fait un tour, et réussi à intercepter un gars qui vendait des MP3 et n'avait pas eu le temps de tout remballer. Samba et la vieille étaient à peine cinq mètres plus bas.

– On ne risque rien, nous ?

– Non. Ils savent bien qu'avec la crise on est de plus en plus nombreux. Ça servirait à rien de nous enfermer. Ils ont pitié, peut-être, aussi, un peu. Alors ils nous laissent tranquilles. Il suffit de ne pas les provoquer. On va un peu plus loin, on attend qu'ils s'en aillent, et puis on reprend notre business.

Elle parlait comme un petit voyou, mais elle était habillée comme une grande dame : jupe longue en satin et veste en fausse fourrure à pois, un peu salie au col et aux manches, qui lui arrondissait le dos et lui donnait des airs de tortue.

– S'ils posent des questions ou qu'il reste des paquets par terre, on dit qu'on sait pas à qui c'est.

Elle rigolait, contente d'elle. Il avait cru qu'elle était un peu folle, mais elle était parfaitement saine d'esprit. Plutôt futée, même.

– Bon, allez, je vais me chercher un petit café pour fêter ça. Tu viens ?

Il l'a suivie jusqu'au stand d'une Algérienne qui vendait des boissons chaudes dans des gobelets en plastique et des petites pâtisseries au miel, faites maison, à côté d'un Pakistanais qui faisait griller des marrons et des épis de maïs sur un bidon transformé en barbecue. Autour d'eux, il y avait au moins deux cents personnes. Un vrai marché, même s'il était illégal. Il a remis son carton par terre pour vendre le saumon fumé qui lui restait, et qui est parti en quelques minutes.

Il a sorti l'argent qui tintait dans sa poche et il a compté : il avait gagné trente euros dans sa matinée.

Georgette l'a regardé souffler sur son café, et elle a pris un air malicieux en disant :

– Un succès, ça se fête pas avec du café. T'es pas d'accord avec moi ?

Elle a sorti précautionneusement sa petite fiole de sa poche.

Elle avait l'air tellement réjoui que Samba n'a pas pu

s'empêcher de sourire. Elle a souri elle aussi, et elle a dit :

– Il y a trop peu d'occasions de festoyer, dans la vie. Trinquons à cette nouvelle collaboration.

33

Alors le soir, avec l'argent gagné, il est entré au Casino dont il faisait habituellement les poubelles, et il a acheté une boîte de cœurs de palmiers. Il savait que son oncle adorait cela. Il était content, mais quand il est arrivé à l'appartement, Lamouna était assis à la table de la cuisine, l'air plus triste que jamais. Il a compris qu'il avait quelque chose à lui annoncer, mais il n'a rien osé dire.

Il a attendu.

Lamouna a croqué un à un les bâtons blancs extraits du cœur des arbres, avec concentration et gourmandise. Ses doigts fins les tenaient délicatement, et les faisaient tourner dans la vinaigrette moutardée.

Il les a tous mangés, l'un après l'autre, et quand il a terminé, il a sorti un papier de la poche de sa veste.

C'était une lettre de sa patronne.

Lamouna était licencié. Raison : absence non justifiée de plus de quinze jours. Elle l'avait bien eu. Elle connaissait la loi, pas lui. Une absence de plus de deux semaines était considérée comme une faute grave. Il n'avait aucun moyen de prouver que c'était elle qui lui avait demandé de se faire oublier pendant quelque temps. Il y avait, joint à la lettre, un chèque de trois cent quarante-neuf euros correspondant au tiers de salaire qu'elle lui devait.

Et c'était tout. Il n'avait plus de travail. Il n'irait plus jamais dans ce restaurant où il était employé depuis des années.

Il était dévasté.

Samba a juré, mais son oncle restait silencieux. Et puis, tout à coup, il s'est mis à parler, comme à lui-même, d'une voix rauque, assourdie.

C'est ce soir-là qu'il lui a raconté son histoire.

– Un jour, en 1984, une bande de Touareg a attaqué le village où je vivais depuis que j'étais né. Ils ont massacré plusieurs familles, dont la nôtre. Nous n'avons jamais réellement su pourquoi.

On a d'abord entendu des coups de feu dans le désert, puis des hommes sont arrivés à cheval, dans la poussière. Ils ont envahi les maisons, et nous ont forcés à sortir de la nôtre, mon père, ma mère, ta mère et moi. Avec un fusil, ils ont poussé mon père à terre, et l'ont forcé à rester à genoux. J'ai compris qu'ils allaient le tuer. Ma mère, ta grand-mère, qui était si forte, a cherché à le protéger, mais les hommes l'ont jetée par terre elle aussi. Ta mère était derrière moi. Elle était encore très jeune et je l'ai prise contre moi pour ne pas qu'elle voie ce qui allait se passer. Mais moi, je n'ai pas pu m'empêcher de regarder. Mes yeux étaient collés à ceux de mon père comme des mouches. Les siens étaient écarquillés.

La machette a frappé. Sa tête a volé. Son corps est tombé dans la poussière. Mon père n'avait plus de tête, et pourtant son corps était bien le sien. Je le reconnaissais, même si à la place du cou il n'y avait plus qu'un trou gargouillant de sang. Ma mère s'est mise à hurler, et moi je serrais ma sœur contre moi aussi fort que ce rouge et que ce cri, et alors le Targui a voulu faire taire ma mère et comme son cri sortait toujours de sa bouche ouverte à l'extrême, béante et rouge elle aussi, il a menacé de la tuer mais c'était comme si le son ne pouvait pas s'arrêter. Ma sœur gigotait contre mon torse parce qu'elle ne pouvait plus respirer, mais je l'ai fermement maintenue contre moi. Je me disais : *Heureusement, elle ne voit pas ça.* Je crois que je me raccrochais à elle tandis que l'assassin de notre père hurlait après ma mère qui hurlait. Et alors, plutôt que de la tuer, il a trouvé pire pour la faire taire : il l'a empoignée et il l'a forcée à mettre sa tête dans le cou décapité de mon père.

Ma sœur, ta mère, n'a *pas vu ça.* Cette phrase tournait dans ma tête.

Il y a des visions trop puissantes pour un corps d'homme, Samba. Elles te poursuivent inlassablement et t'épuisent. Tu te mets à avoir peur de ta propre conscience, de tes rêves. Tu as peur de toi-même. Durant les semaines qui ont suivi, ni ma mère ni moi ne pouvions parler, tout entiers dans cette image dont nous ne trouvions pas les mots pour la décrire. Et la seule phrase entière qui me venait en tête et brouillait parfois l'image persistante qui occupait tout mon esprit, c'était celle-là : *Heureusement, elle n'a pas vu ça.* Je crois que ce sont ces mots-là qui m'ont sauvé de la folie.

Quand, quelques semaines plus tard, ton père a débarqué dans notre village pour reconstruire un bâtiment ou un pont démoli, et qu'il a rencontré cette toute jeune fille qui vivait avec une mère et un frère étranges qui ne savaient plus parler, il a proposé de l'emmener à Bamako : non seulement nous avons accepté, mais je suis parti avec elle. Ta grand-mère a préféré rester : elle croyait que l'âme de mon père ne la suivrait pas en ville. Elle ne croyait pas en Dieu, mais elle parlait aux arbres et aux

pierres, et elle pensait qu'elle sentirait mieux la présence de son mari au village que dans le décor bruyant
et chargé de la ville.

Mais l'image sans mots pour la décrire me poursuivait.
J'ai pensé qu'il en était peut-être des images comme
des âmes, et que ce souvenir s'épuiserait à vouloir me
suivre si je m'en allais jusqu'en Europe. Alors, quelques
années après ta naissance, je suis parti. En France,
l'image dévorante était toujours féroce mais elle ne
s'est plus imposée à moi en permanence. Parfois, elle
me laissait un répit, précaire, où la vie recommençait,
avant de revenir avec force et de me faire souffrir au
point que j'aurais pu sauter d'un pont pour lui échapper.
Je ne m'en suis pas libéré, je sais à présent que c'est
impossible et qu'elle sera en moi jusqu'à la fin de ma
vie, mais je sais mieux lui faire face. Je la vois venir.
En Afrique je crois qu'elle m'aurait eu.

Samba regardait son oncle et il voyait sa grand-mère,
si petite, le regarder penser au bord du plateau rouge,
et il voyait le regard de sa mère qui s'évadait au-dehors
lorsqu'il lui posait des questions sur son village natal
ou sur le départ de son frère, et il voyait le paysage qui
lui avait toujours semblé idéal, et il comprenait qu'il
s'était toujours trompé sur ce lieu et ce qu'il représentait.

– Ici, quand je suis arrivé, au début j'ai eu beaucoup
de mal à raconter mon histoire. Je ne voulais pas. J'avais
peur de faire venir jusqu'en Europe l'image qui, jusque-
là, n'avait pas eu de mots. Mais c'était nécessaire pour
obtenir un titre de séjour, alors je l'ai fait.
– Gracieuse dit qu'il existe sur terre un endroit où
l'on peut déposer les souvenirs qui vous empoisonnent.

Un sanctuaire des images marquantes. C'est sa cousine de Brazzaville qui lui a dit cela. C'est une des raisons pour lesquelles elle est venue en Europe. Parce qu'elle y croyait.

Lamouna a hoché la tête, lentement, longuement, puis il a dit :

– Gracieuse est quelqu'un. Tu devrais tout faire pour ne pas la perdre.

Il y a eu un silence, puis il a poursuivi :

– J'ai obtenu une carte de séjour. D'abord d'un an, puis, après quelques années, la carte pour dix ans. À l'époque, c'était moins dur que maintenant.

Le regard de Lamouna s'est perdu vers la demi-fenêtre de l'entresol, où l'on voyait défiler des pieds de toutes les tailles, puis il s'est fiché à nouveau dans celui de Samba, et il a repris :

– Ce pays m'a accueilli. J'ai recommencé à croire en l'homme. Mais de plus en plus, au fil des années, j'ai entendu parler de gens qui avaient vécu la guerre ou des crimes et qui étaient renvoyés parce qu'ils n'avaient pas les papiers officiels qui prouvaient leur droit à obtenir un statut de réfugié. Et j'ai entendu parler de gens qui n'étaient pas acceptés, non plus, pour un banal titre de séjour. Tous les jours, on met en doute la parole de ceux qui disent qu'ils sont là depuis plusieurs années, parfois dix ans, parfois douze, parfois quinze, comme si les mots n'avaient plus aucune importance, ou qu'il fallait s'en méfier. Pourquoi ne nous croit-on pas ? Pourquoi nous condamne-t-on à la misère et au mensonge ?

Lamouna a dit encore :

– La France a changé. Ce n'est plus le même pays que lorsque je suis arrivé. Il y a deux France, et aujourd'hui je crois que c'est la France rassise qui a gagné. J'espère

que l'autre France va réussir à reprendre le dessus…
Mais je n'ai plus la force d'attendre.

Il a regardé l'appartement de son oncle : il n'était pas vraiment sale, mais il était minable, et pauvre. Les murs étaient pelés comme les flancs d'un chien errant, les pommes de terre germaient, le bois de la table s'effritait, la peinture du plafond se gondolait, et sur le mur la moisissure ressemblait à la carte d'un pays où l'on n'arriverait jamais. Est-ce que, quel que soit le lieu où il irait sur la terre, il serait fait de crasse et de laideur ?

– Il vaudrait mieux rentrer, a dit Lamouna. Je ne veux pas mourir ici comme un esclave. Je préfère que mon âme se repose, apaisée, à côté de celle de mon père, là où elle devrait être. Nous allons rentrer tous les deux, parce que je ne supporterai pas de te savoir seul ici. Et puis, ensemble, nous pourrons mentir, dire qu'ici nous étions heureux.
– Nous ne pouvons pas rentrer maintenant. C'est trop tôt.
Il a pris un air sombre :
– Sûrement pas trop tôt. Trop tard, peut-être. Il est peut-être trop tard pour moi.

C'était probablement vrai. Lamouna était là depuis trop longtemps. Il vivait, à distance, les principaux événements là-bas, les naissances et les morts, les mariages, les constructions de maisons ou de ponts sur le Djoliba, qu'on lui relatait par téléphone. Mais la vie au long cours, dans tous ses petits détails, il ne la connaissait plus : elle lui était irréelle et étrangère. Et, ici, il ne vivait pas vraiment non plus au milieu des autres. Il était dans un entre-deux, un temps suspendu, entre parenthèses.

Son oncle l'a regardé bien en face. Les mots étaient superflus. Samba comprenait.

– Pas aujourd'hui, pas demain. Mais après-demain, ou dans quelques mois, nous partirons. Nous arriverons là-bas et avec notre argent nous fêterons notre retour, et alors nous existerons. Si nous restons ici, nous allons disparaître. Tu ne vois pas que nous sommes en train de disparaître ?

Dans les yeux d'oiseau de son oncle, il y avait la peur d'être prisonnier, de ne plus jamais retourner là-bas, la crainte que toutes ces années passées à travailler ne servent à rien et se terminent de façon absurde. Samba voyait son visage fatigué, son corps qui vieillissait plus vite qu'avant, et tout à coup il a eu peur qu'il ne meure là, plus encore que de le voir partir au pays et qu'il le laisse seul.

Mais ils n'avaient pas assez d'argent pour rentrer, et il le savait. Ils n'avaient même pas assez pour le billet d'avion. Ils étaient captifs.

Il ne pouvait plus payer le loyer. Le Nigérian qui leur sous-louait la cave et l'employait les a menacés de les mettre dehors. Il n'aurait aucun mal à les expulser : la cave n'était pas habitable. Les neuf cents euros par mois qu'il leur prenait étaient de plus en plus difficiles à trouver. Il s'est disputé avec lui et a perdu du même coup sa seule source de revenu, alors qu'il faisait chaque jour plus froid. Il allait falloir qu'il accepte le poêle à bois de Gracieuse : à présent que Lamouna ne travaillait plus, il avait peur qu'il tombe malade, à force de rester nuit et jour dans cette cave glacée comme un tombeau, sous cet immeuble aux murs prêts à disparaître, dans un pays qui n'existait peut-être plus, sinon dans la nostalgie de rêveurs comme lui. Samba était dans une impasse. Il avait tout perdu. Il n'avait pas de papiers, pas de travail, et bientôt il n'allait plus avoir de logement.

Sans papiers, il n'avait pas d'existence.

34

À six heures du matin, Samba était boulevard Magenta.
Une femme au regard fatigué a sélectionné les vingt-cinq
premiers hommes : ils seraient manœuvres sur un
chantier. Il était le vingt-sixième. Il n'y avait rien pour
lui. Il a attendu que les autres montent dans le camion
devant l'agence. Il est resté assis, devant elle.

– Qu'est-ce que tu comptes faire là, toi ?

– Je ne peux pas m'en aller. Je dois travailler.
Aujourd'hui.

– T'es gentil, mais moi aussi je dois travailler. Il faut
que tu t'en ailles.

Il venait d'une grande ville. Il avait son bac. Il parlait
français depuis toujours. Mais cette femme s'adressait à
lui comme s'il était un demeuré. Ce n'était pas du mépris,
au contraire, il y avait même une volonté d'amabilité
chez elle, une forme de douceur, peut-être même de la
séduction.

S'il avait répondu en la tutoyant, elle ne l'aurait sans
doute jamais embauché. Elle avait le droit de le tutoyer,
lui non. Et il ne devait même pas le relever. Il était
fatigué de devoir faire sans cesse des efforts. Surmonter
sa colère.

– S'il vous plaît. Je suis prêt à faire n'importe quoi.
Je vous en prie.

Elle a pris ses fiches en main.

– Et qu'est-ce que tu sais faire ?

Il a menti sans hésitation. Il s'est inventé un passé d'aide-soignant à l'hôpital et de l'intérim en cantine scolaire, en souriant agréablement, en parlant poliment. Il avait enfin compris ce qu'on attendait de lui. Elle a eu l'air soulagé et elle lui a souri. Il commençait à mentir de façon naturelle. Il avait appris à déguiser ses pensées, à cacher ses envies, à taire ses sentiments. Il pouvait penser un mot et dire son contraire sans effort. Elle a répondu d'un air satisfait :

– Reviens demain. Demain, j'aurai peut-être quelque chose pour toi.

Mais il savait que le lendemain, elle ne se souviendrait pas de lui, et que de toute façon ce ne serait peut-être même pas elle qui serait là. Juste avant qu'il ne passe la porte, elle a ajouté dans un grand sourire :

– Mais attention, tu viens bien avec un titre de séjour, hein ? Il y a toujours un moyen de s'en procurer un.

Il a voulu faire un tour en métro, mais il avait l'impression de tourner en rond, comme un animal en cage. Il a pensé au zoo qu'il avait visité à Oujda. Son esprit sautait d'une idée à l'autre. Il ne savait même plus où il allait. Et puis, à un moment, il s'est retrouvé dans un wagon sur la ligne rose, et il a vu la station Château-d'Eau se rapprocher.

Il hésitait. À chaque nouvel arrêt, il comptait les stations qui restaient, le regard fixé sur la ligne rose au-dessus des portes.

Il lui restait peut-être une solution.

Il est sorti à l'air libre, alors qu'autour de lui les rabatteurs pour salons de coiffure hurlaient « Monsieur

veut coiffer ? », « Coiffure monsieur ? Côté ! Côté ! »,
de huit heures du matin à huit heures du soir. Il ne les
entendait plus. Il marchait vite. Il allait vers le chantier
aux cinq grues.

C'étaient de gros travaux, il savait qu'ils ne seraient
pas encore terminés. Les hommes s'agitaient d'un bout
à l'autre du chantier, sans prêter attention à lui. Il a
glissé le long des préfabriqués et s'est planqué derrière
un hangar métallique. Une grue jaune, gigantesque,
allongeait sa flèche qui transportait une cheminée en
béton.

À l'heure du déjeuner, tandis que tous s'étaient
enfermés dans les baraques pour manger, il s'est glissé
dans l'Algeco aux vestiaires bleu pétrole.

Les battements de son cœur étaient irréguliers. Il sentait
des ombres se déplacer dans son dos, mais quand il se
retournait, elles n'y étaient plus. Il regardait ses mains
agir et les encourageait mentalement. Il était presque
surpris de leur adresse. Il a respiré plus profondément.

Il se doutait que Modibo Diallo, le petit homme sec qui
l'avait détesté au premier coup d'œil et emmerdait tout le
monde, laissait sa carte de séjour dans son portefeuille,
qu'il déposait chaque matin dans son casier en mettant
ses vêtements de travail. Il l'avait vu.

Il avait les mains tremblantes. Il a soupiré un grand
coup. Il fallait qu'il en soit capable. Il a entendu le bruit
saccadé des machines et il a retrouvé l'odeur de ces
journées-là : elle était certes atténuée, dans les vestiaires,
mais il la reconnaissait, cette odeur de ciment et de
rouille qui avait imprégné ses mains et ses vêtements.
Elle lui a rappelé les courbatures aiguës dans les muscles

du cou, le mouvement saccadé des bras qui jettent les pierres, la vie où l'on se contente d'un repas à midi et d'un matelas le soir, et où il est interdit d'espérer mieux, parce qu'on ne l'aura pas. Et puis il a pensé à l'existence enfermée de l'éléphant d'Oujda.

Il a fracassé le cadenas. Ses doigts se sont précipités vers le portefeuille tandis que du coin de l'œil il surveillait la porte, la peur au ventre.

La carte de séjour était là.

Il avait commencé à se forger sa propre justice. À ce stade, il ne croyait plus en la justice commune. Les deux mots « justice » et « française » accolés lui donnaient presque envie de rire.

Il se foutait de ce qu'on pouvait penser de lui, à présent. Pendant longtemps, il avait été un patriote. Il avait désiré plus que tout être bien perçu, et accepté. Aujourd'hui, il était libéré de ces considérations.

Il a pris le titre de séjour, et l'argent qui était rangé dans le même portefeuille.

Dehors, il a regardé ce nouveau nom, Modibo Diallo. Il l'a dit tout haut, amer : « Je m'appelle Modibo Diallo », et il l'a répété et répété tout en marchant vers le métro, jusqu'à ce que lui-même ne sache plus déceler le mensonge dans ses propres intonations. La lumière du soleil éclairait son visage. Les mouettes riaient au ciel.

Dans le wagon, il a ri doucement, comme il avait ri lorsqu'il avait emprunté la carte de Lamouna. Il a ri comme on rit à une blague la seconde fois qu'on l'entend, un peu moins spontanément, peut-être, avec moins de cœur, mais avec le souvenir de la première fois. Il se moquait des regards pâles dans le métro alors qu'il souriait tout seul. Il s'est dit que ce mensonge était encore plus gros que le premier, puisque ce nom, Modibo Diallo, il ne le connaissait même pas quelques semaines auparavant, et à présent il prétendait que c'était le sien. Il a ri pour lui-même et cette fois plus fort, parce qu'il s'est dit que cette identité inconnue le protégerait peut-être mieux contre les misères qu'on lui infligeait : la supercherie était plus audacieuse encore. Il s'est dit que le blouson ne manquerait pas de lui être utile dans l'endossement de ce nouveau rôle : il se sentait comme un acteur américain.

Il était tombé amoureux de ce blouson turquoise dès qu'il l'avait vu.

Il a ri alors qu'il n'avait pas vraiment envie de rire, plutôt pour sauver la face, et faire semblant d'être heureux. La peur qu'il avait ressentie n'avait pas encore totalement disparu à l'intérieur de lui, mais il savait qu'il avait désormais une arme : la carte de séjour qu'il serrait dans ses doigts, au fond de la poche de la veste turquoise.

Il a regardé autour de lui et il s'est aperçu qu'il y avait plusieurs Maliens dans son wagon, debout, assis. Certains visages lui faisaient penser à des gens qu'il avait connus. Des hommes et des femmes dont il avait oublié les noms mais dont les regards l'avaient accompagné jusqu'ici. Par les fenêtres ouvertes, les rails crissaient jusque dans ses oreilles. Il pensait à tous les visages, tous les espoirs, qu'il avait croisés depuis qu'il était né. Ces petits garçons qu'il avait été, ces jeunes pleins d'espoir, et puis ces vies adultes qu'il avait dû endosser pour que la France daigne l'accepter.

Personne ne le regardait plus. Il était seul.

Tous ces hommes seraient enterrés, les rues recouvertes par d'autres couches d'asphalte, les bâtiments remplacés par d'autres bâtiments, dans une couche archéologique supplémentaire, et un jour plus rien de ce qu'il voyait ne resterait. D'autres viendraient, de tous les bouts du monde. Une chose était sûre : la France ne serait plus jamais celle des années cinquante. Ceux qui croyaient cela, ceux de la France rassise, avaient tort. Le monde avait changé.

Il s'appelait Modibo Diallo. Il avait trente-cinq ans. Il n'avait pas d'autre choix. Il avait un titre de séjour dans la poche de son blouson, et il allait enfin pouvoir reprendre le travail, payer son loyer, et renvoyer son oncle au Mali.

Il a dit à nouveau : « Je m'appelle Modibo Diallo. » Et ce qu'il y avait de doute au fond de lui, il l'a réprimé en brandissant sa dignité : au fond de lui, il était Samba Cissé, un nom qui ressemblait à un coup de vent, et il ferait tout ce qui était en son pouvoir pour le protéger, ce nom-là, celui de son père.

35

Des mouettes tournaient en rond en criant au-dessus des ordures comme si c'était la mer. Il s'est mêlé à la file d'ouvriers qui avançaient vers le bâtiment en fer. Deux drapeaux, un français, un européen, flottaient au vent. Les oiseaux tournoyaient et criaillaient au-dessus de lui, espérant glaner quelque chose sur les camions-poubelles qui venaient déverser des tonnes de déchets sur lesquels, à chaque nouveau passage, un homme posait une pancarte où étaient notées la date et la provenance des ordures : « 26 novembre, Paris 16ᵉ. » Deux semaines déjà qu'il travaillait là. La fille de l'agence d'intérim avait tenu sa promesse. Elle lui avait même trouvé un contrat de trois mois. C'était autant de temps où personne ne contrôlerait si son titre de séjour était vraiment à lui. Trois mois à l'abri, c'était inestimable.

Il s'est installé à la chaîne, où des rouages de toutes les tailles faisaient avancer les débris sur des tapis, qui faisait défiler les ordures, de l'entrée de l'usine jusqu'au grand entrepôt où elles étaient assemblées en cubes multicolores. Le visage protégé par des lunettes et un masque, les mains gantées de cuir et de plastique, il a commencé à trier : plastique, carton, ordure, papier, carton, plastique, ordure, ses mains gantées faisaient des gestes hypnotiques. Il ne pensait plus. Le chef à l'entrée le lui avait dit : « Pour bien trier, faut pas penser. »

Mouchoirs en papier, restes de cuisine, odeur écœurante, bouteilles de plastique, canettes de métal, pots de yaourt éventrés défilaient devant lui, et parfois il distinguait mieux ce que c'était, épluchures d'ananas, gras de steak, touffes de cheveux, revue automobile, flacon de shampooing vide, culotte de femme nouée en son milieu, livre à l'eau de rose. Il ne sentait même plus l'odeur de pourriture, tellement il s'y était habitué : il triait les papiers, les plastiques, les restes alimentaires, et ses mains gantées s'agitaient sur le tapis avec une telle dextérité, une telle vitesse, qu'il ne prêtait même plus attention au fait qu'il triturait les poubelles des autres, il n'avait même plus conscience que c'étaient des ordures, et il triait : plastique, papier, nourriture, pour les répartir dans les bons tas. Ses bras lui faisaient mal, ses jambes tiraient à l'arrière des cuisses, ses épaules se voûtaient dans la poussière des déchets, son corps se balançait, de droite et de gauche, et il pensait à l'éléphant d'Oujda.

Au Maroc, à Oujda, il avait logé près d'un zoo, et la curiosité l'avait, un jour, poussé à aller voir les animaux dans leurs enclos : il n'était jamais allé de sa vie dans un tel endroit. Les caïmans bâillaient vers d'hypothétiques proies, les flamants roses tentaient de garder l'équilibre, les singes se criaient après en sautant de corde en corde comme des trapézistes lubriques, l'hippopotame s'endormait jusqu'à ce que le niveau de la mare lui monte dans les naseaux, et des boules de poils impossibles à identifier roulaient le long des chemins tandis qu'il longeait les volières alignées comme autant de prisons aériennes où pépiaient furieusement les oiseaux. Il trottait d'une cage à l'autre, dans l'odeur puissante des bêtes du zoo, appréciant cet après-midi hors du temps, quand tout à coup, au bout du parc, il s'était trouvé face à l'éléphant, qui était seul.

Il dodelinait de la tête, indéfiniment. Ses yeux, creusés, semblaient aveugles.

L'ellipse continue de sa tête lourde d'enfermement et d'incompréhension semblait dessiner le signe de l'infini dans l'espace. Il était devenu fou à force d'être enfermé.

Il se balançait devant les ordures qui défilaient devant lui et il essayait de ne pas penser à sa mère, qui disait en riant qu'il était un délicat, il essayait de ne pas penser à son oncle, qui dépérissait de jour en jour, il essayait de se dire que cela ne durerait qu'un temps, il se balançait d'un pied sur l'autre et il dodelinait de la tête comme un éléphant fou de désespoir résigné, et il aurait voulu s'enfuir en criant – Cours, Samba, cours –, courir en criant, à ses sœurs à sa mère à son oncle à son père, courir et planer au-dessus du sol.

Plastique, ordure, papier, carton, plastique. Huit euros soixante et onze de l'heure, six euros quatorze nets. Il triait des déchets pour payer le loyer d'une cave inhabitable, où la cohabitation avec son oncle était de plus en plus difficile. Lamouna ne faisait rien, il restait à l'appartement autant qu'il le pouvait, et s'agaçait quand Samba essayait de le pousser à chercher du travail, à aller se distraire, à discuter avec les voisins. Il devenait cynique, et lui faisait des reproches dès qu'il en avait l'occasion, il disait :

– Si tu n'étais pas là, je serais bien tranquille, dans mon meublé.

Un jour, Samba s'est énervé :

– Ah oui ? Et qui le paierait, ton loyer ?

Lamouna a dit que Samba sentait mauvais à cause de son nouveau travail, et il a répondu que l'odeur était plutôt celle de ses propres ordures, qu'il laissait s'entasser dans un appartement qu'il ne nettoyait plus. Lamouna a ricané.

La seule présence de Samba s'était mise à l'irriter. Il y avait eu la soirée où Lamouna s'était confié, mais, dès le lendemain, il avait fait comme s'il n'avait rien dit. Et puis l'amertume s'était peu à peu installée dans son regard. Ils ne mangeaient plus ensemble, ils ne se parlaient plus. Ils se disputaient. La culpabilité de ne plus rien envoyer au pays les étouffait. Un soir, à cran, Lamouna l'avait même mis dehors. Son oncle, son cher oncle, lui avait lancé :

– Mais tu ne comprends donc pas que tout ce que je veux c'est que tu sois le plus loin possible de moi ! Tu m'empoisonnes la vie.

Et puis il avait grommelé :

– En quoi suis-je certain que je suis à Paris plutôt qu'ailleurs ? Je n'en sais foutre rien. Je ne sais même pas si ce pays existe encore.

Il ne sortait plus. Il buvait. Il ne mangeait plus.
Samba avait perdu son oncle.

Plastique, ordure, papier, carton, plastique. Il détestait ce travail. Les matières défilaient sur le tapis roulant, sa tête dodelinait comme celle d'un animal enfermé, il travaillait comme un prisonnier, et il rentrait le soir pour dormir. Sa vie ne lui appartenait plus. Il n'avait même plus de nom.

Hypocrisie. Il regardait les hommes face à lui qui triaient eux aussi des déchets. Officiellement interdits, mais officieusement employés, ils fournissaient une main-d'œuvre commode, nombreuse et sous-payée, nécessaire à la bonne marche de l'économie générale. Dans la France souterraine, ils balayaient les rues, triaient les ordures, torchaient les vieilles dames et nettoyaient les moquettes des bureaux la nuit pour que le jour, tout puisse fonctionner à merveille, comme si la crasse, la vieillesse et les déchets n'existaient pas. Comme si eux-mêmes n'existaient plus.

Samba triait les ordures qui le répugnaient et il avait l'impression de se réveiller d'un mauvais rêve et de se retrouver dans la peau d'un autre. Et c'était le cas : il s'appelait Modibo Diallo.

Il avait tout fait pour venir vivre ici, au temps où il avait de la France une image idéale. Il s'était même nié lui-même pour pouvoir y rester.

Il avait cru ce pays immense et il s'apercevait que des esprits étriqués l'avaient rendu plus petit. La douleur était à la mesure du monde qu'il avait perdu. Plus encore que par ce pays, il était déçu par les hommes. Il crachait sur leur mépris. Il crachait sur sa naïveté passée. Il crachait sur la nature de l'homme.

Il triait les ordures et il se disait que depuis que ce monde existe, ce monde qui ne l'acceptait pas, la situation était la même pour tous les hommes comme lui : on voulait bien de leurs richesses, mais pas d'eux, ou alors juste le temps de s'en servir. On avait pêché les poissons des tropiques mais on ne voulait pas accueillir les pêcheurs, on avait puisé dans les sous-sols mais on ne voulait pas des mineurs, on avait tout pris, mais on ne voulait pas en entendre parler.

La chaîne tournait devant lui.

Il triait les ordures dans la puanteur et sa colère montait, et il se disait, au rythme des sons mécaniques de la chaîne, ce pays avale ses habitants, et parfois il les recrache. Il en avait pris conscience, et il était aujourd'hui plus lucide. Ici, son existence était à peine une réalité. Il n'était défini que par la négative : il n'avait pas de papiers, il n'était pas français, il n'était pas blanc. Il était le négatif de ce qu'on voulait être. Mais il était aussi un miroir : en le regardant, on pouvait voir ce que la France était devenue.

Il triait les déchets et il se disait que la France était à présent un pays corrompu. Son pourrissement avait fini par l'atteindre, lui qui était venu l'admirer. L'odeur de moisissure et de pourri l'avait rattrapé, elle l'entourait, imprégnait ses doigts et contaminait ses espoirs.

À voix basse il disait : un jour, le chagrin accumulé par tous ceux que vous avez méprisés et rejetés encombrera votre pays et polluera votre bonheur. Vous sentirez autour de vous rôder leurs âmes errantes.

Et vous ne pourrez plus être heureux longtemps.

Il n'y a qu'un seul monde.

36

Un soir, Samba avait fait des courses, et pour la première fois depuis longtemps, Lamouna et lui avaient
mangé du poisson frais. Ils avaient réussi à se parler
sans s'énerver. D'une voix douce, Samba a demandé à
son oncle de considérer que cette période de repos était
les vacances qu'il n'avait pas prises depuis longtemps.
Il lui a même proposé de lui payer un billet d'avion
pour qu'il aille passer quelques semaines de vacances
à Bamako – il n'osait pas lui parler de retour définitif.
Et Lamouna n'a posé aucune question sur la provenance
de l'argent. Il a eu l'air heureux, pour la première fois
depuis des semaines.

Grâce aux petites économies de Modibo, il avait assez
d'argent pour que Lamouna aille là-bas. Cela faisait des
années qu'il n'avait vu personne de la famille à part lui.

Le soir même, ils ont téléphoné à sa mère. Lamouna
n'était pas sorti de l'immeuble depuis plus de trois
semaines. Ils sont allés au taxiphone près du jardin public
où vivaient des sans-papiers sans abri. L'ambiance lui
faisait penser au pays. Pas tant parce que les hommes
étaient tous, exclusivement, noirs, et dormaient dans
des espèces de tentes faites de tissus africains, qu'à
cause de la disposition du jardin, et aussi de la grille

ouvragée que l'on devait pousser pour y entrer, qui ressemblait à s'y méprendre à celle qu'il poussait pour sortir de l'école à Bamako. Dans ce petit carré d'Afrique au milieu de Paris, le bruit des voitures se mettait en sourdine et certains vieux discutaient autour d'un brasero. On pouvait s'y croire, jusqu'à ce qu'on réalise qu'on était bien en France, et que cela ait la violence d'un aveu.

Ils sont entrés dans le taxiphone sri-lankais où une Équatorienne hurlait dans une cabine comme si sa voix pouvait traverser l'Atlantique. Les murs étaient peinturlurés de publicités pour des boutiques du quartier. Ils se sont installés à deux dans une minuscule cabine. Ils n'avaient pas appelé depuis longtemps, parce qu'ils savaient que sa mère allait demander pourquoi son dernier versement datait d'au moins deux mois.

– Que se passe-t-il ? Tu as été malade ?

– Non. J'ai un peu moins travaillé, et puis j'ai eu des dépenses…

– Ne deviens pas un fainéant. Ton père n'aurait pas aimé ça.

– Pardonne-moi…

La voix de sa mère s'était affaiblie. Sa sœur Dalla a pris le téléphone.

– Qu'est-ce qu'elle a, Maman, exactement ?

– Envoie des sous. On pourra peut-être aller voir le docteur.

– Je n'ai pas eu de travail ce mois-ci. J'ai gagné moins d'argent.

– Là-bas, il y a du travail pour tout le monde, non ? Si tu as moins travaillé, c'est que tu es devenu flemmard, ou bête.

Celui qui ne réussissait pas au Pays des Merveilles ne pouvait être qu'un âne.

242

– Je vais t'envoyer quelque chose. Dès la fin du mois, je te le promets.

– Oui. Parce que nous économisons, mais l'épicier nous regarde de travers.

Elle était plus froide que d'habitude. Il n'était pas marié, elles non plus, il devait subvenir à leurs besoins. Il était venu ici pour cela.

– La vie est un enfer, ici, Samba. Laisse-moi venir te rejoindre.

– Tu serais malheureuse, à Paris. Tu crois qu'on fait la fête ?

– Menteur. Tu n'as pas envie que je vienne auprès de toi, c'est tout. On dirait que tu ne veux plus te souvenir de nous.

Il s'est excusé, il a dit qu'il avait changé de travail, et puis qu'il voulait offrir un cadeau à Lamouna pour le remercier de le loger chez lui depuis toutes ces années, et pensait lui offrir un billet d'avion pour les vacances. Sa mère a crié, et elle a arraché le combiné des mains de sa petite sœur. Elle a fait claquer sa langue, et elle a dit :

– Tu es un bon garçon. Quand je parle de toi, je me nourris du paradis.

Tandis qu'elle enchaînait sur les derniers potins du quartier, il revoyait sa mère et ses sœurs, entourées d'amies et de voisines, cuisinant, bavardant, repassant le linge avec le fer rempli de braises, ou dans la cour, près des coqs aux crêtes dorées et rouges, sous les pagnes mis à sécher comme des guirlandes de toutes les couleurs. Les ombres nettes sous le soleil dur montraient à chaque heure du jour de quoi leur vie était faite. Même les petites filles en robe rose avaient des regards de colère.

243

Il se revoyait, petit, avec son cerf-volant fait d'un sac plastique rouge et blanc relié à des ficelles, qui claquait au vent : Cours, Samba, cours ! Cette époque où il était quelqu'un sans se poser de questions. Où il ne savait même pas qu'on pouvait n'être personne.

Sa mère disait :
— Écoute bien ton oncle, et sois généreux avec lui comme il l'a été avec toi.

Il a passé le téléphone à Lamouna avant de souffrir trop. Il aimait sa mère plus que tout au monde. Alors s'il l'avait quittée pour venir ici, qu'est-ce qui aurait pu l'arrêter ?

En revenant du taxiphone, alors qu'il s'essoufflait à son bras, Lamouna s'est arrêté tout à coup. Samba l'a regardé d'un air interrogateur. Son oncle lui a dit :
— J'ai peur de rentrer.

37

Deux ou trois fois où il était allé faire des courses au Casino, il avait pensé voir Georgette, mais elle n'était jamais là. Il a commencé à s'inquiéter. Peu à peu, leur territoire lui semblait investi par des clochards qu'il ne connaissait pas. Il s'est approché du garçon qu'elle avait frappé un jour et lui a demandé s'il savait quelque chose. Contre toute attente, le gars la connaissait bien : elle habitait une des tours, tout près de là. Il fallait demander à la concierge à l'entrée. Tout le monde connaissait Georgette.

Il est monté jusqu'au dix-septième étage de la tour et il a découvert une Georgette toujours indigne et extravagante, qui gardait ses bottines dans son lit. Elle portait de larges lunettes couleur rouille, qui devaient dater des années soixante et lui donnaient un air anglais. Elle s'était levée pour l'accueillir ; il lui a semblé qu'elle était encore un peu plus bossue, même si elle faisait en sorte de longer le mur pour que ça ne se voie pas trop.

Elle a hésité avant de le faire entrer chez elle, et il a cru que c'était à cause de la couleur de sa peau. Sur le moment, elle n'a rien dit ; lui non plus.

Elle lui a demandé de préparer un thé. Il s'est appliqué. Il a imité les gestes de Gracieuse. Il pensait à elle. Mais la vieille dame l'observait, alors il s'est ressaisi.

Elle l'a regardé attentivement servir le thé dans les tasses. Elle a porté précautionneusement la porcelaine à sa bouche. Sa langue a claqué contre son palais, et puis elle a sorti sa fiole d'un air complice.

– Ça manque un peu de porto, tu ne trouves pas ?

Chaque victoire, même infime, méritait toujours d'être fêtée. Mais depuis le *petit accident au cerveau* qu'elle avait subi, elle ne sortait plus de chez elle et ne se promenait plus que dans son appartement, voire, parfois, dans la cour intérieure de son immeuble. Les occasions auraient dû être moins nombreuses ; et pourtant, au contraire, raisons de se réjouir et de célébrer les triomphes à coups de porto s'étaient multipliées. Par exemple, parce qu'elle avait réussi à marcher de la chambre à la cuisine d'une traite, sans marquer de pause, ils avaient eu le droit à un petit verre. Pour elle, chaque pas compté, chaque avancée était une minuscule victoire dans le calvaire quotidien que lui infligeait son corps. Alors il lui avait tendu son bras, replié comme une aile, et elle s'y était accrochée, de tout son poids, comme pour voir s'il était suffisamment solide. Ils avaient fait une excursion jusqu'à la cour. Ils avançaient à petits pas, et il devait se forcer constamment à freiner l'allure, à marcher au ralenti – parfois il avait l'impression de voir chaque mouvement se décomposer. Il surplombait ses cheveux blancs hirsutes et tout à coup elle lui apparaissait si fragile, malgré la force de la serre qui s'accrochait à son bras, qu'il avait envie de la porter, ce qu'elle ne le laisserait jamais faire, ou de décoller en l'emportant dans ses bras. Plus que jamais, dans ces moments, il aurait voulu savoir voler.

Georgette n'était pas juste une vieille dame au corps décharné par l'âge, qui évoquait davantage une sauterelle qu'une femme : c'était une révolutionnaire. Sa peau ressemblait à celle d'une vieille pomme, et puis elle commençait à dire un mot à la place d'un autre, ou à en oublier quelques-uns, mais elle restait vive. Ses cheveux blancs, à force d'être couchés sur l'oreiller, tenaient droit en l'air, et il avait beau essayer de les lui brosser en arrière, ils rebiquaient. Il pensait que ce n'était pas un hasard : si elle avait eu vingt ans, elle aurait été punk, c'était sûr. Mais elle avait eu dix-huit ans en 1945, et elle avait gardé l'esprit résistant.

Elle disait :

– On s'est battus pour tout ça. La sécurité sociale, les retraites pour tous, le contrôle de la richesse héréditaire ou de l'exploitation des pauvres… On a inventé le droit à la culture et à l'éducation pour tout le monde, et puis une presse indépendante. Mais chaque jour c'est un peu plus grignoté. On dit qu'il n'y a pas d'argent, mais comment peut-il y en avoir moins aujourd'hui qu'à la Libération ? C'est faux.

Elle regardait les nouvelles à la télévision, et s'énervait toute seule, elle criait parfois comme si le présentateur avait pu l'entendre.

Elle avait dit :

– Et je ne suis pas une vieille qui radote. Les gens, aujourd'hui, ne savent plus ce qui est important. Ils ne regardent pas assez haut.

Tous les deux, ils avaient alors regardé le ciel, le

temps d'une pause avant de reprendre leur balade, et leur conversation.

Il était bien, dans cet appartement d'un autre âge, avec cette femme à la volonté de fer, alors il s'accrochait à elle comme à un radeau de survie.

Lorsque Samba me parlait d'elle, j'imaginais une vieille dame semblable à ma grand-mère. Je brodais. Je la voyais pleine de vitalité. Butée. Forte. Volontaire. Courageuse. De mauvaise foi. Orgueilleuse. Gaie. Mesurée. Exigeante. Pleine de caractère. Samba disait qu'elle ne se laissait pas marcher sur les pieds, et le revendiquait. Elle aimait la couleur rouge. Le porto, le vin, les rubis, la viande. Elle n'aimait pas le vert, le tiède et le fade. Elle détestait les tisanes, le pamplemousse, la soupe, les flans. Tout ce que les autres vieux aimaient, elle le détestait, à tel point qu'au début, à l'organisme de soins à domicile, quand ils avaient vérifié le cahier de correspondance et vu la liste des courses, ils avaient cru que son auxiliaire de vie lui achetait de la viande rouge et du Tabasco parce qu'elle ne s'y connaissait pas – en d'autres termes, parce qu'elle était sud-américaine. Mais personne n'y pouvait rien si Georgette avait des manières de cow-boy.

Elle refusait l'inéluctable, et avait toujours dû être ainsi. Elle aimait les fleurs et elle les dessinait pour qu'elles ne meurent pas.

Pourtant, personne d'autre ne venait jamais lui rendre visite.

Autant dire qu'ils s'entendaient bien. Obstinée, impertinente, et un peu seule. Cela lui rappelait quelqu'un.

– Ça va, la vie, pour toi, Samba ?

– Ça va.

Et c'était vrai, d'une certaine manière. Depuis le premier jour où il avait utilisé la carte de Modibo, il avait eu de la chance. Il ne pouvait y voir qu'un bon signe. Il commençait à croire au hasard, lui aussi. Au hasard que l'on s'offre à soi-même. Et il apparentait désormais l'honnêteté à la pure bêtise.

« De la couille », aurait dit Manu. Et Georgette aurait ri.

38

Dès qu'il a touché sa première paie, il est allé chercher le poêle à bois chez Gracieuse. Il leur en a offert un prix symbolique, et Jonas l'a aidé à le rapporter jusqu'à la cave de son oncle. Wilson n'était pas libre ce jour-là, et Lamouna était de plus en plus faible. C'était aussi une occasion de la voir, même si c'était en présence de Jonas. Il semblait ne jamais quitter l'appartement. Chaque fois que Samba téléphonait, il était là.

La tour Eiffel bleue qu'il avait offerte à Gracieuse tournait son œil de phare au milieu des perruques.

Les deux pièces étaient dans un désordre indescriptible, et ils ont dû faire de la place pour y poser le poêle. Derrière la porte en métal décoré, le journal et le petit bois se sont enflammés sous leurs souffles conjugués. Malgré la fumée qui s'est échappée dans l'appartement, Lamouna était content. Il se frottait les mains devant le feu. Jonas a proposé à Samba d'aller boire un verre. Il avait une bonne nouvelle à fêter.

Samba a accepté, pour le remercier.

– Et Gracieuse, elle ne va pas s'inquiéter ? il a demandé.

Il avait tellement envie de prononcer son nom.

– Gracieuse… elle attendra bien, a dit Jonas en ricanant.

Samba n'a pas tellement aimé le ton qu'il a employé.

Il connaissait un café près du canal, tenu par un ami de Wilson. Un petit café colombien rouge et jaune, où la musique était aussi forte que l'alcool.

La tequila a rempli les petits verres, puis le Schweppes. Le torchon est venu les recouvrir.

Boum, boum. Le verre a tapé deux fois sur le comptoir et sa bouche s'est précipitée à sa rencontre.

Le liquide pétillant a glissé dans sa gorge à grand renfort de bulles, brûlant légèrement son palais et réchauffant son ventre. Immédiatement, le Colombien a rempli leurs verres. Les yeux de Jonas étincelaient. Il attendait qu'il le questionne. Malgré lui, Samba a dû s'y résoudre :

– Alors, vas-y… Annonce !

Jonas a ouvert sa veste, en a sorti un porte-carte, et il a fait :

– Ta-daa !

Il venait de recevoir sa carte de réfugié. Celle qui permettait de vivre dix ans tranquille. Celle qui aurait autorisé Samba à aller voir sa mère et à savoir ce qu'elle avait exactement. Celle qui rendait libre, et que tous les exilés rêvaient d'avoir. Il la brandissait.

Samba a ravalé sa salive. Il l'enviait, bien sûr. Quelques semaines encore auparavant, il aurait été heureux pour lui.

Jonas lui a raconté ses démarches pour l'obtenir. Il était allé à l'Agence nationale de l'accueil des étrangers et des migrations, l'ANAEM, pour des réunions collectives : une formation, accessible à ceux qui étaient admis au séjour en France pour la première fois.

– Autour de la table, on était dix-huit. Un Rwandais, deux Chinois, cinq Tchétchènes, visiblement de la même famille, trois Tamouls, deux Zimbabwéennes, arrivées ensemble, quatre Afghans. Aucun Congolais.

Une femme en costume, au pantalon moulant aux fesses comme celui d'une femme flic, les avait accueillis, debout, à côté d'un écran de cinéma déroulé, et leur avait expliqué que cette réunion était destinée à les informer sur leurs droits et leurs obligations vis-à-vis de l'État français, auquel ils appartiendraient bientôt. On leur avait projeté un film.

– Vraiment nul, le film. La tour Eiffel a clignoté, puis on a survolé des prés, avec des vaches, des tracteurs, des champs de blé, avant de suivre une péniche et de revenir à Paris. Une voix d'hôtesse de l'air a dit : « Chaque année, comme vous, près de cent quarante mille étrangers venus de cultures différentes s'installent en France. »

– Cent quarante mille ? Tout de même, a commenté Samba.

Il rigolait. Jaune. Il était tendu.

– Le Rwandais avait l'air d'un bon élève, il prenait des notes. Les trois Tamouls paraissaient ne pas comprendre le français, mais ils regardaient les images avec attention, en écoutant le commentaire comme s'il était une musique, ce qui valait peut-être mieux pour eux. Ils s'endormaient à moitié, face aux images de la Seine, les rues de Paris, Montmartre, les peintres pour touristes, tous les clichés sur la France.

Jonas a sorti un prospectus de sa poche et l'a lu en forçant son accent, en pointant la bouche :

– « Comme tout pays, la France et les Français sont attachés à une culture et à des valeurs fondamentales. Pour vivre ensemble, il est nécessaire de les comprendre et de les respecter. »

Il a continué :

– « Tous les hommes naissent et demeurent libres et égaux en droits. » Tu parles !

Samba n'a rien répondu. La tequila commençait à lui monter à la tête.

– « Les femmes en France n'ont pas besoin de leur père, de leur mari ou de leur frère… »

Jonas ricanait. Samba le regardait. Sans Gracieuse, Jonas n'était pourtant rien dans ce pays. Il ne le lui a pas dit. Il aurait voulu qu'il s'aperçoive de son silence.

Il a fait signe au Colombien pour qu'il remplisse les verres. Et il a tendu un des derniers billets de Modibo Diallo. Autour d'eux, les clients étaient devenus plus nombreux. Pour l'instant, c'étaient surtout des hommes, qui avaient travaillé toute la journée, n'avaient jamais assez d'argent pour leur famille qui les attendait à la maison, et s'abrutissaient doucement, à coups de verres descendus les uns derrière les autres, de bavardage et de blagues faciles, qui pouvaient vite dégénérer en hostilité ou en bagarre à force de frustration rentrée : entre deux éclats de rire, ils se regardaient parfois, l'œil mauvais. Plus tard, quand les autres bars du quartier seraient fermés, quelques jeunes, souvent des étudiants, viendraient s'encanailler là et peut-être danser sur un air tropical. L'ambiance s'adoucirait un peu.

Jonas avait trop bu et critiquait tout, il parlait trop fort, comme s'il voulait que les autres clients du bar entendent ses commentaires.

– Ne parle pas comme ça, Jonas, a dit Samba d'une voix éteinte. Tu es bien content d'avoir gagné le droit d'être ici. C'est toi-même qui as voulu fêter ça.

Le patron avait laissé la bouteille de San Julio près de leurs verres. Samba s'est resservi à boire, pour se donner une contenance. Jonas continuait :

– Tu parles ! Le droit d'être ici. En échange, je vais devenir un esclave comme toi. Les mains dans les ordures.

– Arrête…

– On ne demande pas aux Blancs d'aimer la France. Mais nous, c'est comme si nos preuves n'étaient jamais suffisantes. J'espérais tellement, en arrivant ici. J'espérais un pays libre, où je serais heureux, avec Gracieuse. Et je n'ai rien de tout cela. Rien ne correspond à mon rêve.

– Arrête, Jonas.

Son verre tremblait dans sa main.

– Non. Je n'ai pas envie de mentir. Cet après-midi, j'ai signé mon contrat d'accueil et d'intégration parce que Gracieuse me l'a demandé. Mais si j'avais le choix, j'irais en Angleterre.

Samba a relevé la tête.

– Pour quoi faire ? Recommencer tout à zéro, encore ?

Son visage respirait le dépit. Il se faisait l'avocat du diable. Mais il venait d'avoir un maigre espoir : celui de voir Jonas partir.

– Samba… Je suis là depuis quelques semaines seulement, et il ne m'est arrivé que des malheurs. Je suis fatigué.

– Et Gracieuse ?

Il a ricané. Son regard est allé se perdre au-dehors.

– Gracieuse a changé, il a dit.

Le cœur de Samba tapait dans sa poitrine.

– Elle est plus belle qu'avant, a ajouté Jonas.

Il ne savait pas ce que Jonas voulait dire par là. Celui-ci a marqué un temps, avant d'ajouter :

– Elle est devenue trop belle.

Samba n'a rien dit. Jonas a frappé le petit verre sur le bord du comptoir, alors il en a fait autant.

Boum, boum.

Avec le soda, il ne sentait plus du tout l'alcool dans la bouche. La bouteille était vide. Il a fait signe au Colombien. C'est son serveur cubain, un Noir musculeux aux molaires en or, qui a versé la tequila dans les verres. Ses doses étaient plus généreuses que celles du patron.

Jonas a dit d'un air amer :

– On n'ose pas se raconter ce qu'on a vécu, de peur d'y reconnaître des visages. Pourtant, rien n'occupe davantage nos pensées. Alors on ne se dit rien. Depuis que je suis arrivé en France, on ne s'est presque rien dit. Tu comprends ça, toi ?

Samba a répondu, songeur :

– Pendant longtemps, Lamouna ne m'a pas raconté son voyage, alors que moi je lui ai tout dit dès le départ. Gracieuse aura besoin de temps.

Mais Jonas ne l'écoutait pas, on aurait dit qu'il se parlait à lui-même. Ses yeux devenaient jaunes d'alcool.

– Je ne lui ai même pas dit comment ses deux frères étaient morts. Et elle ne m'a pas raconté grand-chose non plus. Est-ce qu'elle t'a confié quelque chose, à toi ?

Samba n'a rien répondu. Jonas a soupiré ; il le regardait comme s'il cherchait à savoir si leurs rapports avaient été plus intimes qu'ils ne l'avaient laissé paraître jusque-là.

Boum, boum.

Samba n'a bu que la moitié de son verre. Le torchon était trempé de mélange sucré et sentait l'alcool à bon marché. Le bar se remplissait. Les vitres étaient embuées, on ne voyait plus au-dehors. Seuls ceux qui voulaient fumer bravaient le froid.

– Je croyais que tout irait mieux ici, a poursuivi Jonas d'un air sombre. Là-bas il y a du travail, là-bas ils sont vieux et ont besoin de jeunes, là-bas mon voisin a gagné en deux mois de quoi vivre un an, là-bas les rues sont propres, là-bas les voitures sont neuves, là-bas les supermarchés sont des villes entières... Là-bas, Gracieuse m'aimera... Tu parles !

Des clients attablés se sont retournés vers eux. Il a fait signe au Cubain de le resservir.

Boum, boum.

Il a dit :

– En partant de la mine, j'ai volé une pierre pour Gracieuse. J'ai pris des risques pour cela. Je pouvais me faire tuer s'ils s'en apercevaient. Mais je l'ai fait, pour avoir un cadeau à lui offrir quand je la reverrais. Je voulais l'avoir sur moi en permanence, pour ne pas être pris au dépourvu. Quand je la trouverais, où que ce soit, à Kinshasa, à Brazzaville ou en Europe, il fallait que, si je la rencontre par hasard au détour d'une rue, je puisse lui tendre ma main fermée et qu'elle l'ouvre elle-même, et cela lui aurait signifié : « J'attendais de te retrouver, en voici la preuve. » Sans perdre une minute. Pour qu'elle sache que je n'avais cessé de la chercher. J'avais cousu la pierre verte dans le pli de ma ceinture, pour qu'elle soit en sécurité. Je la sentais contre mon ventre. Mais au dernier moment, alors que j'allais vers l'avion qui allait m'emmener en France, des militaires se sont avancés sur le tarmac. Ils étaient sur le point de s'apercevoir que mes papiers étaient faux. Je risquais la prison, ou, pire, le renvoi vers Kinshasa. La pierre a dû finir autour du cou d'un militaire, et n'a jamais quitté l'Afrique. Elle ne se promènera jamais autour du doigt de Gracieuse.

Quand elle est venue me chercher à Vincennes, je

n'avais rien, même plus son numéro de téléphone. Depuis que je suis ici je suis un nul. Je me dégoûte, et je la dégoûte. Cela se voit dans ses yeux. Elle me méprise. Elle était heureuse de me retrouver, mais elle voit qu'elle n'a plus affaire au même homme. Et moi non plus, je ne fais plus face à la même femme : elle est plus belle qu'avant, et moi je suis devenu méprisable.

Il l'encombrait. Il passait ses jours à l'appartement, pour rester avec elle, disait-il, mais peut-être aussi parce qu'il avait peur de se perdre dans Paris. Il ne faisait pas grand-chose, regardait la télé, écoutait RFI. Il commentait les nouvelles à voix haute, il s'énervait sur tout, et cela agaçait Gracieuse, surtout quand c'était devant ses clientes. Il venait discuter dans le salon comme si elles étaient des invitées de la famille. Une fois, elle lui avait dit qu'il était parfois de trop, que ses clientes venaient aussi pour avoir des conversations entre femmes, et il s'était mis en colère. Il savait que Samba était souvent venu au salon, et que sa présence ne l'avait jamais gênée. Cela n'avait fait qu'accentuer la distance entre eux. Ils ne se disaient plus que des banalités, des phrases qui ne voulaient plus rien dire.

Jonas a bu une tequila sans mettre de Schweppes. Il commençait à être très saoul. Samba a bredouillé :

– Ça reviendra, Jonas…

L'autre l'a interrompu :

– Elle a changé.

Il commençait à se répéter, et sa bouche devenait pâteuse.

Deux filles blanches sont venues s'asseoir à côté d'eux au bar. L'une d'elles avait un piercing à un sourcil. Elles étaient très jeunes, vingt ans tout au plus, et passablement éméchées. Elles étaient habillées à la mode, avec ces chemisiers qui ressemblent à des rideaux : blancs, vaporeux, plissés autour du cou. En voyant le regard luisant de Jonas sur elles, elles ont ri à gorge déployée. L'œil de Jonas a glissé vers le ventre d'une des filles, qui s'était découvert alors qu'elle se penchait en arrière. Cela n'avait pas échappé à Samba non plus. Le regard de Jonas est allé se perdre au fond de la salle, comme si quelqu'un allait y apparaître. Il souriait vaguement. Le Cubain, derrière le bar, a fait tournoyer une bouteille en l'air pour la secouer, puis il l'a débouchée d'un geste impeccable et il a versé un liquide doré dans les verres. Samba se trouvait crétin, et maladroit, entre ces filles et le barman habile. Les étudiantes ne les regardaient déjà plus, et parlaient entre elles en riant fort. Jonas s'est penché vers lui :

– Et toi, Samba, tu as une copine ? Tu baises, parfois ?

– Arrête… On va t'entendre.

– Regarde ses petits seins, sous sa chemise. Regarde comme ils doivent être tendres, et doux… On dit qu'ils sont plus moelleux que ceux des Africaines.

– Les Noires sont plus musclées et puis meilleures en sport, c'est ça ?

– Elle t'a souri, Samba… Mesdemoiselles, on peut vous offrir quelque chose ? Une petite tequila frappée ?

Les filles s'appelaient Justine et Marlène, elles étaient en fac mais passaient plus de temps à faire la fête qu'à réviser leurs cours. Elles rigolaient en le leur disant. Les plis de leurs vêtements frissonnaient. Leur bonne humeur était contagieuse. Jonas était heureux de faire le coq. Il commandait des verres les uns après les autres, faisant semblant d'oublier que la note s'ajouterait à l'ardoise de Samba. Il ne disait rien, passablement ivre lui aussi, et il avait envie de se laisser gagner par leur allégresse. Parfois Jonas se penchait un peu trop vers elles et perdait l'équilibre, il se raccrochait *in extremis* au comptoir. Il racontait qu'il avait été chercheur de diamants en Afrique. Samba le trouvait aussi pathétique que l'Homme du Macumba, mais il voulait continuer à écouter les filles.

Le Cubain a mis la musique plus fort, et Jonas a invité Marlène à danser. Elle semblait fragile à côté de lui, il la lançait et la reprenait comme un élastique. À un moment, elle a manqué tomber, et s'est cognée à une table. D'autres clients attablés se sont levés à leur tour, Justine est partie sur la piste improvisée. Les filles poussaient des cris de frayeur et de joie au tournant des figures. Samba est resté solidement rivé au bar, à les regarder. Le bar s'animait, les verres vides s'alignaient sur le comptoir, le Colombien souriait, sifflait les refrains des tubes caribéens qui crépitaient dans les baffles, et les billets de Modibo sortaient l'un après l'autre de sa poche de poitrine. Puis il a donné les dernières pièces de monnaie du fond de sa poche. Il n'avait plus rien sur lui.

Le Colombien a annoncé qu'il allait fermer. Jonas a protesté en riant. Il a demandé aux filles si elles continuaient la fête ailleurs, mais elles ont chuchoté entre elles avant de déclarer qu'elles rentraient se coucher. À peine l'avaient-elles dit qu'elles avaient disparu.

Plus tard, dehors, elles parlaient avec un groupe d'étudiants. Il a pensé qu'elles s'en iraient ailleurs, avec les étudiants, danser. Jonas était à nouveau amer. Il a emporté le reste de la bouteille de tequila en la cachant dans le revers de son blouson en faux agneau fourré, et Samba n'a même pas eu la force de protester. Ils sont sortis à leur tour, mais les filles ne leur ont même pas jeté un regard.

39

Les traînards décidaient de la fin de soirée en fumant des cigarettes, et en parlant fort, avec la joie propre à la nuit. Jonas s'était tourné vers lui et l'observait, à présent. Samba a fait un mouvement pour partir. Mais Jonas l'a rattrapé par le bras et il l'a serré, fort :

– On va pas rentrer maintenant. S'il te plaît.

Samba ne voyait plus clair, et il ne voulait pas que tout cela se termine mal. Il sentait que Jonas devenait agressif. Mais son ton était suppliant :

– Je n'ai pas envie de rentrer, Samba. On va boire un dernier verre. Juste là, près du canal. Viens, j'ai pris la bouteille.

– J'ai froid.

Jonas a enlevé sa veste fourrée.

– Moi, je n'ai pas froid, avec tout ce qu'on a bu ! Tiens.

Samba a retiré son blouson turquoise et l'a tendu à Jonas tandis qu'il enfilait la veste. Elle était large pour lui, aux épaules, et il sentait encore sa chaleur. Jonas a poussé ses bras épais dans les manches du tissu soyeux et turquoise, tendu à craquer, qui brillait dans la lumière froide des réverbères du canal.

– Allez, viens !

Il devait faire trois degrés, pas plus. Le bout de ses doigts gelés lui faisait mal. Il les a serrés plus fort dans ses poings. Lui non plus, il n'avait pas très envie de rentrer chez lui. Il avait envie de s'étourdir dans l'alcool. Quand il rentrerait chez son oncle, il tomberait de sommeil, jusqu'au lendemain. Ce serait du temps de gagné. La chaleur de la veste a fini de le convaincre : il pouvait rester, un peu.

Ils sont passés devant les étudiants goguenards et les deux filles, et ils ont remonté la petite rue qui prolongeait le pont. Jonas marchait vite, il semblait soulagé de ne pas devoir rentrer chez lui.

Ils se sont arrêtés sur l'écluse. Jonas a bu une grande lampée de tequila et il a tendu la bouteille à Samba.

— Je ne t'ai pas tout dit, à Vincennes.

Il a regardé la main de Jonas, qui s'est rongé un ongle comme si c'était un os avant de déclarer, en regardant l'eau :

— Je ne t'ai pas dit toute la vérité. Je ne suis pas une victime. J'ai fini par faire partie du mauvais camp, là-bas. J'ai suivi la raison du plus fort. J'ai fait ce qu'on me demandait. C'est aussi pour ça que je suis méprisable.

— Pourquoi ? Pourquoi tu n'as pas cherché à résister ? À fuir ? À la rejoindre plus tôt ?

— Je n'ai pas su dire non aux chefs, j'ai obéi. Je me suis rendu compte que j'étais capable de tout.

Samba commençait à le haïr.

— Gracieuse le sait ?

— Pourquoi tu ramènes toujours tout à elle ? Est-ce qu'on parle d'elle, là ?

Jonas avait crié. Les fêtards avaient cessé de parler, et ils les regardaient.

261

Ils se sont éloignés, puis ils sont descendus au bord de l'eau. Là, il n'y avait plus que quelques clochards, abrités près de leurs tentes igloos. Jonas a continué plus doucement :

– Je pensais que revoir Gracieuse, ici, m'aiderait à oublier. Mais au contraire, chaque jour, son regard me ramène à mon passé. La distance et le temps n'ont fait que nous séparer. Et j'ai l'impression d'être tous les jours jugé par une étrangère. Je ne peux plus le supporter.

Est-ce que Gracieuse savait ce qu'il avait fait ? Chercherait-elle à ce qu'il ait honte, ou à ce qu'il oublie ? Est-ce qu'elle aurait peur, ou pitié de lui ? Est-ce qu'elle ressentirait de la colère ou du mépris ? Elle serait probablement assez sage pour lui pardonner. Elle n'avait pas voulu offrir sa haine à l'homme qui avait tué ses parents. Peut-être prendrait-elle Jonas en pitié.

Jonas buvait au goulot et ne parlait plus. Il regardait droit devant lui. Samba n'avait plus aussi froid, grâce à l'alcool et à la veste épaisse et confortable que Gracieuse avait achetée à Jonas. Elle ne l'aimait plus, et elle était à lui. Il ne voulait pas rester en France, et ce pays l'acceptait. Il avait été dans le mauvais camp, et il avait pourtant réussi à devenir un réfugié. Samba étouffait d'envie. Il ne supportait plus l'injustice. Il était saoul. Une colère sourde montait en lui. Jonas a eu une quinte de toux, creuse, grasse, puis il a laissé le silence envahir l'espace entre eux, et c'était comme s'il faisait plus froid encore. Il tanguait, son haleine empestait. Samba a senti que quelque chose de grave allait arriver.

Jonas s'est approché à quelques centimètres et lui a postillonné au visage :

– Est-ce qu'il s'est passé quelque chose entre vous ?

– Jonas… Je crois qu'on devrait rentrer.

Le regard de Jonas était mouillé de peur autant que de méchanceté. La cicatrice sur son crâne semblait plus sombre, à cause de la colère ou du froid. L'alcool permettait à Samba de rester calme, mais il voyait que Jonas cherchait la bagarre.

– Allez, dis-le-moi…

Jonas a croché le bras de Samba, à nouveau, et il l'a serré, fort. Samba a voulu se dégager d'un geste brusque, mais les doigts de Jonas s'enfonçaient dans son muscle et lui faisaient mal. Il le fixait. Samba a réprimé un cri. Il a cherché à se dégager, mais Jonas tenait bon et il lui a hurlé au visage :

– Dis-moi, Samba, elle t'a baisé ?

La colère montait dans ses veines. Il s'est dégagé.

– Arrête, Jonas. On ne va pas se battre, il a dit en reculant.

C'est là que Jonas l'a saisi à la gorge : il a senti sa grosse main comprimer sa carotide et serrer son cou, et il a cherché l'air mais il n'arrivait plus à respirer. Ses pieds glissaient, il a hurlé un cri étranglé. Il avait peur de tomber à l'eau. Il ne savait toujours pas nager. Il sentait que Jonas était plus fort, même s'il était aussi plus saoul que lui, et il glissait vers l'eau, la tête renversée. Alors il s'est débattu et il a enfoncé son genou au hasard, le plus fort possible. Jonas a beuglé, et il lui a aussitôt envoyé son poing au visage. Samba a léché sa lèvre, il a goûté du sang. Jonas le maintenait aux épaules : il a tenté de se dégager, mais Jonas tenait bon et le regardait, les yeux écarquillés, comme un fou.

Tout à coup, il a vu la lueur tournoyante et bleue d'un gyrophare. La voiture s'est arrêtée à quelques mètres au-dessus d'eux. Des portières ont claqué.

– Vous, là-bas !

Deux policiers venaient vers eux, en accélérant le pas, et l'un d'eux a poussé une exclamation. Samba a soufflé :

– Jonas, les flics.

Il y a eu un coup de sifflet. Samba savait que, s'il se faisait arrêter, il serait expulsé. Il voyait dans le regard allumé de Jonas que c'était ce qu'il voulait, être définitivement débarrassé de lui, et le séparer à jamais de Gracieuse. Samba paniquait. Il a poussé sur son torse du plus fort qu'il a pu, pour se dégager. Jonas a vacillé. Ils se sont empoignés, les deux policiers étaient tout près lorsque l'un d'eux a crié :

– Vos papiers !

Jonas en a profité pour rouler sur lui. Son corps, lourd, pesait sur sa poitrine. Il a senti son haleine alcoolisée lorsqu'il lui a dit, une lueur de défi dans l'œil :

– Je m'en fous. Moi, je les ai, mes papiers.

Alors Samba a rugi en lui écrasant la gorge d'une main, et de toutes ses forces, il s'est redressé et a poussé Jonas vers l'eau. Les mains de Jonas ont glissé, il a tenté de se raccrocher à Samba, puis de se cramponner à la bordure humide, mais ses jambes le tiraient vers le bas et son regard était perdu. Samba a repoussé les mains de Jonas, au moment où il a entendu les deux policiers hurler en se rapprochant, et soudain il a senti le corps de Jonas basculer.

Il a dû fermer les yeux.

Il a senti le corps de Jonas basculer par-dessus le parapet, et il a dû fermer les yeux une demi-seconde.

Quand il les a rouverts, il l'a vu tomber. Il a cru lire dans ses yeux une stupeur résignée. Et puis le corps lourd de Jonas a heurté le quai, ou la surface de l'eau. Il n'y a eu aucun son. La nuit tout entière semblait muette.

Il faisait froid. Il était encore saoul. Il n'a pas eu un mouvement vers Jonas, vers l'eau ; pendant quelques secondes, il n'a pas bougé, il n'a même pas eu un cri. Il a vu la main de Jonas tenter vaguement de s'accrocher dans le courant. Et puis il ne l'a plus vue.

Il s'était mis à courir.

Il courait. Il a tourné au coin des rues désertes. Ses jambes s'abattaient sur le trottoir. Son souffle était court, il avait trop bu, il allait se faire rattraper. Il s'est faufilé entre deux voitures qui arrivaient au carrefour, l'une d'elles a pilé devant lui et il a entrevu le visage étonné de la passagère, puis il a filé vers le boulevard, ses pieds percutant le goudron des trottoirs. Cours, Samba, cours ! Les flics couraient à sa suite, et ils allaient plus vite que lui, est-ce qu'ils savaient vraiment pourquoi ils le poursuivaient, est-ce que cela valait la peine, est-ce qu'ils se doutaient qu'il était un sans-papiers, il courait, son souffle était court, il avait trop bu, il allait se faire rattraper, il savait que désormais, s'il se faisait arrêter, il serait expulsé. Il courait. Le policier le plus rapide venait de glisser au coin d'une rue, dérapant sur la chaussée froide, mais il s'est aussitôt remis sur ses pieds, et il le rattrapait peu à peu. L'autre avait dû abandonner, ou rester près du canal, près de Jonas, il n'entendait plus qu'un seul homme à sa suite, il ne regardait plus en arrière mais il entendait ses pas derrière lui. Il avait l'impression qu'il était de plus en plus près. Il ne criait pas, il cherchait à le rejoindre, à bout de souffle lui aussi.

Samba courait en criant à ses sœurs à sa mère à son oncle à son père, Cours, Samba, cours, il courait, il galopait le souffle court, et tout à coup, il a jeté un coup d'œil en arrière et il a vu l'homme. Son souffle était rauque, il n'allait pas lui échapper. Il était foutu.

Il a tourné brusquement, dans une petite impasse. Il l'a vu zigzaguer, puis venir vers lui, tandis qu'il se cachait derrière une baraque de chantier.

Le policier était à l'arrêt, tellement immobile qu'il a cru qu'il allait tirer.

Mais il a fait demi-tour.

Il est resté quelques minutes caché. Il haletait, désespéré. La sueur coulait dans son dos.

Il est sorti de l'impasse et il s'est mis à marcher, alors qu'il se disait qu'il aurait dû aller en sens inverse, voir ce qui était arrivé à Jonas. Il a revu Jonas tomber dans l'eau glacée du canal. Il avait remarqué deux clochards tout près de l'eau noire. Ils allaient peut-être l'aider. Ou bien le policier allait le sauver.

En arrivant sur le boulevard, il a marché en rasant les murs. Une voiture de police est passée, sans bruit. Il a cherché à voir s'il y avait quelqu'un à l'arrière, mais la voiture est passée trop vite.

Il essayait de ne pas courir dans les rues vides. Ses pieds se déplaçaient sans bruit sur le trottoir. Il a entendu des éclats de voix, des rires. Il s'est retourné, il ne voyait plus rien.

40

Quand il est arrivé, épuisé, chez son oncle, le bois brûlait encore dans le poêle. Lamouna dormait. Il n'a pas eu le courage de le réveiller pour lui raconter ce qui s'était passé. Il avait couru, il se sentait mal, il voulait s'allonger, s'écrouler dans le sommeil et ne plus penser. Il a laissé Lamouna sur le canapé, face au poêle allumé, et il est allé s'étendre sur le lit, à terre. Un camion de pompiers est passé dans la rue, avec un avertissement bref, en trois temps.

Il avait l'impression d'avoir disparu de la chambre, il ne voyait même plus ses mains qui tentaient de déboutonner sa chemise dans le noir. Il s'est assis sur le lit pour chercher l'air. Il espérait encore. Mais il a vu le corps de Jonas sous l'eau.

Il revoyait sa main. Les images lui traversaient la tête à toute vitesse. Il n'y croyait pas encore. Il s'est demandé si Gracieuse lui avait avoué qu'ils avaient passé une nuit ensemble. S'étaient-ils disputés, la veille ? Pourquoi avait-il préféré se saouler avec lui plutôt que de rester avec elle ? Pourquoi n'avait-il pas cessé de parler de filles alors qu'il l'avait, elle ? Et pourquoi avait-il dit qu'ils ne s'aimaient plus ?

Est-ce qu'il l'avait rêvé ?

Il avait dit qu'il voulait aller en Angleterre.

Il avait peut-être tué un homme. Son oncle allait tendre l'ongle strié de son index vers lui. Il se sentait de plus en plus mal. Mais il ne se voyait pas comme un meurtrier. Il avait cherché à se défendre, c'est tout. C'était pour cela qu'il avait poussé Jonas.

Et puis il avait eu froid. C'était l'hiver qui était responsable de tout.

Il se sentait perdu. Il aurait voulu revenir en arrière.

Mais à quel moment exactement?

Il a murmuré:

– Joseph, je crois que je n'ai pas été digne.

En même temps que son nom, il avait oublié qui il était.

Il a essayé de dormir, mais il ne pouvait s'empêcher d'imaginer ce qui était en train d'arriver au corps de Jonas, s'il était encore sous l'eau. Est-ce que la peau changeait de couleur? Est-ce que le corps grandissait, rapetissait? Où était-il? Quand les algues voudraient bien le relâcher, le corps dériverait au fil du fleuve et surgirait à l'air libre avant d'atteindre l'océan.

Et puis il a vu le visage de sa mère, l'air fâché, plein de reproches. *Qu'est-ce que je t'avais dit. Je t'avais dit d'écouter ton oncle, parce que c'est quelqu'un de bon, et d'avisé. Il sait ce qu'il faut faire. Mais toi tu ne m'as pas écoutée, et tu ne l'as pas écouté. Tu crois tout savoir, mais tu fais du mal. Tu ne penses jamais aux autres.*

Pourtant, il avait voulu tout bien faire. Il était sur le point de rentrer, parce qu'il n'avait plus d'argent et qu'il avait froid.

– Je n'ai pas eu de chance, il a murmuré.

Ce n'est pas vrai. Tu es devenu mauvais. La colère et l'envie te possèdent. Tu es devenu un voleur, et un menteur.

– C'est la France rassise qui a fait de moi un criminel. J'étais un patriote.

Ton oncle aurait pu être heureux sans toi, il aurait pu finir de gagner de l'argent et rentrer pour acheter sa terre et sa maison, mais il va avoir des ennuis, à cause de toi. Il a fallu que tu viennes tout gâcher. Lui, il n'a rien fait. Il vaut mieux tout lui dire et qu'il parte tant qu'il est encore temps, pour qu'il n'ait pas de problèmes.

Il a commencé à paniquer.

Lamouna allait prendre ses affaires et partir. Il allait le laisser, et il l'aurait bien mérité. Il allait le laisser tout seul.

– Non. Il ne ferait pas ça.

Il s'est tourné dans son lit, et le drap s'est entortillé autour de lui comme une corde. Il allait perdre son oncle.

Il va comprendre dès qu'il te verra. Alors il va se mettre en colère, et il va te mettre dehors.

Il aurait tant aimé qu'il se mette en colère. Ce serait comme avant. Il l'entendait déjà lui dire qu'il sentait mauvais et qu'il serait plus tranquille sans lui. Il aurait préféré ça. Il avait envie qu'ils se disputent. Quand ils se disputaient, il sentait que son oncle avait besoin de lui.

Il fera ses valises et il s'en ira. Tu seras tout seul. C'est ce que tu mérites parce que tu as tué un homme.

– Non !

Il a perdu le souffle. Il s'est assis sur son lit pour chercher l'air, les yeux grands ouverts, fixés sur le mur aveugle devant lui. Encapuchonné dans son drap en éponge, encore anesthésié par l'alcool, il avait cru pouvoir éviter la vérité mais elle le rattrapait, il n'y échapperait pas. Il a fermé ses yeux jusqu'à ce que ses paupières lui fassent mal, mais il continuait à voir l'homme, qui tombait.

– Samba ?

Son oncle s'était réveillé.

Il est venu s'asseoir par terre près de lui, entortillé dans sa couverture, et il lui a tout dit : le bar, Jonas, le quai, le froid, les policiers, la peur, et puis Jonas, qui était tombé. Il se retenait de pleurer.

– Je n'ai pas voulu le tuer. C'est sans doute arrivé, mais je ne l'ai pas fait exprès.

Lamouna est resté très calme. Mais il a dit d'un air triste :

– Moi, je te crois. Mais la France ne te croira pas.

Et il avait raison, bien sûr. Tout le monde croirait à un crime, alors qu'il n'était dû qu'à un enchaînement logique de faits qui lui avaient échappé. On ne l'écouterait pas. L'idée que l'on se faisait de lui – un jeune Noir sans papiers, sans foi ni loi – serait préférée à ce qu'il était vraiment. On réglerait son sort sans chercher à le savoir. Il aurait beau s'expliquer, on ne l'écouterait pas. On le jugerait coupable, alors que le vrai coupable, c'était le froid, c'était l'alcool, c'était la peur, c'étaient les policiers qui avaient crié, qui avaient sifflé, c'était la fatigue de ne plus savoir qui il était à force de changer de nom. Il avait voulu tout bien faire, et il avait tout fait mal.

C'était ce pour quoi il était venu ici : perdre ses illusions, et être responsable de la mort d'un homme.

Dans le poêle, le bois sifflait. Son oncle s'est à nouveau allongé sur son lit, sans un mot. Son regard était sans vie.

Samba a réfléchi. Il ne lui semblait plus y avoir aucune issue.

Alors il a rassemblé ses vêtements en un tas. Il a découpé les cageots à fruits qui leur servaient de petit bois en fines lamelles. Il a rapproché du poêle le canapé en mousse, celui où il dormait depuis dix ans, en le poussant des mains, des jambes. Avec un couteau, il l'a éventré à plusieurs reprises, pour que le feu n'ait pas de mal à y entrer.

À présent qu'il savait ce qu'il fallait faire, il était très calme, organisé.

Le matelas a exhalé des bouffées de fumée âcre, sale. Il a introduit les lamelles de bois clair dans le matelas mousse, et dans les habits. La première allumette s'est cassée, et il a dû s'y reprendre plusieurs fois, les craquant de ses doigts nerveux, luttant contre la nuit noire de la cave. Une flammèche a surgi sur le côté pour s'éteindre aussitôt. Il a juré, il a pris des braises dans le poêle à main nue et il les a jetées sur les tissus et il a soufflé dessus autant qu'il pouvait pour les rendre rouges et vigoureuses, les yeux rivés sur elles, les poings serrés, jusqu'à ce qu'il y ait enfin un foyer et que l'intensité des flammes, souples comme des algues, l'encourage à poursuivre, dans le chuchotement d'un langage qu'il croyait enfin comprendre.

Lamouna l'a regardé faire, de son lit, sans réagir. Il devait se dire lui aussi que c'était la seule possibilité qui leur restait. Disparaître tout à fait. Il avait les yeux rivés sur les petites flammes qui commençaient à courir le long du coton défait. On aurait dit un paysage de minuscules feux de brousse. Des éclats orangés à ras de sol dans les ténèbres humides se rapprochaient de lui, puis changeaient brusquement de direction comme si des vents les avaient poussés, avant de repartir dans l'autre sens.

Le feu se propagerait de ce matelas maudit jusqu'au reste des meubles, et brûlerait l'appartement où il avait cru pouvoir effacer son malheur. Il monterait dans les étages et consumerait cet immeuble où tous ses espoirs avaient été déçus. Les vitres éclateraient en même temps que toutes les maisons où il avait rêvé d'une autre vie possible. Les *chabolas* fondraient en crépitant, le toit de l'appartement semblable à une serre en Espagne s'effondrerait dans un fracas de verre brisé et une tente orange s'envolerait dans le ciel de Paris. Il n'y aurait jamais de maisons jumelles et bleues. Le feu anéantirait tous ces endroits réels ou inventés, ainsi que le songe d'un pays où l'on n'arrive jamais parce qu'il n'existe que dans l'imagination malade d'un incorrigible rêveur. Il voulait mourir au milieu de ces rêves et de ces maisons parties en flammes, en fumée et en étincelles.

Il a chiffonné du papier journal qu'il a enflammé et éparpillé sur le sol. Il voulait que ça aille vite. Quelques boules de papier en feu ont couru dans l'appartement.

Mais elles se sont vite éteintes. Le feu ne prenait pas. Chaque petit foyer qu'il parvenait à créer finissait par mourir dans l'atmosphère humide et froide du sous-sol, plus favorable aux champignons et aux moisissures qu'aux hommes ou aux flammes. L'appartement était tellement vétuste que le feu s'éteignait à mesure qu'il le répandait.

Même cela ne leur serait pas accordé.

Il a crié de colère.

Mais la fumée, elle, s'étendait, s'épaississant rapidement, en organisme vivant qui s'étire. Il ne voyait plus

272

Lamouna. Il a commencé à tousser, à étouffer, à suffoquer. Il s'est appuyé au mur taché de suie, avant de s'écrouler, à bout de souffle, sur le sol de la cave, qui ressemblait à une eau noire.

Il a perdu connaissance.

Et puis il a vu le visage de Gracieuse. Elle était au-dessus de lui. Il a su, à ce moment précis, qu'il serait toujours lié à elle, absolument.

Dans ses prunelles, il aurait pu jurer qu'il voyait une silhouette. Flottante, elle traversait un désert rouge. Il s'est reconnu à cause de sa taille, de sa maigreur, et de son regard haut. Sa silhouette marchait face à l'immensité.

Il avait tout perdu : son nom, sa vie, ses espoirs s'étaient détachés de lui en lambeaux, comme des oripeaux inutiles.

Loin sur la plaine broussailleuse et illimitée, il n'était plus qu'un minuscule point noir.

Les saisons couraient sur la terre et les animaux les suivaient. Ils parcouraient des distances variables, de quelques dizaines à quelques milliers de kilomètres. Parfois la migration prenait toute leur vie, et finissait par la période où ils se reproduisaient; parfois elle avait lieu sur plusieurs générations.

Les oiseaux sauvages survolaient les continents, les baleines traversaient les océans, les vents faisaient le tour du globe et poussaient les nuages qui ne s'arrêtaient pas. Le Gulf Stream longeait la Floride vers le nord, il se transformait en tourbillons qui se diluaient dans l'océan avant de poursuivre vers l'est, il emportait toutes les bouteilles à la mer dans la même direction et redistribuait la chaleur des tropiques sur les terres froides du globe. Les alizés soufflaient continuellement. L'eau circulait, et l'air se déplaçait en permanence.

Les migrations les plus rapides avaient lieu dans l'air ou dans l'eau : les déplacements terrestres étaient plus rares, parce que la marche demandait plus d'énergie, et de temps. Les fous de Bassan allaient d'Angleterre au Sénégal, les cigognes passaient le détroit de Gibraltar avant de rejoindre Tombouctou, les anguilles quittaient la mer des Sargasses pour aller vers les côtes de l'Europe et les albatros faisaient le tour du monde en se laissant planer dans le vent d'ouest. Des millions de papillons se laissaient porter par les courants atmosphériques jusqu'à l'écorce tiède des arbres du Mexique, et les Indiens les accueillaient en les prenant pour les âmes de défunts en visite. Ils suivaient les fleuves, les côtes, les courants, les vents, qui eux-mêmes se déplaçaient sans cesse et ne connaissaient pas l'arrêt.

Des milliards d'animaux voyageaient chaque année, de manière incessante, éternelle. Ils suivaient la route qui était la leur depuis vingt mille ans, dans un mouvement naturel et immuable. Ils étaient regroupés en petites assemblées ou en gigantesques bancs qui se voyaient même du ciel. Et chacun d'entre eux savait, ou sentait, comme c'est parfois la même chose, qu'il pouvait finir sacrifié dans le ventre d'un requin, d'un fou du Cap, ou d'un homme.

Aucun de ces animaux n'était inconscient ou aveugle. Pourtant, chacun suivait le mouvement, sans pouvoir s'y soustraire. L'arrêt n'existait pas, et tenter d'inverser le cours des choses aurait rompu les cycles dont le monde avait besoin, et mis l'univers en péril.

Inquiète de ne pas voir revenir Jonas, Gracieuse avait essayé de les appeler, tous les deux, mais leurs téléphones étaient coupés. Elle savait qu'elle n'aurait pas dû les laisser seul à seul. Elle s'était angoissée au fil des heures, et puis au milieu de la nuit, n'ayant toujours aucune nouvelle, elle était sortie. Elle avait pris un taxi pour venir plus vite, et quand elle était arrivée près de l'escalier des caves, elle avait vu les fumées.

Les pompiers n'avaient mis que neuf minutes à venir. Le feu n'aurait de toute façon pas pris dans la cave, mais la fumée les aurait asphyxiés. Samba avait déjà perdu connaissance. C'est Gracieuse qui les avait sauvés.

Un voisin du deuxième étage, qui habitait un deux-pièces avec sa femme et leurs deux enfants, les avait recueillis. Cela ne pouvait être que provisoire.

Samba m'a appelée ce jour-là. Il m'a demandé d'aller le long des quais avec lui pour rechercher Jonas. Je ne sais pas exactement ce qu'il attendait de moi, du soutien, ou un témoignage s'il finissait par se faire arrêter. Nous avons erré près du canal. Il allait dans un sens puis dans l'autre, machinalement, laissant ses pieds décider de son itinéraire, marmonnant, divagant, sans prêter attention à mes regards sur lui. J'avais peur qu'il ne devienne fou.

J'ai refait avec lui son parcours de la veille. Il y avait encore quelques tentes, et des duvets d'où émergeaient des sans-abri qui se réveillaient. Plus loin, sur les berges animées comme tous les dimanches, un clown faisait rire des enfants et leurs parents, devant des stands qui prônaient le développement durable. Samba a dit que c'était une caricature de Blanc, avec sa peau plâtreuse et sa bouche excessivement rouge. Les enfants riaient, mais certains avaient l'air d'avoir peur.

C'est la dernière fois que j'ai vu Samba.

Il m'a cependant téléphoné quelques jours plus tard, et m'a raconté ce qui suit. J'ai tout noté, machinalement. Et aujourd'hui je m'en sers, comme de toutes les notes que j'ai recueillies depuis le début et qui devaient initialement le sauver. À défaut de le défendre, les mots pourront peut-être ranimer sa présence. Je crois, malgré tout, à leur pouvoir. J'ai repris goût à mon métier.

Manu, elle, n'a plus très envie de devenir avocate.

Je ne sais toujours pas pourquoi je suis devenue bénévole. Je ne me réconcilierai jamais avec Laurent. À la place, j'ai rencontré des gens incroyablement forts. Je ne vois plus Samba, mais je continue à voir Manu, bien sûr, et Wilson. Nous n'avons, en revanche, aucune nouvelle de Gracieuse.

Une image me hante. Celle d'un homme qui marche, qui court. Je ne veux pas l'effacer. Elle me donne de la force, et l'envie de vivre libre.

Plus encore que la honte, la liberté est contagieuse.

Ce soir-là, quand Samba est rentré chez le voisin qui les avait accueillis, c'est son oncle qui a ouvert la porte, dès qu'il a entendu son pas dans l'escalier. Son visage était crispé comme s'il voyait un fantôme.

– Tu es vivant, Dieu soit loué ! La police est venue.

Lamouna est rentré dans l'appartement, le précédant, et il s'est assis, recroquevillé, sur le canapé défoncé. Le petit garçon de leur voisin criait après sa sœur, tandis que leur mère tâchait de les calmer.

– Deux policiers ont débarqué pour annoncer ta mort, a dit son oncle, d'une voix serrée. Ils ont retrouvé tes papiers sur un cadavre. J'ai cru que tu avais disparu pour toujours. Heureusement, tu es rentré…

– Ils ont demandé après moi ?

– Non. Ils ont retrouvé l'obligation de quitter le territoire français dans ton blouson. Sur un noyé. Toute la journée j'ai attendu de savoir si c'était toi qui étais mort ou si c'était le corps de Jonas, qu'on avait retrouvé.

Son oncle l'a regardé.

Il fixait le visage de son neveu, maintenant qu'il connaissait la réponse.

Gracieuse est venue dès qu'il l'a appelée. Lamouna les a laissés seuls, dans la cuisine minable. Il ne savait pas comment lui annoncer qu'on avait retrouvé le corps de Jonas. Il lui avait raconté exactement ce qui s'était passé, et n'avait pas caché sa lâcheté, sa jalousie, sa culpabilité. Mais à présent il fallait lui annoncer que Jonas ne reviendrait pas. Qu'il était mort.

Il sentait la présence muette de Jonas entre eux deux.

278

Gracieuse n'a pas pleuré. Elle s'est réfugiée dans la colère. Elle le jugeait, pour la première fois, et elle-même en était étonnée. Et tout à coup, face à cette femme si belle, si calme, il a eu honte d'avoir encore ajouté au malheur qui paraissait la poursuivre et auquel elle ne semblait pas pouvoir échapper.

Il s'appelait Jonas, il était venu en France pour vivre enfin, et il y était mort à peine quelques semaines après son arrivée. Sa disparition allait être classée le soir même. Personne, ou presque, ne s'en apercevrait.

Comment peut-on disparaître quand on est déjà invisible ?

Samba regardait les mains de Gracieuse, qui se cherchaient l'une l'autre et se tordaient comme de petits animaux torturés. Il n'osait pas regarder son visage.

Il voyait ce qui se serait passé si c'était lui qui s'était noyé : personne ou presque ne l'aurait su. Il était mort, et c'était comme si cela n'avait pas d'importance. Alors qu'est-ce que cela pouvait faire, que l'on s'appelle Jonas ou Samba ? On naissait, on vivait, on mourait, on ne pouvait rien faire d'autre, peu importait le nom.

Samba a posé la veste fourrée de Jonas devant Gracieuse. On aurait dit qu'elle n'osait pas la toucher : ses mains restaient suspendues en l'air, à quelques centimètres de la fausse fourrure. Et puis l'une d'elles s'est glissée, presque subrepticement, dans une des poches. Puis dans l'autre. C'était comme si elle cherchait encore sa chaleur. Elle a eu l'air déçu, et sa bouche a dessiné la moue de petite fille qu'il aimait tant. Elle a sorti le portefeuille de Jonas et l'a ouvert : son propre visage lui souriait.

Ils ont échangé un regard, mais elle n'a rien dit de plus. Elle est partie, en laissant la veste, et en emportant le portefeuille.

Elle n'avait pas regardé attentivement à l'intérieur. Elle n'avait pas vu que Samba en avait retiré la carte de séjour.

Il était déjà allé chercher toutes ses économies à la Poste quelques heures auparavant. Il a rejoint Lamouna dans le coin du salon où il avait trouvé refuge. Son oncle n'a pas demandé comment cela s'était passé avec Gracieuse, et Samba lui a été reconnaissant de ne rien dire.

Il a placé le petit tas de billets tout propres, tout lisses, devant Lamouna, qui a tout de suite compris.

Il fallait qu'il parte.

Il s'est levé, ému. Les yeux humides, il a dit tout bas :

– Et toi ?

Samba a serré les dents. Ses mains moites se pressaient l'une contre l'autre. Il a dit sans regarder son oncle :

– Je vais continuer ici. Recommencer à zéro.

– Je croyais qu'on partirait tous les deux.

– Je sais. Je te demande pardon.

Lamouna est resté silencieux, puis il a ajouté, d'une voix devenue rauque :

– Tu ne vas pas faire des bêtises, une fois que je serai parti ?

– Je n'ai pas pu m'empêcher d'en faire, même quand tu étais là, il a répondu, en souriant malgré lui. Tu as eu beau me prévenir, je ne t'ai pas écouté.

Il s'est assis près de lui. Alors Lamouna a dit :

– Si j'avais été seul, j'aurais été plus tranquille.

Mais il n'avait plus du tout le même ton qu'avant. Il l'avait dit comme dans un rêve. Samba le regardait avec attention, comme pour garder pour toujours son image en lui, parce qu'il savait que la vie n'allait pas être facile, à présent. Il fallait qu'il prenne des forces pour les jours et les mois à venir.

Lamouna a semblé hésiter un instant, en le regardant attentivement, comme s'il l'entendait penser, et puis il a dit doucement :

– Elle sera bleue, et moderne. Elle aura une cour ronde, et des chambres en enfilade qui communiqueront entre elles, pour que personne ne s'y sente jamais seul.

Samba a redressé son dos, et il a attentivement écouté Lamouna, dont la voix gagnait en force au fur et à mesure qu'il parlait. Ses yeux brillaient.

Lamouna a continué :

– Il y aura une salle de bains avec une baignoire si grande qu'on pourra s'y allonger tout entier, même toi. Et puis, à l'étage, il n'y aura pas de rideaux, pour qu'on puisse voir le fleuve et les collines depuis toutes les fenêtres. Cette maison sera digne d'un pays où vit le soleil : elle sera comme une ombre pour nous y abriter.

Alors Samba a demandé d'une voix grave :

– Et la mienne ?

Il faisait semblant de ne pas le savoir, et pourtant il connaissait chaque mot par cœur, et ses lèvres les prononçaient presque. Il en avait déjà exploré chaque recoin. Et Lamouna, lui aussi, a fait semblant d'en parler pour la première fois, tant il était heureux de redire chaque détail.

– La tienne… Elle sera pareille. Je la bâtirai en même temps. Elles seront comme deux maisons jumelles.

– On habitera juste à côté l'un de l'autre.

– Oui. Et ce sera comme si on habitait ensemble, mais tout en ayant chacun une maison. Les filles nous tomberont dans les bras, tellement on aura réussi. On les recevra sur notre terrasse commune, qui surplombera la ville jusqu'au fleuve, et d'où tu pourras regarder le ciel. Les fauteuils ne seront pas en plastique, crois-moi. Ils seront recouverts de tissus aux motifs assortis à ceux des tapis. Et il y aura des petites tables que je ferai marqueter par des artisans, spécialement pour nous, et personne, dans toute la ville, n'aura les mêmes. Et puis des lampes. Il y aura des lampes partout, pour que la lumière n'y soit jamais la même. Au mur, on mettra les photos de ta mère et de tes sœurs que j'ai fait encadrer, là. Regarde.

Il a ouvert un des ballots en papier plastifié qui s'alignaient le long du mur. Précautionneusement, il en a sorti trois paquets enveloppés dans des couvertures, qu'il a délicatement écartées. Dans trois cadres dorés, les visages de sa mère et de ses deux sœurs, grandeur nature, lui souriaient. Samba a senti les larmes lui piquer les yeux.

– Elles sont si belles. Elles vont être contentes.

– Oui. J'ai hâte qu'elles les voient.

– Lamouna?

– Ce sera comme ça, mon garçon. On sera en famille. On s'occupera les uns des autres. Et on n'aura plus à s'inquiéter. On vivra sans penser à demain.

Samba s'est levé doucement. Ses mains tremblaient. Il n'osait plus regarder son oncle parce qu'il avait peur de penser que c'était peut-être la dernière fois qu'il le voyait. Dans quelques jours, son oncle serait à Bamako, à plusieurs milliers de kilomètres d'ici. Alors, comme

282

sur un coup de tête, il a ramassé son sac, il l'a jeté sur son épaule, et il s'est avancé vers la porte.

– Samba !

Son oncle s'est précipité vers lui, et tout à coup il a senti sa tête ronde contre son ventre, une dernière fois. Sa tête était posée juste là où il avait mal. Il l'a serré contre lui, le plus fort qu'il pouvait, comme pour enlever cette douleur. Il s'est penché au-dessus de son crâne, dont il avait rasé les cheveux quelques jours auparavant, et il y a posé la main.

43

Il lui restait une chose à faire. Il est monté par le petit ascenseur fatigué jusqu'à l'appartement de Georgette.

Dès qu'il a ouvert la porte, et malgré l'incessant va-et-vient, désormais, des aides à domicile et des infirmières, des livreurs de repas et des kinésithérapeutes, elle l'a reconnu.

– C'est toi? Je suis si contente de te revoir! Tu m'as laissée sans nouvelles, salaud!

Elle était en forme, mais seul son langage permettait d'en juger. Son corps était recroquevillé sous les draps, comme si elle rapetissait au fil des jours avant de disparaître.

– J'oublie tout, Samba. J'oublie les mots, les uns après les autres.

– C'est peut-être la sagesse qui te rattrape!

Elle a ri. Un minuscule pied a échappé à l'édredon, puis un autre, se réfugiant aussitôt dans de petits chaussons fourrés. Elle s'est appuyée sur lui pour se mettre debout. Sa main décharnée était crochue comme une patte d'oiseau. Samba a senti sa gorge se serrer.

Le porto avait toujours la même saveur sucrée et triomphale. Il l'a goûté par toutes petites gorgées, pour le faire durer le plus possible. Georgette semblait attentive au moindre de ses gestes. Elle attendait. Elle savait qu'il n'était pas venu pour rien.

– Georgette, je vais partir, longtemps, alors je suis venu te dire au revoir. Et puis, surtout, je voulais te confier quelque chose.

Elle a rapproché son visage de lui, les yeux écarquillés par la curiosité derrière ses lunettes des années soixante.

– Un secret.

Son visage s'est éclairé de fierté.

– Ne t'en fais pas. Tu peux y aller, mon gars. Je sais garder ma langue.

Samba s'est penché vers elle, et il lui a dit tout bas :

– Mon nom est Samba Cissé. Et je suis bien vivant.

Elle s'est encore approchée de lui, presque à le toucher, et elle a contemplé son visage de tout près. Elle était heureuse qu'il lui ait confié une dernière mission. Et d'une voix énergique et claire, elle a dit :

– J'oublie les noms, Samba, mais je sais qui tu es.

Elle souriait. Elle était comme une vieille petite fille. Ses lèvres étaient fines, ses dents minuscules.

Et, surtout, ses yeux bleus étaient magnifiques.

Il marchait. Vite. Il ne faisait plus attention aux rues autour de lui.

Il avait un titre de séjour, mais il avait tout perdu.

Et pourtant, il espérait, encore. Il marchait, il pensait, il avançait. Il se disait que si l'on essayait de le retenir, il deviendrait fou comme l'éléphant d'Oujda. Il continuait à marcher, avec conviction. Il avait de l'endurance. Rien ni personne ne pourrait, jamais, l'arrêter. Il s'éloignait de l'appartement de Georgette, et il était à nouveau l'homme auquel il avait si souvent rêvé. Son regard se portait sur l'horizon, qu'on ne rattrapait pas. Sa route était sans fin.

Il rêverait, encore, d'un pays, ou d'une femme.

Il avance, tout droit vers l'horizon. Le paysage autour de lui est sans limites. Il est une silhouette verticale, qui échappe toujours, qui se dresse envers et contre tout, et surtout contre un destin tracé d'avance. En pleine lumière, le regard élargi, il surmonte les obstacles, têtu comme le soleil, happé par le futur des hommes libres. Il commande au destin et fait face au hasard. Il ne connaît plus de frontières. La terre reçoit ses pas tandis que devant lui la plaine s'étend, vierge. Il ne se retournera pas.

Il n'a besoin que de cela : le ciel, et des chaussures.

Il s'appelle Jonas Bilombo.

Samba est déclaré mort. Parti pour de bon. Ce n'est pas moral, c'est vrai. Ce n'est pas qu'il était invisible dans ce pays, mais il a toujours été considéré comme interchangeable : ses mains, ses bras, son dos étaient utiles, mais son nom ne semblait pas avoir d'importance. Alors, au moins que cela serve à quelque chose. Comment un homme qui n'existe pas vraiment pourrait-il être coupable de quoi que ce soit ?

Tu marches.

Tu t'appelles Jonas Bilombo. Tant que tu n'auras pas trouvé un sanctuaire où déposer l'image qui te hante, tu continueras à marcher.

Et quand l'envie d'entendre prononcer ton véritable nom deviendra trop forte, quand tu auras besoin de savoir qui tu es, tu profiteras du bruit d'un marteau-piqueur défonçant le bitume, ou de celui d'une rame de métro entrant en trombe dans un tunnel, d'une machine à trier des ordures ou d'un camion déchargeant ses poissons venus du fond des océans, tu profiteras du vacarme des choses indifférentes à ton sort, et tu hurleras ton nom dans le bruit des machines.

Tu crieras :

– Samba !

Et le monde croira que tu as envie de danser.

COMPOSITION : PAO ÉDITIONS DU SEUIL
IMPRESSION : CPI BUSSIÈRE À SAINT-AMAND-MONTROND (CHER)
DÉPÔT LÉGAL : JANVIER 2015. N° 118605-3 (2013893)
IMPRIMÉ EN FRANCE